EN WO YUU HITO
by Ushio FUKAZAWA
ⓒ Ushio FUKAZAWA 2016, Printed in Japan
Korean translation copyright ⓒ 2019 by ARTIZAN
Frist published in Japan by SHINCHOSHA Publishing Co.,Ltd.
Korean translation rights arranged with SHINCHOSHA Publishing Co.,Ltd.
through Imprima Korea Agency.

누 벨
1
솔 레
이

가나에 아줌마

후카자와 우시오 지음 | 김민정 옮김

아르띠잔

《가나에 아줌마》의 한국어판 발행을 매우 기쁘게 생각합니다. 이 소설에는 다양한 재일교포들의 이야기가 실려 있습니다. 저도 아버지 쪽을 따르면 교포 2세에 해당하며, 어머니를 따르면 교포 3세로 현재 도쿄에서 살고 있습니다.

재일교포는 일본에서도 한국에서도 사실 눈에 띄는 존재는 아닙니다. 어떤 마음으로 하루하루를 살아가고 있는지 아마 잘 모르시지 않으실까요. 한마디로 '재일교포'라고 부르지만 저마다의 뿌리와 입장이 천차만별인 것도 모르시는 분들이 대부분일 것입니다. 이 소설 속에서는 '결혼'이라는 인생 중대사를 관장하는 중매쟁이 아줌마 '가나에 후쿠'를 통해 일본에 살고 있는 재일교포들과 그 주변 사람들의 삶의 방식을 그렸습니다. 나이도 성별도 가치관도 다른 다수의 등장인물들이 가진 고민과 고통, 기쁨은 재일교포로 태어났기 때문에 겪어야 하는 것들이지만, 등장인물들의 기저에 공통적으로 존재하는 부분은 가족에 대한 애정과 자신의 조국을 사랑하고 싶은 마음입니다. 그런 마음은 한국에서 태어난 한국인, 또 일본에서 태어난 일본인과 크게 다르지 않습니다. 모두 하루하루를 겸허하게 살아가는 사람들입니다.

결혼에 대한 가치관은 해마다 변해갑니다. 부모 세대와 자식 세대, 남성과 여성의 차이도 있습니다. 특히 한국과 일본은 여전히 결혼에 대한 오래된 가치관이 강하게 남아 있는 사회입니다. 부모가 꿈꾸는 자식의 행복은 자식이 스스로 자신의 인생을 열고 나아가려고 했을 때 부딪치고 맙니다. 그런 모습을 있는 그대로 묘사하는 것이 변화하는 사회의 측면을 기억하는 데 조금이나마 도움이 되지 않을까 싶었습니다. 그리고 어느 세대든 어떤 상황에서든 사람들은 삶이 조금이나마 편안해지기를 바랍니다. 자신과 다른 타인을 이해하는 관용적인 사회이길 바랍니다. 한국도, 일본도, 아니 전 세계가 그리 되길 바랍니다.

한 사람 한 사람의 생활은 사회적 배경으로부터 큰 영향을 받습니다. 더구나 재일교포는 정치, 외교와 무관하게 살아갈 수 없는 입장입니다. 한국인보다 더 남북관계의 영향을 받는 것 같습니다. 한국과 일본이라는 두 나라 사이에서 사는 것은 복잡한 역사를 짊어짊과 동시에 헤이트 스피치(hate speech, 증오 표현)가 횡행하는 상황만 봐도, 다른 나라에 사는 재외동포보다 더 고난스러운 일이 많은 것처럼 느껴집니다. 그런 한편, 일본에서는 K-POP과 드라마, 영화 등 오락성이 짙은 한류 콘텐츠, 최근에는 한국 문학 작품과 같은 문화도 폭넓게 수용되어 서로를 이해해가는 토양도 성장하고 있는 것은 확실합니다. 이 책의 〈국가대표〉에 나오는 고등학생들, 〈블루 라이트 요코하마〉에 나오는 중학생들은 한국과 일본의 미래에 빛을 밝혀줄 존재들입니다.

한국과 일본이 대립하는 시대에서 이제는 함께 공통의 문제를 고민하는 시대에 접어들었으며, 반드시 그리 되어야 한다고 믿습니다. 저출산, 환경 문제, 여성 문제, 교육과 격차 문제, 한국과 일본에는 동일한 뿌리를 가진 문제들이 많습니다. 한국인과 일본인이 손을 맞잡고 미래를 향해 나아갈 때 재일교포도 함께 그곳에 있기를 진심으로 바랍니다. 과거를 잊는 것이 아니라 포섭하는 존재로서, 보이는 존재로서 당당하게 그곳에 서고 싶습니다.

제 조국에서 저의 책이 출판되는 것이 무척 자랑스럽습니다. 제 책을 꼭 한국어로 읽고 싶은 마음에, 뒤늦게 한국어를 배우기 시작했습니다. 매우 즐겁고 많은 보람을 느낍니다.

독자 여러분, 《가나에 아줌마》라는 소설 속 등장인물들은 바로 옆 나라에 사는 소시민들입니다. 이 책을 읽고 그들과 접촉해주세요. 그리고 그 삶의 방식에 놀라고, 웃고, 울며, 재일교포들을 여러분의 가족처럼 가까이에서 따뜻하게 느껴주신다면 무척 다행이라고 생각합니다.

2019년, 후카자와 우시오

후카자와 우시오 작가가 재일교포 사회의 애환을 평범한 사람들의 일상을 통해 전개하는 이야기들은 보는 이로 하여금 잔잔한 감동을 일으킨다.

또, 우리 인생에서 사람과 사람의 관계를 맺어주는 직업에 주목하게 한다. 맞선을 주선하는 가나에 아줌마와 사주팔자를 봐주는 역술가 미숙은 자연스럽게 연결된 지역의 네트워크라 할 수 있다. 교포 사회의 한인들을 중심으로 더러는 일본인들과의 인연을 맺어주는 일로 살아가는 사람들은 스스로 의미를 찾고 있다.

가나에는 총련에 종사하던 남편 데쓰오 때문에 북한으로 보내진 아들에게 오랫동안 중매비로 받은 돈을 부쳐주었다. 총련이든 민단이든 자신을 찾아오는 사람들은 모두 같은 민족끼리 결혼시키는 것이 좋다는 부모들의 생각 때문이라 믿는다. 특히 데쓰오 같은 1세대들은 모국의 문화와 풍습이 이방인으로 살아가는 그들을 지탱해주었다고 생각한다. 그러나 그들의 딸 게이코는 반대를 무릅쓰고 일본인과 결혼하여 외손자 쇼타를 낳았고 중년에 암에 걸렸다.

북으로 간 아들 고이치는 소식이 끊기고 손자 쇼타는 대학을 가고 싶어 한다. 가나에가 중매로 버는 돈이 충분하지 못하기에 데쓰오는 생사를 알 수 없는 북한의 아들에게 송금을 해야 할지, 쇼타의 미래를 위해 도와야 할지 선택해야 한다.

한편 한국에서 유일한 혈육인 아버지를 교통사고로 잃은 미숙은 중매로 재일교포와 결혼해서 일본에 건너와 살며 아버지에게서 물려받은 역술의 재능으로 사람들의 사주팔자를 봐주면서 생활하고 있다. 애정이 없는 남편과 그 사이에 아이도 없는 고독한 역술가 미숙에게 사주팔자로 선택을 하러 온 데쓰오 노인은 미숙이 잃어버린 부정父情을 느끼게 해준다.

북한에 간 아들 고이치의 점괘가 끊긴 것으로 나와도 미숙은 아마 자손들의 부양을 잘 받고 있는 것 같으니 송금을 하지 않아도 될 거라고 데쓰오 노인에게 일러준다. 노인에게 아버지의 정을 느끼는 미숙은 사주팔자 점괘대로 읽어주기보단 도움이 되는 쪽으로 풀이해준다. 미숙과 데쓰오는 서로의 처지를 이야기하며 온정을 교감하게 된다.

마음을 정리하게 해준 미숙에게 데쓰오는 자신의 결심을 전한다. 남은 인생 전부를 눈앞에 있는 손자와 아픈 딸을 위해 바칠 거라고. 그리고 미숙에게 "남편과 여기 있는 가족을 소중히 여기라"고 말한다. 미숙도 별볼일 없는 남편과 현재의 생활이 자신의 인생임을 인식한다.

후카자와가 그린 재일교포 사회는 "불합리한 일을 겪으며 살아가게 되고" "자신이 태어난 환경과 잘 타협해서 살아가야 하며" 힘겹게 사는 교포들을 위해 한·일 관계가 개선되어 이역의 삶이 더는 불편하지 않도록 해주어야 할 과제가 우리에게 있음을 알게 해준다.

나아가서 북·일 관계가 개선되어 북으로 간 아들의 행방을 모르는 가나에 데쓰오 가족의 비극이 더는 없도록 해야 하는 과제 또한 미래에 남겨진 문제임을 말해준다. 아들의 생사도 모르는 가나에가 '도대체 왜 타인의 인연을 맺어주는 일을 하고 있는지 모르겠다'는 독백의 의문은 우리의 귀청을 울린다.

박재규(전前 통일부장관, 경남대학교 총장)

차례

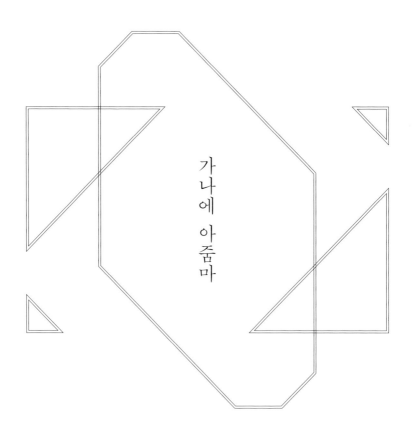

가나에 아줌마

후쿠는 양손으로 연신 무릎을 문질러댔다. 날이 추우니 무릎이 콕콕 쑤신다. 뼛속까지 시린 날들이 이어지고 있었다. 오늘도 아침부터 허연 입김이 솔솔 피어오른다.

지은 지 40년이 지난 1층짜리 목조주택은 창이며 벽 사이사이로 이따금씩 찬바람이 비집고 들어왔다. 바람이 들어올 때마다 부엌에 놓인 항아리에서 김치 냄새가 새어나와 온 집안을 습격했다.

백발을 보라색으로 염색하고 조금이라도 젊게 보이려고 애를 써보지만 나이를 속일 수는 없었다. 요즘 들어 날이 조금이라도 쌀쌀해지면 부쩍 온몸이 쑤신다. 뼈만 남은 앙상한 몸에 속옷을 겹쳐 입고 울 스웨터를 입은 후, 후리스까지 챙겨 입었는데도 춥게만 느껴진다.

그렇다고 이대로 세월에 순응할 수만은 없었다. 후쿠의 눈앞에는 할 일이 산더미처럼 쌓여 있었다.

몸빼 같은 고무줄 바지를 입고 다리를 살짝 절며, 좁은 복도를 걸어간다. 고양이 이마쯤 될까 싶은 정원에 진한 연분홍색 동백꽃 한 송이가 피어 있는 것이 눈에 들어온다. 딸내미 게이코가 어릴 적에 동백꽃을 머리에 꽂고 거울 앞에서 앙증맞은 포즈를 취하던 모습이 눈에 선하다. 동백나무 앞에서 아들내미 고이치가 야구 방망이를 휘두르던 그 뒷모습도 생생하게 되살아난다.

미닫이문을 열고, 다다미방으로 간다. 꽃과 족자 등으로 꾸며두는 '도코노마[1]'에는 키가 작은 후쿠의 허리께쯤에 닿을락 말락 할 정도로 얄팍한 사진첩들이 수북히 쌓여 있다.

산더미처럼 쌓인 사진들 중 맨 위에 있는 사진첩을 집어 들여다본다. 사진관에서 찍은 맞선용 사진들이 사진첩 안에 들어 있다. 양손 위에 올려놓고 활짝 펴보니, 납작한 얼굴을 한 남자가 이를 드러내고 어색하게 웃고 있었다.

사진 사이에 끼어 있던 흰 봉투에서 편지지를 꺼내 루비가 박힌 안경을 끼고 읽어 내려간다.

변상우

아버지 변상도 **어머니** 이영숙의 장남
본적지 경상북도 영천시
생년월일 1974년 5월 4일생

---

1 다다미를 깐 방에 만든 약간 턱이 높은 장식용 공간으로 벽 쪽에 만들어둔다. 벽에는 그림을 걸고 도코노마 바닥에는 꽃병 등을 둔다. 일본 건축에서 빼놓을 수 없는 곳으로 다다미방의 정갈함을 대표하는 부분이기도 하다.

주소 도쿄도 오타쿠 가마타 1번지

학력 주오의과대학졸업

현재 주오의과대학병원 비뇨기과 근무

편지지를 봉투에 다시 집어넣고, 사진 사이에 끼워 넣은 후 복도로 나온다. 후쿠는 현관 옆 응접실로 천천히 들어갔다.

남편 데쓰오가 옷차림이 세련된 50대 중반쯤으로 보이는 부인과 소파에서 담소를 나누고 있다. 맨투맨 티셔츠 차림의 데쓰오는 팔십 대 중반인데도 자세가 꼿꼿하다.

마른 체형의 부인은 추위 때문인지 몸을 움츠리고 앉아 있었다. 다다미^2 여섯 장짜리 응접실은 작은 히터 하나로는 좀처럼 따뜻해지지 않았다.

후쿠는 부인과 마주 볼 수 있도록 데쓰오 옆에 앉아, 좀 전에 가져온 사진을 테이블 위에 놓았다. 그러고 나서 부인을 위에서 아래로 쭉 훑어본다.

"자리를 비워서 미안하네. 이름이……, 문 여사 맞지?"

고급스러운 재질의 회색 스웨터를 입은 부인의 표정이 살짝 일그러진다.

"아니에요, 제 성은 '이'입니다. 일본 성은 '미야모토'예요. 고탄다에 사는 장 여사 소개로 왔어요."

"아, 장 여사! 내가 이렇다니까! 요즘은 이름을 자꾸 까먹어서 말이야. 자네, 그 집 딸내미 나이가 몇이었지?"

"아, 그게 서른이에요."

"서른? 맞선은 처음이지?"

---

2 다다미는 각 지방에 따라 규격이 다르지만 보통은 한 장에 191cm×95.5cm다. 다다미 석 장이 혼자 간신히 쓸 수 있을 정도의 크기다.

"네, 이게 처음입니다."

"직장에 다닌다고 들었는데? 그 뭐더라? 나는 발음도 못 하는 그런 외국 회사였던 거 같은데 말이야."

"네, 맞습니다. 외자계 투자은행에 다녀요."

"은행이었군. 우리 딸내미도 예전에 조총련 은행에서 근무했지. 일 잘한다는 평판이 자자했어. 근데 그럼 자네 딸내미도 창구에서 일하나?"

"그게, 투자은행이라서 창구는 없고요. 딜링룸이란 데서 일해요. 외환 담당이에요."

"아이고, 어렵네, 어려워. 난 도통 모르겠네."

후쿠가 손을 좌우로 흔들며 말을 끊자, 미야모토 부인은 이내 입을 다물고 만다.

"근데 오늘 날씨가 말도 못하게 춥네. 그렇지?"

후쿠는 갈색 아크릴 담요로 무릎을 덮었다. 손자인 쇼타가 몇 년 전 경로의 날에 선물해준 것이다.

잠시 침묵이 흐르고 데쓰오가 입을 연다.

"미야모토 여사, 신상명세서와 사진은 가져왔는가?"

미야모토 부인은 크고 까만 악어가죽 가방에서 흰 봉투 하나와 종이 봉투에 든 커다란 사진을 꺼냈다.

후쿠는 미야모토 부인한테서 냉큼 그것들을 받아 들고, 봉투만 데쓰오에게 넘긴다.

봉투에서 꺼낸 사진 속에서 웃고 있는 여자는 얼굴이 갸름한 미인이었다. 사진은 혹시 대학교 졸업식 때 찍은 걸까? 하필이면 일본 기모노인 하카마³를 입은 사진이다.

후쿠는 테이블 위에 사진을 내던지듯 놓았다.

"한복이라면 몰라도 이런 사진은 좀 보기 흉하지 않나? 그리고 이건 최근 사진도 아닌 것 같은데."

미야모토 부인의 표정이 딱딱하게 굳는다.

"바로 오라고 하셔서 서둘러 오느라 새 사진을 준비 못 했어요."

가느다란 목소리로 변명한다.

"그럼 됐네. 나중에 새 사진을 보내주게."

데쓰오는 그렇게 말하고 손끝에 침을 발라 봉투 안에서 편지지를 꺼냈다. 돋보기안경을 고쳐 쓰고 "오호, 게이오대학을 졸업했군" 하며 작은 소리로 감탄한다.

"네, 중학교 때부터 게이오에 다녔어요."

미야모토 부인은 자랑스럽다는 듯 대답했다. 후쿠는 데쓰오의 손에서 편지지를 낚아챈다.

미야모토 미키(본명 이미희)

이광부, 노순자의 장녀

본적지 대한민국 경상남도 김해시

생년월일 1981년 1월 28일생

주소 가나가와현 요코하마시 아오바구 우쓰쿠시가오카 1번지

학력 게이오대학교 경제학부 졸업

현재 글로벌 트러스트 은행 근무

---

3   일본의 전통 의복 중 폭이 넓은 치마를 말하며 주로 대학교 졸업식 때 입는다.

"아이고, 어쩌면 좋아. 상대를 찾기가 쉽지 않을 것 같은데."

후쿠가 편지지를 반으로 접으며 말하자, 미야모토 부인은 깜짝 놀란 표정을 짓는다.

"장 여사한테 이케가미에 사는 가나에 아줌마한테 가면 좋은 사람을 소개받을 수 있다고 들었어요. 전국의 재일교포들이 다 여기로 찾아온다고, 그래서 좋은 인연도 많다고요. 금세 짝을 찾아준다고 했거든요. 그래서 급하게 찾아온 거예요."

"딸 하나 잘 키워, 좋은 학교까지 보낸 건 참 장한 일이지."

데쓰오가 온화한 목소리로 끼어든 후 작은 한숨을 내쉬었다.

"그런데 말이야, 세상이 참 고약하기도 하지" 하고 덧붙인다.

"여자가 경력이 너무 좋으면, 거기 맞는 남자가 별로 없는 게 현실이라네. 재일교포 사회가 얼마나 좁은지는 알고 있지? 또 요즘은 일본인과 연애결혼하는 케이스도 늘어서 말이지."

미야모토 부인은 크게 실망한 것 같다.

"그럼, 저희 딸한테는 아무도 소개해줄 수 없다는 건가요?"

미야모토 부인이 불안한 얼굴로 후쿠의 표정을 살핀다.

"지금 생각나는 사람이 딱 한 명 있네."

후쿠는 거드름을 피우며 아까 가져온 사진을 펼친다. 그러고 나서 그 사진과 사진 사이에 든 봉투를 미야모토 부인에게 전달했다.

미야모토 부인은 잠시 진지한 얼굴로 사진을 꼼꼼히 살펴본 후, 봉투 안에서 신상명세서를 꺼냈다.

"어머, 이 청년은 신상명세서를 직접 쓴 건가요? 달필이군요."

미야모토 부인이 신상명세서를 보며 묻는다.

"아, 그건 내가 고쳐 쓴 거라네. 내 필체가 그렇다네."

"역시나 그랬군요. 젊은 사람치고는 글씨를 너무 잘 쓴다 싶어서 깜짝 놀랐어요."

미야모토 부인은 어딘가 미심쩍은 듯 "그런데 말이죠"하며 데쓰오를 빤히 쳐다본다.

"이 변상우란 사람 말이에요, 주오대학을 졸업했다고 하는데 고등학교는 어딜 나왔나요?"

"어, 그 변상우 씨는 말이지, 조선고등학교를 졸업하고 검정고시를 봤다네. 그리고 의대에 간 거야."

데쓰오 대신 후쿠가 대답하자, 미야모토 부인은 "조선고등학교라고요……"하면서 침을 꿀꺽 삼켰다.

"부모님이 자식에게 민족 문화를 가르치려고 거기 보낸 건데 그게 그렇게 놀랄 일인가."

후쿠가 되묻자 미야모토 부인은 미간을 찌푸렸다.

"저기 혹시……, 여기 찾아오는 사람들 중에 조총련계가 많은가요? 그리고 이 변상우 씨는 혹시 조선 국적인가요? 참, 부모님은 뭘 하시는데요?"

후쿠는 미야모토 부인의 질문에 한 박자 쉬었다가 대답한다.

"변상우 씨네 집은 야키니쿠집[4]을 두 군데 운영하고 있다네. 저기 말이지, 자네 말이야, 우리는 일본에 살고 있잖은가. 총련이네 민단이네 그런 게 무슨 소용 있나?"

후쿠의 강한 어조에 압도당했는지 미야모토 부인은 애매한 표정을 지으며 고개를 떨궜다.

---

4 야키니쿠란 고기구이란 의미로, 살코기 및 내장 등을 구워 먹는 음식점을 말한다. 제2차 세계대전 이후 생계가 힘든 재일교포들이 야키니쿠 가게를 운영해 근근이 먹고살았다고 한다.

"변상우 씨는 지금은 아마 한국 국적일 거야. 바꿨다고 알고 있네. 원래는 같은 나라 출신 아닌가. 여기 오는 사람들은 총련 쪽도 민단 쪽도 다 있다네. 우리를 찾아오는 사람들은 다 자식들을 생각해서, 자식들을 위해 동포끼리 결혼시키려는 사람들뿐이야. 일본 사회가 요즘 들어 좀 달라졌다고는 하지만, 아무리 그래도 결혼은 같은 민족끼리 하는 게 안심이 되지. 자네도 그래서 온 게 아닌가?"

미야모토 부인은 꺼져 들어가는 목소리로 죄송하다고 말한 후 행여 후쿠의 기분이라도 상했을까 봐 눈치를 본다.

"저, 그럼 변상우 씨 신상명세서와 사진 좀 빌려가도 될까요?"

가느다란 목소리로 묻는다.

"물론이지."

데쓰오가 후쿠 대신 대답했다.

미야모토 부인은 가볍게 목례한 후, 사진을 반으로 포개서 신상명세서 봉투와 함께 악어가죽 가방에 넣었다. 그러고는 같은 가방에서 하얀 봉투를 하나 꺼내, 발밑에 있던 종이봉투와 함께 후쿠에게 건넨다.

"약소하지만 제 성의입니다. 그리고 이건 인삼이에요."

후쿠는 "어, 그래" 하며 당연하다는 듯 봉투를 받아들었다.

미야모토 부인을 보내고, 후쿠는 거실로 쓰고 있는 다다미 여섯 장짜리 방으로 들어가, 팔걸이가 달린 키 작은 의자에 앉았다. 데쓰오도 같은 의자에 앉았다. 둥근 상을 사이에 두고 후쿠와 데쓰오가 마주 보고 앉아 있다.

누렇게 바랜 다다미 위에 놓인 새것으로 보이는 두 개의 의자는 작년에 후쿠의 소개로 결혼한 남씨네 일가가 선물해준 것이다. 무릎이 아픈 후쿠는 요즘 이 의자를 애지중지하고 있다.

미야모토 부인에게서 받은 봉투에서 지폐를 꺼낸다. 1만 엔짜리 지폐 석 장이 들어 있다. 현금을 다시 봉투 안에 넣은 후 의자에서 일어나 구석에 있는 서랍장 맨 윗단에 넣었다.

서랍장과 소반은 세트였다. 곱게 옻칠한 검은 바탕에 세밀한 무늬를 새긴 나전칠기다. 한국 가정에서 흔히들 쓰는 스타일이다. 오랜 세월 쓰다 보니 흠집이 생긴 곳도 있지만 고급 제품이다. 딸 게이코가 시집갈 때 물려주려고 30년 전에 무리해서 할부로 산 것이다.

"겨우 3만 엔이야."

서랍장 위에 놓인 액자를 보고 말을 건넨다. 열일곱 살 고이치가 미소를 짓는다. 서랍장은 후쿠의 어깨까지 오고, 액자는 후쿠와 얼굴을 마주보는 높이에 놓여 있다.

"그래도 고탄다의 장 여사 소개니까."

데쓰오가 후쿠를 위로했다.

"장 여사네 아들놈, 고이치랑 동갑이지."

후쿠는 사진에서 눈을 떼지 않고 말했다. 그러나 데쓰오는 아무 대답도 하지 않는다.

석유스토브 위에 올려놓은 주전자 물이 펄펄 끓는 소리가 난다. 후쿠는 뜨거운 물에 녹차를 우려낸 후, 팔걸이 달린 의자에 앉아 데쓰오와 둘이서 씁쓸한 녹차를 마셨다.

데쓰오와 반세기 이상을 함께 살았다. 두 아이―아들 고이치와 딸 게이코―까지 얻었다. 데쓰오는 지병도 없이 건강하다. 후쿠도 무릎 관절염 외에 딱히 아픈 곳은 없었다.

다섯 살 위 오빠의 친구였던 데쓰오는 해방 후 서울에서 일본으로 건

너와 오빠와 같은 대학에 다녔다. 민족적 자존심을 잃지 않으려는 의지가 강한 청년으로, 얼마 후 조선총련에서 일하게 되었다.

후쿠는 재일교포 2세로 태어났다. 아버지는 오타구에서 플라스틱 공장을 운영했다. 오빠한테 데쓰오를 소개받았다. 거의 맞선에 가까웠고, 곧 결혼했다. 후쿠는 같은 한반도 출신인 남자와 결혼해서 사는 인생에 대해 의심을 품어본 적도 없었다.

결혼 후에도 데쓰오는 조총련에서 열심히 일했지만, 생활은 후쿠네 친정으로부터 도움을 받아야 했다. 후쿠의 아버지가 돌아가신 후에는 후쿠의 오빠에게 도움을 받았다. 그 덕분에 데쓰오는 조총련 일에 전념할 수 있었다.

후쿠는 30년 전부터 조총련 부인회 인맥을 살려 인연을 맺어주는 '중매쟁이 아줌마'로 일을 시작했고, 중매알선료가 생계에 큰 도움을 주었다.

소개해주고 또 소개를 받아 여러 교포의 혼담을 성사시키다 보니, 점점 소문이 퍼져나갔다. 교포 사회에서 후쿠는 일본에서 제일 유명하고 수완이 뛰어난 '매파'로 통하게 되었다.

지금은 주로 중매알선료와 성공 보수로 생계를 꾸리고 있다. 조총련에서 퇴직한 데쓰오는 신상명세서를 훌륭한 솜씨로 다시 쓰는 등 후쿠를 돕고 있다.

후쿠의 본명은 이복선, 남편인 데쓰오의 본명은 김철태로 일본 이름은 가나에 데쓰오라고 한다.

결혼 후 남편 성을 따라[5] 가나에 후쿠라는 이름을 쓰게 되었다. 후쿠福, 즉 복이라는 자신의 이름처럼 복을 가져다주는 '중매쟁이 아줌마'를 천직

---

5 일본에서는 보통 결혼을 하면 부부가 성(姓)을 통일해야 하는데, 주로 남편 성을 따르는 예가 많다.

이라고 믿고 살아왔다.

후쿠는 녹차를 다 마신 후, 미야모토 미키의 사진을 들고 "영차"하며 팔걸이가 달린 의자에서 일어났다. 그리고 그 사진을 사진 더미 위에서 다섯 번째쯤에 찔러 넣었다. 사진은 두 군데로 나뉘어 있었다. 오른쪽이 여자, 왼쪽이 남자다. 조건이 좋을수록 위쪽에 놓아둔다.

저녁 식사 후, 사과를 먹고 있을 때 후쿠의 의자 근처에 놓인 전화가 울렸다. 수화기를 들자 후쿠의 귀에 들려온 것은 미야모토 부인의 조심스러운 목소리였다.

"오늘은 실례했습니다. 저, 본론부터 말씀드리자면, 오늘 말씀하신 변상우 씨를 꼭 소개해주십사 해서……."

"그럼, 모레 토요일은 어떤가?"

미야모토 부인의 전화를 끊고 곧장 변상우에게 전화를 걸었다. 변상우의 엄마가 전화를 받았다.

"으흠, 가나에라네. 괜찮은 아가씨가 있는데 한번 만나볼 생각 있나? 서른인데 맞선은 처음인 데다 미인이야. 부모는 요코하마에서 파친코를 하는데 재산도 좀 있어 보이고. 자식이라곤 곱게 키운 딸내미 하난데 나중에 그 집 아들내미한테 병원 한 채라도 차려주지 않겠나. 모레, 토요일 오후는 어떤가?"

"그 아가씨 고향이 혹시 제주도나 전라도는 아니죠?"

변상우 엄마가 나지막한 목소리로 묻는다.

"아냐, 분명히 경상남도라고 했어."

"휴, 다행이네요."

목소리가 경쾌해진다.

"그럼 잘 부탁드릴게요. 토요일은 아들놈도 외래가 없어서 시간이 날 거예요. 전 볼일이 있어서 못 갈 것 같아요. 이게 벌써 몇 번째인지. 여러 번 해봤으니 아들이 알아서 할 거예요. 그러니까 혼자 보내도 되겠죠?"

변상우의 엄마는 미야모토 미키와의 맞선에 귀가 솔깃한 모양이다. 후쿠를 믿는다며 신상명세서도 사진도 안 보겠다고 한다.

"이보게, 그 아가씨 게이오를 나와 일하고 있다는 건 말 안 해도 되는 건가? 변가네는 전업주부가 될 만한 가정적인 아가씨를 찾는다고 하지 않았어?"

"영감, 먼저 본인들이 만나서 맘에 들어 하면 문제될 거 없죠. 변가네 아들내미는 외모를 너무 따져서 지금까지 결혼을 못 한 건데, 이 아가씨는 맘에 들어 할 게 뻔해. 그러니까 괜한 참견은 하지 마요."

"당신 말이 맞구려. 지난번 다른 변가네도 아가씨 나이가 좀 많았지만 자기네끼리 맘에 들어서 그냥 넘어간 적이 있었지."

"그래요. 작은 일은 다 넘어가게 되어 있어요. 그러니까 미야모토 미키의 신상명세서는 알아서 잘 좀 고쳐 써줘요. 회사 이름은 안 써도 되니까."

인연은 타이밍과 스피드다. 직감에 의지해 빨리 해치우는 것이 중요하다.

"오늘도 하루가 무사히 지나갔단다."

보풀이 오른 융 원단의 파자마를 입은 후쿠는 서랍장 위의 액자를 보며 속삭인다. 잠시 아들 얼굴을 바라본다.

그때, 전화벨 소리가 요란하게 울렸다.

"엄마, 늦은 시간에 미안해요. 저기 실은요."

게이코의 어두운 목소리가 전화기 저편에서 들려온다.

"응. 내일 와. 아버지는 바둑 두시러 가셔서 안 계시니까."

"고마워요, 엄마."

후쿠는 전화를 끊고 서랍장으로 돌아온다. 액자를 향해 작은 한숨을 쉬고 맨 위 서랍을 열었다. 안에는 종이봉투가 여러 개 들어 있다.

서랍에서 봉투 두 개를 빼서 현금을 꺼낸다. 20만 엔을 세서 봉투 하나에 합쳐 넣은 후 액자 앞에 놓았다.

다음 날 점심시간이 지나 쓰루미에 사는 게이코가 찾아왔다. 게이코는 아직 쉰도 안 되었는데 벌써 머리가 희끗희끗하고 얼굴에는 깊은 주름이 새겨져 있다.

후쿠는 액자 앞에 놓은 봉투를 게이코에게 건네주었다. 다다미에 정좌하고 앉아 있는 게이코가 작아 보인다.

게이코는 잠시 봉투를 쳐다본 후 가방에 넣었다. 그리고 후쿠와 눈이 마주치자 얼굴 앞에서 양손을 포개고 "엄마, 매번 미안해" 하며 후쿠의 눈길을 피한다.

"게이코야, 너 또 살이 빠진 거 아니니? 밥은 먹고 다니는 거야?"

후쿠는 팔걸이가 달린 의자에 앉으며 물었다.

"요즘 몸이 좀 안 좋아서요. 그래도 괜찮아, 엄마. 내가 원래 몸 하나는 튼튼하잖아" 하고 억지로 웃어 보인다.

후쿠는 앉았다가 바로 다시 일어나 다다미방 옆에 있는 부엌으로 가서 미야모토 부인한테 받은 봉투를 게이코에게 건넸다.

"이거라도 가져가. 인삼이야."

"이거 비싸서 먹지도 못하는데. 몸에 그렇게 좋다죠? 그이한테 달여줘야겠네."

"네 남편 주지 말고 너나 챙겨 먹어."

"엄마, 그 사람도 열심히 일을 찾고 있어요."

"일 또 그만뒀니? 어쩜 그렇게나 변함이 없니."

게이코는 "음, 그게……" 하고 말끝을 흐린다.

"다카노가 잘 안 풀리는 건 너랑 결혼해서 그런 게 아니잖아."

"그렇긴 한데, 그래도."

게이코는 아래를 내려다보며 치맛단을 끄집어내렸다.

다카노와의 결혼은 자기들 말에 따르면 '대연애'였다고 한다.

게이코는 조선고등학교를 졸업하고 대학 검정고시에 합격한 후, 1년 재수를 해서 4년제 대학에 입학했다. 다카노와 게이코는 대학 캠퍼스에서 만나 첫눈에 반했다.

시대가 조금씩 변하고 있다고는 하지만 재일교포가 일본 회사에 취직 하기란 여전히 쉽지 않은 시절이었다. 게이코는 데쓰오의 소개로 조총련 계 금융기관에 취직했다.

게이코는 친절한 주변 어르신들이 소개해주는 혼담도, 어머니 후쿠가 추천하는 재일교포도 모두 마다했다. 대학을 졸업한 후에도 다카노와 계 속 사귀고 있었기 때문이다.

후쿠는 다카노가 처음 집으로 찾아왔을 때를 생생하게 기억한다. 양 가의 반대라는 장애물이 오히려 두 젊은 연인을 더욱 애절하게 만들었다. 다카노는 후쿠 앞에서 게이코에 대한 진지한 마음을 뜨겁게 표현했다.

후쿠도 젊었을 때 좋아하는 사람이 있었는데, 일본인인 그 남자와의 결혼은 가족들의 반대를 생각하면 아무래도 현실적이지 않았다. 서로 좋 아하기는 했지만 남자 쪽도 결혼에 적극적이지 않았다.

"내가 젊었을 때랑은 시대가 많이 바뀌었구나. 좋아하는 사람과 결혼해서 행복하다면 엄마는 네가 원하는 대로 해주고 싶어."

후쿠는 다카노가 돌아간 후 게이코에게 그렇게 말했다. 그리고 홀로 게이코 편이 되어주기로 했다.

그러나 데쓰오는 다카노가 몇 번을 찾아와도 만나려 하지 않았다.

데쓰오가 일본인 사위 따위를 받아들일 턱이 없었다.

재일교포, 더군다나 데쓰오 같은 1세들은 모국의 문화와 풍습을 완고하게 지켜온 세대다. 그런 완고함이 일본인들 사이에서 이방인으로 살아가는 그들을 지탱하게 해주었기 때문이다.

그런 가정에서 자란 게이코가 일본인 가정에 시집을 가면 고생길이 훤할 거라고 염려하고 있던 것도 사실이다. 데쓰오는 그 나름대로 게이코의 행복을 빌고 있었다.

그러나 게이코도 다카노도 부모의 말을 거역하고 사랑의 도피를 감행했고 결국 결혼했다.

다카노 일가는 섬유 관련 중소기업을 경영하고 있었다. 다카노는 부모 밑에서 일했는데, 그 집 아버지는 조선인과 결혼한 아들과 인연을 끊고 회사에서도 쫓아냈다.

부유한 집에서 자란 다카노는 끈기가 부족했다. 중요한 고비마다 참고 넘기지 못했다. 여러 직업을 전전하다 보니 벌이도 시원찮았는데 그런 상황에서 주식에 손을 대 실패하거나 수상한 투자에 돈을 쏟아붓곤 했다.

지금 일가는 게이코가 파친코 경품 교환소에서 일해서 버는 돈으로 근근히 살아가고 있다. 그 일도 곤궁에 처한 게이코를 못 본 척할 수 없던 후쿠가, 딸내미 맞선을 성사시켜준 파친코 가게 주인에게 부탁해서 얻어낸 일이다.

후쿠는 본심이야 어떻든 딸에게 퉁명스럽게 대하는 데쓰오 몰래 일이

터질 때마다 게이코를 지원해왔다. 데쓰오도 전혀 모르는 것 같지는 않았는데, 무관심으로 위장하고 있었다.

"쇼타는 야구 여직 하고 있어?"

후쿠는 손자 얘기로 화제를 돌려본다.

"올해도 고시엔에 나가겠다는데 각오가 대단해요. 아무튼 열심히 하고는 있어요. 오늘도 아침부터 연습이 있다고 일찍 나갔어요."

게이코의 목소리가 그제야 밝아진다.

"그래, 열심히 잘하고 있구나. 다행이네."

"그래요, 엄마. 쇼타가 내일 저녁에 할머니네 집을 청소하러 가겠다고 아침부터 의욕이 넘치더라고요."

"고거 참 기특한 녀석이야. 우리 쇼타는 마음씨도 곱지. 고이치랑 꼭 닮았어."

후쿠의 얼굴에 싱글벙글 화기가 돈다.

자존심이 강한 다카노는 외아들 쇼타가 자기 가족을 금전적으로 지원해주는 외갓집 사람들과 만나는 것을 원치 않는다. 그러나 쇼타는 엄마를 고생만 시키는 아버지에 대한 반항심이 강하고, 아버지가 무슨 말을 해도 콧방귀만 뀌었다.

현관에서 게이코 얼굴을 다시 한번 본다.

'쇼타랑 이 집으로 와. 와서 같이 살자.'

그런 말이 목구멍까지 차올랐지만, 간신히 삼켰다.

"추우니까 이거라도 입고 가."

후쿠는 입고 있던 후리스를 벗어서 게이코에게 준다.

코트를 벗고 후리스를 걸친 게이코는 살짝 미소 짓는다.

"엄마가 입고 있던 거라 그런지 따뜻하네."

게이코는 잠시 자기 몸을 끌어안았다.

"그럼 또 올게요. 음, 여기 오면 이 김치 냄새가 참 반가운 거 있죠."

"잠깐 기다려봐."

후쿠는 부엌으로 가서, 자기가 담근 김치와 선물 받은 햄 등을 종이봉투 두 개에 가득 채워 넣었다. 그리고 다다미방으로 건너가서는 서랍장 맨 아래에서 선물 받은 앙고라 스웨터를 꺼낸다. 서둘러 스웨터를 개서 이미 꽉 찬 봉투 안에 억지로 쑤셔 넣었다. 그러고는 현관으로 돌아가 게이코의 손에 종이봉투를 쥐어준다.

게이코는 작은 목소리로 고맙다고 말하고는 종이봉투 두 개를 들고 현관을 나섰다.

공부도 잘했던 게이코는 후쿠에게 자랑스러운 딸이었다. 고교 시절에는 쾌활하고, 학급 임원도 도맡아서 했다.

갑자기 무릎이 시려왔다. 후쿠는 잠시 현관에 걸터앉았다.

토요일 아침, 아껴둔 니트 정장을 꺼내 한껏 멋을 부렸다. 빨간 캐시미어다. 5년 전에 후쿠가 혼담을 성사시킨, 치과의사 최 선생이 연말 선물로 보내준 것이다.

후쿠는 이미 200쌍이 넘는 동포 남녀의 혼담을 성사시켜 왔다. 현재진행형인 혼담도 여럿 된다. 매년 추석과 연말에는 잘 좀 봐달라며 선물을 가져오는 사람들도 있다. 뿐만 아니라 혼담이 성사된 감사의 표시로 선물을 주는 사람들도 적지 않았다. 테에 루비를 장식한 안경은 센다이의 안과의사, 임 선생이 준 것이다.

택시를 불러 다카나와의 도쿄 브랜드 호텔로 향했다. 전철을 타자니 무릎이 아파 고생스럽게 느껴진다. 요즘은 거의 택시로만 외출을 하기 때문에 지출도 그만큼 늘었다.

호텔 입구, 택시에서 내리자마자 도어맨이 웃는 얼굴로 다가와 회전문 옆의 유리문을 열어준다.

오랜 세월의 흔적이 켜켜이 남아 있는 호텔이지만, 청결하고 차분한 분위기가 감돈다. 로비로 들어가자 종업원들이 후쿠를 보고 가볍게 묵례를 한다. 곧 지배인이 후쿠에게 다가와 인사를 건넸다.

"가나에 고객님, 항상 고맙습니다. 오늘은 맞선이 두 건, 예물교환이 한 건 맞으시죠?"

후쿠가 고개를 끄덕이자 지배인은 정중하게 머리를 조아린다.

"항상 애용해주셔서 진심으로 감사드립니다."

중매쟁이 아줌마가 된 후 맞선 장소는 늘 이곳, 도쿄 브랜드 호텔을 지정해왔다. 이러니저러니 벌써 30년은 된 것 같다. 매주 맞선을 보던 시절도 있었다. 즉, 후쿠는 이 호텔의 단골인 것이다.

예물교환도 가능하면 이 호텔에서 하도록 추천하고 있다. 결혼식 스타일에 딱히 구애받지 않는 커플에겐 피로연도 여기서 하도록 준비해둔다. 모든 일이 순조롭게 진행되면 후쿠는 호텔로부터 마진을 챙길 수 있다.

로비 소파에 앉아 오늘 맞선을 볼 남녀와 그 가족을 기다린다.

시계 침이 열 시를 가리킬 무렵, 통통한 모녀가 후쿠를 보고 얼른 다가왔다. 황급히 일어났다간 무릎 통증을 피할 길이 없기에 후쿠는 앉은 채로 모녀를 맞이했다.

"영인아, 오늘 원피스가 아주 잘 어울리는구나."

보들보들한 소재의 베이지색 원피스를 입은 김영인은 "할머니 정장도 아름다워요" 하며 미소 짓는다.

영인은 성격이 좋은 아가씨다. 후쿠의 소개로 20번쯤 선을 봤는데, 아직도 인연을 찾지 못하고 나이만 들어 벌써 서른이 됐다. 영인이네는 일본에서 말하는 옛 귀족 출신, 즉 양반으로 집안 하나는 끝내준다. 수완 좋은 아버지는 도쿄에서 레스토랑 등 이런저런 사업을 하고 있다.

중매에서는 맞선 상대를 제대로 골라주는 것이 핵심이다. 각 집안마다 상대방에게 요구하는 것과 우선순위가 다르기 때문이다.

무턱대고 본적지에만 신경을 쓰는 집안도 있고, 나이나 가족 구성원에 대한 불평을 늘어놓는 가족도 있다. 시집은 꼭 도쿄로 가야겠다고 말하는 아가씨가 있는가 하면, 때로는 궁합이 나쁘다며 거절하는 경우도 있다.

한반도에서는 본관이 같으면 결혼할 수 없다.[6] 본관이란 그 집안의 출신지다. 즉 성이 같고 본관이 같으면 인연을 맺어줄 수 없다. 일본보다 성씨가 적다 보니 조건도 까다로워진다.

그렇긴 해도 좁은 재일교포 사회에서 서로가 원하는 조건을 다 들어줬다간 혼담이 한 건도 성사될 리 없었다. 오랜 경험으로 터득한 감각에 의지해 대충 커플을 점지해본다.

티룸에서 영인과 그 어머니를 마흔 살의 변호사, 박과 그 누나에게 소개한다. 박은 어머니가 돌아가셔서 대신 누나가 따라왔다고 한다.

매번 그렇듯 처음에는 가족이 모두 편한 분위기에서 이야기를 나눈다. 그러다 긴장이 좀 풀리면 젊은 사람 둘이 저쪽으로 가서 얘기해보라고 분위기를 띄운다.

후쿠가 한 손을 들자 플로어 실장이 달려온다. 박과 영인은 실장의 안내를 받아 후쿠와 가족들이 보이지 않는 좌석으로 이동한다. 둘에게는 익숙한 일이다.

---

6   한국은 2005년 법 개정으로 동성동본이라 해도 8촌 이내 혈족, 6촌 이내 인척이 아니면 혼인이 가능해졌다.

박의 누나와 영인의 어머니 그리고 후쿠, 이렇게 셋만 남았다. 후쿠는 영인의 어머니에게 박에 대해 이야기하기 시작한다.

"박 변호사는 한 번 결혼한 적이 있다네. 변호사니까 생활도 안정적이고, 무엇보다 직업이 훌륭하지."

"한 번 결혼을 했었다고요?"

영인의 어머니가 놀란 눈으로 되묻는다.

"그래서 재혼을 원하고 있습니다."

박의 누나가 죄송하다는 표정으로 덧붙인다.

"지난번 올케가 대한항공 승무원이었는데 어찌나 유세를 떨던지 아주 대단했어요. 결국 일 년 만에 헤어졌지요. 그래서 이번에는 가나에 아줌마한테 마음씨 고운 아가씨를 소개해달라고 부탁했어요."

후쿠가 고개를 크게 끄덕인다.

"영인이처럼 착한 여자는 내가 본 적이 없어. 며느리감은 뭐니 뭐니 해도 성격이 좋아야지, 성격이."

주문한 밀푀유 세 개가 나왔다. 후쿠가 먼저 포크를 든다.

"이게 아주 별미야. 젊은 사람들 얘기하는 동안 우리는 케이크나 먹읍시다."

박과 영인이 이야기하는 동안 후쿠는 지금까지 자신이 맺어준 커플들에 대해 신이 나서 떠벌였다.

"오늘 오후에도 예물교환이 있어서 좀 바쁘다네. 오늘은 사이타마의 복덕방 집 아들내미랑 교토에서 온 아가씨가 예물교환을 하거든. 약혼반지가 1캐럿짜리 다이아몬드래. 한복도 세 벌이나 맞췄다네. 영인이 엄마, 오사카 강씨네는 이렇게 좋은 혼담은 잘 없지, 그렇지?"

"네, 그럼요" 하며 영인의 어머니가 화들짝 놀란 목소리로 대답한다.

"물론이죠. 가나에 선생님이 더 좋은 혼사 자릴 많이 알고 계시죠. 오사카 강씨 아줌마한테는 두 번 소개받았을 뿐이에요."

"그렇죠" 하며 박의 누나도 동의했다.

"여기 혼담은 다른 데와는 비교할 수 없어요. 저도 가나에 선생님 덕분에 결혼했잖아요. 강씨 아줌마가 자꾸만 제 동생 선 자리도 알아봐 주신다고 했는데, 저는 가나에 선생님한테 받을 거라고 다 거절했어요."

"다들 그렇게 바람을 피우시다가 결국엔 다시 나한테 돌아오게 되어 있다네."

후쿠는 만족스럽게 웃었다.

"자, 그럼 나는 케이크를 하나 더 시켜야겠어. 자네들은 어떤가?"

둘은 고개를 옆으로 저었다.

박과 영인은 한 시간 반 정도 지나 후쿠가 있는 자리로 돌아왔다.

영인은 환한 미소를 짓고 있었다. 박의 표정은 평소와 다르지 않았는데 오랜 시간 이야기를 나눈 걸 보면 마음에 든 모양이다.

티룸의 계산은 남자 측이 부담하는 것이 관례여서 박과 박의 누나가 먼저 자리를 떴다. 그 사이에 후쿠는 영인의 어머니한테 오늘자 소개비를 받았다.

로비로 나가자 박의 누나가 아무도 안 보는 곳에서 슬쩍 현금이 든 봉투를 건넨다. 중매알선료는 평균 한 번에 10만 엔 수준이다. 그 이상 받을 때도 있고 그것보다 적을 때도 있다. 금액은 그 집의 재량에 맡기고 있다.

맞선을 시작한 초기에는 훨씬 적은 사례금으로 인연을 맺어주었다. 당시에는 선 자리를 찾는 사람들이 그렇게 유복한 집들만은 아니었다. 지금은 주로 경제적으로 여유가 있는 집안의 혼담을 맡고 있다.

후쿠는 헤어지기 전에 박에게 다가가 오늘 어땠느냐고 물어본다.

"괜찮지? 성격이 밝고 마음씨도 고운 아가씨야."

"네, 성품이 좋아 보여요. 잘해보겠습니다."

박은 침착한 목소리로 대답했다.

이렇게 또 한 커플이 맺어질지도 모른다. 결혼까지 가게 되면 양가로부터 30~50만 엔씩의 보수가 들어온다. 반지와 한복도 늘 가는 그 집에서 맞추게 하면, 가게로부터 들어오는 마진도 따로 챙길 수 있다. 거기에 도쿄 브랜드 호텔에서 상견례와 피로연을 해준다면 더 고마울 것이다.

프렌치 레스토랑에서의 예물교환은 차질 없이 진행되었다.

쉴 틈 없이 다시 호텔 로비로 향한다. 예물교환이 길어지는 바람에 다음 약속 시각에 이미 20분쯤 지나 있었다.

로비에 도착하니 미야모토 부인이 소파에 걸터앉아 기다리고 있었다. 옆에 앉은 젊은 여성은 소파에 몸을 맡긴 채 늘씬한 다리를 꼬고 있다. 빈 틈이라곤 찾아볼 수 없는 딱딱한 스타일의 회색 투피스를 입고 있다.

미야모토 부인의 딸, 미키였다. 맞선 상대인 변상우는 혼자 와서 이미 티룸에서 대기 중이었다.

후쿠는 애교 없는 미키와 긴장 상태의 변상우, 두 사람을 티룸에서 재빨리 다른 자리로 이동시켰다.

"선 자리인데 좀 밝은 색 원피스나 여성스러운 옷을 입혀서 데려오지 않고."

즉시 미야모토 부인에게 잔소리를 했다.

"저도 조금 더 우아하게 보이는 옷을 입으라고 했는데, 너무 갑작스러워서 그런 옷이 없다지 뭐예요."

"이보게, 자네가 엄마 아닌가. 딸한테 더 강하게 얘기해야지."

죄송하다고 고개를 숙이는 미야모토 부인에게 확인차 물었다.

"그 집 딸내미는 진짜 결혼할 생각이 있기는 한 건가?"

"네, 있습니다."

"그럼 저 태도는 대체 뭔가?"

"제가 의사라고만 하고, 신상명세서와 사진은 아까 차에서 보여줬거든요."

"그러니까, 결혼할 의사는 있는 거 맞아?"

기가 막힌다는 듯 물으니 미야모토 부인은 안타까운 눈빛으로 후쿠를 쳐다보았다.

"혹시."

후쿠는 의심스럽다는 듯 노려보았다.

"그 집 딸내미 말야, 일본 남자랑 사귀는 거 아니야? 그런 애는 태도만 봐도 딱 알 수가 있다고."

"실은" 하며 미야모토 부인은 작은 한숨을 내쉬었다.

"딸이랑 오래 사귄 남자가 있었는데, 결혼 얘기가 나오니까 남자 쪽 부모가 재일교포가 웬 말이냐며 심하게 반대했어요. 그래서 딸아이가 큰 쇼크를 받았죠."

후쿠는 작게 고개를 끄덕였다.

"그래그래, 나도 알아. 결혼 얘기가 나오면 일본 사람들은 엘리트 집안일수록 조선인이네, 한국인이네 하며 반대를 하지."

"그래서 저희 딸도 이제야 맞선 볼 마음이 생긴 것 같아요. 가나에 아줌마라면 훌륭한 사람을 소개해줄 거라고 기대했던 것 같고요."

"의사면 됐지! 얼마나 더 훌륭한 상대를 원하는데? 변씨는 내가 아는 사람 중에서도 조건이 아주 좋은 사람이야."

"네, 저도 남편도 그렇게 생각하고 있어요. 그런데 딸은 나이가 너무 많아서 마음에 안 든대요. 외모도 썩 좋은 편은 아니고. 그리고……."

"그리고, 뭐?"

"얘기를 해도 될지 모르겠어요."

"해보게나. 원래 선이란 게 조건을 보는 거니까."

"그게 말이죠."

미야모토 부인은 타월 재질의 손수건으로 시선을 떨구고는 그것을 반으로 접었다.

"확실히 얘기를 해줘야 나도 소개해주기가 편하지."

"그러시다면 저도 속 시원하게."

미야모토 부인이 이번에는 반으로 접은 손수건을 다시 펼쳤다.

"저희 딸아이는 상대가 자기가 나온 대학보다 수준 낮은 의대를 나온 게 불만이래요. 남자 쪽도 분명히 신경이 쓰일 거라면서 말이죠. 그리고 변상우 씨가 일본 이름을 안 쓰는 것도 마음에 걸린다고 하네요. 변이라는 성을 가진 비뇨기과 의사와는 결혼하기 싫대요. 그런 창피한 얘기, 친구들이 들으면 다 웃을 거라고."

후쿠는 자기도 모르게 머리를 좌우로 흔들었다.

"이보게, 딸을 그렇게 키워서야 되겠나?"

미야모토 부인은 손수건을 꼭 쥐었다. 대화는 거기서 끊기고, 후쿠와 미야모토 부인은 테이블 위에 놓인 딸기 케이크를 묵묵히 먹었다.

케이크를 다 먹었을 때쯤 변상우와 미키가 돌아왔다.

변은 입이 헤벌쭉 벌어지고 좋아 죽겠다는 표정이다. 반면 미키는 담담한 표정이었다.

티룸을 나와 로비에서 해산했다. 먼저 변이 후쿠에게 인사를 하기에 출구까지 변을 배웅했다. 변은 헤어지기 직전에 생각났다는 듯 가슴 안주머니에서 봉투를 꺼내 후쿠에게 건넨다.

"오늘 감사합니다. 참 예쁜 아가씨네요."

만면에 희색을 띠고 사라져가는 변의 가벼운 발걸음을 보고, 이 혼담은 어떻게든 성사시켜야겠다고 마음먹었다.

"어땠니?"

로비 기둥에 시무룩하게 기댄 미키에게 늘 하던 질문을 던졌다.

"저분은 좀……."

미키는 가늘고 높은 콧대를 살짝 위로 올리며 대답했다.

후쿠는 지금부터가 승부라고 생각하며 마음을 다잡았다. 어떻게든 설득해서 첫 데이트를 성사시켜야 한다. 막 입을 떼려고 했을 때, 미키 옆에 있던 미야모토 부인이 후쿠에게 말을 걸어왔다.

"저, 오늘 얘기는."

미야모토 부인이 가방 안을 뒤지길래 후쿠는 오늘 소개비를 줄 게 분명하다고 생각했다.

그런데 미야모토 부인은 악어가죽 가방에서 신상명세서가 든 봉투와 사진을 꺼내 죄송하지만 돌려드리겠다고 후쿠에게 건넸다.

"오늘 만난 분은 인연이 아닌 것 같아요. 또 다른 분을 소개해주실 순 없나요?"

후쿠는 바로 확답하지 않았다. 미야모토 부인은 긴장한 얼굴로 후쿠의 대답을 기다리고 있었다.

"다른 사람이라? 흐음. 두 분 혹시 시간 괜찮으면 지금 우리집으로 갑시다."

후쿠는 미야모토 부인의 차로 이케가미의 집으로 돌아갔다.

응접실이 추워서 석유스토브로 데워진 다다미방으로 미야모토 모녀를 들여보냈다.

미야모토 부인과 미키를 상 앞에 앉히고, 후쿠도 무릎에 신경을 쓰며 천천히 엉덩이를 붙였다. 책상다리를 하고 앉은 데쓰오를 포함한 네 사람은 조용히 얼굴만 맞대고 있었다.

미야모토 부인은 도코노마에 쌓여 있는 사진더미에서 시선을 멈췄고 미키는 무릎을 꿇고 앉은 게 불편한지 연신 발가락을 꼼지락거리며 방안 여기저기를 둘러보았다.

후쿠는 무슨 말부터 해야 할지 고민 중이었다. 전화벨이 울리자 후쿠는 앉은 채로 조금 움직여 팔걸이 의자 옆에 있는 수화기를 들었다. 변상우 어머니였다. 목소리가 경쾌하다.

"오늘 만난 분이 미인인 데다 멋있는 분이라고 아들내미가 너무 좋아하네요. 말수가 적고 조신한 아가씨라는데 우리 상우가 무척 맘에 들었나 봐요. 꼭 좀 연결해달라고 부탁하네요."

"그랬군. 다행이야. 나야 고맙지. 드디어 맘에 드는 아가씨를 찾았군."

"네, 포기하지 않고 기다려온 보람이 있네요, 가나에 선생님."

"그럼, 그럼. 인연이란 게 꼭 그렇게 나타나는 법이라네. 믿어야지."

수화기를 내려놓고 데쓰오를 돌아본다.

"변상우 씨 어머니인데 아주 맘에 들었대."

미야모토 부인과 미키에게 들리도록 말했다.

"어어, 다행이군."

후쿠와 데쓰오의 대화를 듣고도 미야모토 모녀는 아무 반응이 없다. 미야모토 부인은 바닥만 보고 있고, 미키도 딴전만 피우고 있다.

데쓰오는 옆에 있던 주간지를 펼친다. 지면에는 '지방도시의 결혼 사정'이라는 제목의 기사가 나와 있다. 거기에는 더 좋은 상대를 찾으려는 남녀를 위해 지자체가 중심이 되어 만남의 장을 제공 중이라는 내용이 적혀 있었다.

"이것 좀 보게나. 평범한 일본인들도 결혼을 하려고 이렇게나 열심히 상대를 찾고 있다고."

데쓰오가 미키에게 기사를 보여준다.

미키는 "아, 예" 하며 건성으로 대답하고 주간지를 곁눈질한다.

미야모토 부인은 사진더미에 눈길을 준 후, "오늘은 이만 가보겠습니다" 하고 후쿠에게 정중하게 머리를 숙인다.

"죄송한데 다른 분을 좀 소개해주실 순 없나요?"

미야모토 부인은 호텔 로비에서 했던 말을 반복하며 옆에 있는 미키의 팔을 확 잡아끌었다.

"미키야, 너도 얼른 인사드려야지."

"엄마, 나는 이제 선은 안 본다니까."

미야모토 부인에게 나지막하게 말하는 미키의 표정은 어딘가 불쾌해 보였다.

"아가씨, 아가씨 마음은 누구보다도 내가 잘 안다네."

데쓰오가 부드럽게 말했다.

"열심히 공부해서 좋은 대학에 들어가, 좋은 회사에 취직해서, 직장에서 인정받고, 오늘날까지 좌절도 모르고 살아왔을 텐데 결혼을 앞두고 처음으로 벽에 부딪힌 거지. 자기한테 더 잘 어울리는 남자가 있을 거라고 생각하는 건 당연한 일이야."

미키는 굳은 얼굴로 바닥만 쳐다봤다. 데쓰오가 이어 말한다.

"재일교포뿐만 아니라 누구든지 크든 작든 불합리한 일을 겪으며 살아가게 된다네. 그래도 자기가 태어난 환경과 잘 타협하면서 살아가야지, 별수 있겠나."

데쓰오의 말을 이어 "내가 말이지" 하며 후쿠가 덧붙인다.

"같은 재일교포로, 또 딸을 가진 엄마로 한마디만 꼭 하고 싶네."

후쿠는 거기서 호흡을 가볍게 가다듬는다.

"이보게, 아가씨."

부드러운 목소리로 후쿠가 부르자, 미키는 얼굴을 들었다.

"아가씨 부모님도 다 자식 생각에 이렇게 필사적이신 거라네."

후쿠는 미키와 눈을 맞추고 깊은 눈동자 저편에 있을 마음 깊은 곳에 말을 건넸다.

미키는 후쿠를 똑바로 쳐다본다. 젖은 눈이 그 아름다운 얼굴을 더욱 빛나게 한다.

"부모님 마음도 모르는 건 아니에요. 그렇지만 왜 도대체 저만 친구들과 다른 건지 고민이 많았어요. 불공평해요. 취직할 때도 제약이 많았어요. 사실은 정부 계열 금융기관에 취직하고 싶었는데 저한테는 시험 볼 자격조차 주어지지 않았어요. 도저히 받아들일 수가 없었어요. 단지 한국인으로 태어났을 뿐, 저에게는 아무 잘못도 없잖아요."

미키는 당찬 어조로 말했다.

"인생이란 게 그렇게 납득할 수 없는 일들의 연속이란다."

후쿠는 혼잣말처럼 중얼거리고는 서랍장 위의 액자 쪽을 바라보며 시선을 멈추었다. 누구 하나 입을 여는 사람이 없어서 분위기가 점점 무거워졌다. 미야모토 부인은 후쿠의 시선이 머무른 것이 액자라는 사실을 눈치 채고 물었다.

"어머, 저 사진은 누구 사진이에요?"

미야모토 부인은 후쿠를 쳐다본다.

"우리 아들일세."

데쓰오가 평탄한 어조로 대답했다.

후쿠는 상을 짚고 일어나 서랍장 액자 안에서 흑백 사진 뒤에 끼워둔 컬러 사진을 꺼낸다. 고이치와 며느리, 그리고 스무 살이 된 손녀딸이 찍힌 10년 전 가족사진이다. 고이치가 몹시 수척해 보여서 볼 때마다 마음이 아파 액자 속에 감춰두고 있었다.

이번에는 자리로 돌아와 두 장의 사진을 미야모토 부인에게 건넸다.

"그러고 보니 아드님이 어르신과 눈매가 많이 닮았네요."

미야모토 부인은 두 장의 사진을 번갈아 보았다.

"아드님은 지금 어디서 무얼 하시나요?"

미야모토 부인은 사진을 얼굴 가까이 가져다 대고 뚫어져라 쳐다보았다.

"북에 있어요."

퉁명스럽게 대답하자 미야모토 부인과 미키가 동시에 후쿠를 바라보았다. 후쿠는 사진을 보며 말없이 두 사람의 시선을 느꼈다.

미키는 당혹스러운 표정으로 미야모토 부인이 손에 들고 있는 색 바랜 사진 한 장과 거친 화소의 컬러 프린트를 천천히 봤다.

"아들은 지금 북한에 살고 있다네. 여기서 조선고등학교를 졸업하고 1972년에 건너갔지."

데쓰오가 마치 원고를 읽듯 감정 없이 담담하게 설명한다.

"내가 조총련에서 오랫동안 일했거든. 그래서 아들이 북한에 간다는 걸 말리지 않았네. 오히려 당시엔 자랑스럽게 생각했지. 아니, 그렇게 생각하려고 했던 거야. 실은 귀환사업의 문제가 드러나기 시작한 무렵이었지.

그런데 나는 내 입장도 있고 해서, 의심하지 않고 믿어보기로 한 거지."

그렇게 말하고 데쓰오는 미야모토 부인의 손을 응시했다.

"어머나, 참 힘드셨겠어요. 그리고……."

모두의 시선이 자기 손에 집중하자 그 무게를 견디지 못해 동요했는지 미야모토 부인의 목소리가 떨리는 것처럼 들렸다.

"내가 말단에서 일하면서도 조총련에서 벗어나지 못한 건 아들 고이치가 북에 있어서였다네."

데쓰오는 눈을 내리뜬다.

후쿠는 미키의 시선을 확인한다.

"너 같은 젊은 애들을 보면 다 자식 같아. 다 좋은 사람 만나서 행복하게 살았으면 좋겠단 생각이 들지. 우리 아들 몫까지 말이야."

후쿠의 말에 미야모토 부인은 눈을 감았다가 뜬 후 작게 끄덕였다. 미키는 눈을 크게 뜨고 후쿠를 쳐다보았다. 후쿠는 미키를 보며 이야기를 이어나갔다.

"알다시피 결혼이란 게 같은 아픔을 가진 사람들끼리 했을 때 더 오래가는 법이란다. 우리는 결혼생활을 길게 했거든. 그래서 말인데, 처음부터 문제가 있으면 오래가기 힘들어. 결혼이란 생활 그 자체야. 그리고 유복하게 잘 사는 게 중요해. 사람이 좀 넉넉하고 여유가 있어야 행복을 느낄 수 있고, 다소의 불편은 신경 쓰이지 않게 되지."

미키는 한쪽 입꼬리를 치켜올리고 "하지만" 하며 코웃음을 친다.

"아무리 선이라지만 만났을 때 조금은 설레는 감정이 있어야 연애 감정이 싹틀 것 같은데."

덧붙여 미키는 조금 얕잡아 보듯 "아무리 그래도 오늘 만난 그 사람은……" 하고 말끝을 흐린다.

"일시적인 연애 감정 같은 건 금세 식어버리지. 그리고 선 자리에서 한 번 딱 보고 정하는 거 아니란다. 제대로 데이트를 해보고 결정해도 늦지 않아. 상대방은 네가 아주 마음에 들었대. 남자가 열렬히 좋아해주는 편이 여자한테 훨씬 낫지."

미키는 후쿠의 이야기를 전혀 이해할 수 없다는 듯한 표정으로 듣고만 있다.

"오래 사귄 일본 남자랑 비교하지 말고. 그리고 부모님이 반대하는 결혼은 절대로 하면 안 된다. 길게 보고 생각해보렴."

후쿠가 온화한 말투로 이야기해봐도 미키는 찌푸린 얼굴로 옆에 앉은 미야모토 부인을 힐끔거렸다. 미야모토 부인은 자개 무늬를 따라가던 눈을 여러 번 깜빡였다.

"미키야, 너는 부모님이 아주 곱게 키운 아이야. 그러니까 꼭 축복받으며 결혼해야 한다."

후쿠가 간곡하게 설득하려고 했지만 미키는 고개를 삐딱하게 기울이고 입술을 빼죽 내밀었다.

"결혼과 연애는 다른 거란다."

차근차근 짚어 말하는 후쿠를 미키는 강렬한 눈빛으로 똑바로 처다봤다.

"조금 생각할 시간을 주세요."

미키는 명확한 목소리로 말했다.

"그래, 그럼 천천히 생각해 보거라. 부모님과도 잘 상의해봐."

후쿠는 미키에게 지지 않으려고 목소리를 높였다.

미키는 턱을 잡아당기듯 살짝 고개를 끄덕였다. 그러나 강한 의지를 담은 듯한 그 눈빛은 날카로웠다.

"그럼 앞으로도 잘 부탁드립니다."

미키와는 대조적으로 미야모토 부인은 고개를 깊이 조아렸다.

"아드님은 잘 지내시나요?"

미야모토 부인이 후쿠에게 액자를 건네면서 물었다. 후쿠는 데쓰오와 눈짓을 주고받았다.

"그럼, 잘 지내다마다."

허공에서 데쓰오의 낮은 목소리가 공허하게 흩어졌다. 아무도 더 이상 말을 꺼내지 않았다. 미야모토 부인이 미키를 재촉하며 조용히 일어났다.

"그럼, 저희들은 이만."

미야모토 부인은 목소리를 한 톤 높여 인사하고 가볍게 묵례했다.

미키는 방에서 나오면서 여러 번 후쿠 쪽을 뒤돌아보았다. 이런 구시대의 유물은 처음 본다는 듯 차가운 얼굴이다.

후쿠는 사진을 든 채 아무 말도 없이 두 사람을 배웅했다. 데쓰오가 커다란 손으로 후쿠의 손을 매만졌다.

삶이 고난에 처했을 때 데쓰오와 후쿠는 서로 손을 꼭 맞잡고 견뎌왔다. 후쿠는 데쓰오의 손바닥을 꼭 쥐었다.

늦은 저녁, 쇼타가 찾아왔다.

쇼타가 오길 고대하던 데쓰오는 쇼타가 오자마자 내기 장기를 해서 일부러 져주고 용돈을 두둑이 챙겨 주었다.

해가 저물어 어둑한데도 쇼타는 정원의 잡초를 뽑고 현관을 쓸었다. 청소가 끝나자 이번에는 후쿠의 어깨를 주무른다. 후쿠도 쇼타에게 용돈을 주었다. 고교생인 쇼타의 얼굴을 보는 것만으로도 반가웠다.

저녁으로는 스키야키[7] 전골을 준비했다. 식탁을 빙 둘러 앉았다. 쇼타가 오는 날은 평소 잘 안 먹는 고기 요리를 준비한다.

후쿠는 입안 가득 고기를 집어넣고 우걱우걱 씹어 삼키는 쇼타의 접시 위에 연신 고기를 얹어 주었다.

쇼타에게 고기를 주고, 후쿠는 배추와 두부에만 손을 댔다. 데쓰오도 똑같이 곤약면과 채소에만 손을 대고, 이따금씩 김치를 먹었다.

쇼타는 먹기에 급급해서 말수가 적었다. 대화가 자꾸 끊겨 티브이를 켜자 가요 프로를 방영하고 있었는데, 요즘 인기 있는 한국 가수가 출연한 덕분에 식사 중 화제로 삼을 수 있었다.

가요 프로가 끝날 무렵, 오늘 맞선을 본 영인의 어머니한테서 전화가 걸려왔다. 영인은 박을 마음에 들어 한 것 같은데, 영인의 어머니는 박이 이혼한 경력이 있어 마음에 들지 않는다고 거절하겠다고 한다.

평소라면 영인의 모친을 설득하려 들겠지만, 오늘은 그럴 만한 기력이 남아 있지 않았다.

전화를 끊자 티브이 화면은 뉴스 프로그램으로 바뀌어 있었다. 납치 피해자 가족이 서명 운동을 하는 모습이 흘러나왔다. 딸을 납치당한 백발의 여성이 확성기를 입 가까이에 가져다 대고 있는 힘을 다해 소리치고 있었다.

후쿠는 젓가락을 든 채 손을 멈춘다. 모두 티브이 화면에서 눈을 떼고 말없이 시선을 떨굴 곳만 찾고 있었다.

골똘히 생각에 잠긴 쇼타가 후쿠와 데쓰오의 얼굴을 순서대로 쳐다보았다. 그리고 전골 안으로 손을 뻗어 오래 익어서 딱딱해진 고기를 두 점

---

7 소고기와 채소를 전골에 넣고 익혀 먹는 일본식 불고기다.

가나에 아줌마   47

앞접시에 덜었다가 입으로 가져간다. 천천히 고기를 씹어 삼킨 후, 후쿠에게 "외할머니" 하고 명랑한 목소리로 입을 연다.

"고기 더 없어요? 더 주세요. 그리고 외할머니 김치는 정말 맛있어요. 김치도 더 주세요."

후쿠는 "그래그래, 지금 가져올게" 하며 텅 빈 접시를 들고 일어난다.

"곤약면이 있으면 추가해줘."

데쓰오의 목소리가 등 뒤로 후쿠를 따라간다.

침침한 눈으로 냉장고에서 소고기를 꺼내 큰 접시에 올렸다.

항아리에서는 배추김치를 꺼내 식칼로 한입 크기로 자른다. 차갑고 매운 고춧가루가 스며들어 거스러미가 난 손끝이 아려왔다.

쇼타가 돌아간 후, 미야모토 부인에게서 전화가 걸려왔다.

"오늘은 정말 감사했어요. 그리고 실례했습니다. 그런데 저희 딸이 도저히 안 되겠다네요. 그러니까 이번 맞선은……."

"그렇군. 그럼 다른 사람으로 한번 찾아볼게."

전화 저편의 미야모토 부인은 아무 대답도 하지 않았다.

"이보게, 듣고 있나?"

"아, 네, 가나에 아줌마. 이렇게까지 신경 써주셨는데 정말 죄송해요. 저희 딸내미가 더 이상 선은 싫다고 합니다. 이제 소개 안 해주셔도 될 거예요. 차후에 이번 소개비 들고 찾아가겠습니다."

딸내미 결혼 문제로 고민이 많아 보이는 미야모토 부인의 먹먹한 기분이 수화기를 통해 전달되는 것 같았다.

"미야모토 씨, 됐어요. 소개비 때문에 일부러 오지 않으셔도 됩니다."

전화를 끊고 미키의 당돌한 얼굴을 떠올렸다.

그날 밤은 일찍 잠자리에 들었지만 쉽게 잠들지 못했다.

후쿠와 데쓰오는 부지런히 돈을 모아 대부분을 북한에 있는 고이치에게 보냈다. 둘 다 여간해서는 사치를 하지 않는다. 식사도 소박했다. 조금이라도 더 절약해서 조금이라도 더 많은 돈을 고이치에게 보내고 싶어서였다.

고이치가 북한에 간지도 벌써 40년이 지났다.

쇼타와 거의 같은 나이였던 18세의 고이치는 마음씨가 곱고 순수했다. 그 순수함 때문에 북한에 가기를 갈망했다.

북한에 가서도 야구를 그만두지 않길 바랐는데, 고이치는 편지에서 단 한 번도 야구에 관한 이야기를 꺼내지 않았다.

3년 전부터는 고이치의 편지가 좀 이상하다. 답장도 매번 늦고 문장도 어딘가 어색했다. 가끔 편지와 함께 동봉되던 사진도 싹 끊겼고, 필체도 조금 다른 느낌이 든다.

일 년에 한 번 오던 콜렉트콜도 요즘은 통 걸려오지 않는다. 데쓰오가 조총련을 통해 여러 번 안부를 확인하려 했지만, 아무리 기다려도 정확한 상황을 알 수가 없었다.

불안하고 숨이 턱턱 막힌다.

아들의 생사도 모르면서 도대체 왜 남들의 인연을 맺어주는 일을 도맡고 있는 건지 도통 모르겠다 싶은 날들이다.

요즘 들어 맞선도 예전같지 않다. 후쿠가 애써 짝지어준 부부가 이혼을 하거나, 혼사가 잘 굴러가지 않고 도중에 깨지는 경우도 종종 일어나곤 한다.

예전에는 고객들에게서 받은 선물들을 포함한 이것저것 물건들을 챙겨 니가타항 경유로 만경봉호에 태워 보내곤 했다. 그런데 최근에는 여러

가지 사정 때문에 그것도 어렵게 되었다.[8]

요즘은 현금만이 구명줄이다.

고이치가 살아만 있어 준다면…….

작게 심호흡을 하고 눈을 감았다.

눈꺼풀 안에서 고이치가 손을 흔든다. 고이치를 태운 만경봉호는 해안을 떠나 점점 멀어져가다가 이윽고 자취를 감추었다.

하루가 지난 일요일, 결혼 피로연이 한 건 있었다.

후쿠는 보라색 한복을 입었다. 이번 피로연을 위해 우에노 한복집에서 새로 맞춘 한복이다. 혼담이 성사되면 이 한복집을 소개해주고, 신부에겐 평상시에 입는 한복과 혼례용 의상을 만들게 한다.

이번에 후쿠가 지어 받은 한복은 공짜였다. 평소 가게에 공헌해 준 데 대한 감사의 표시라고 한다.

거울 속으로 머리도 옷도 모두 보라색인 일본 최고의 '매파'가 모습을 드러낸다. 나이가 들어도 한참 들었다.

날이 조금 풀리자 무릎 상태도 좋아졌다. 정원의 동백꽃들은 봉오리를 활짝 펴고 자랑스럽게 자신을 뽐낸다.

준비를 마치고 언제나처럼 전화로 택시를 불러 도쿄 브랜드 호텔로 향한다. 오늘은 양복을 입은 데쓰오도 함께다. 피로연 회장은 큰 규모의 뱅킷홀로 초대 손님이 200명에 달했다.

중매를 선 후쿠는 결혼식과 피로연에서 주선자 자리에 앉지 않았다. 피

---

8 일본과 북한 사이에는 만경봉호가 오가는 등 교류가 아예 없지 않았으나 2000년대에 들어서 일
   본이 독자적인 대북제재를 감행하면서 만경봉호 입항도 불가능하게 되었고, 북한에 가족과 친
   척을 둔 사람들은 물자 지원이 어려워졌다.

로연에서는 대체적으로 데쓰오와 함께 신랑 측 상석에 앉는다.

후쿠와 데쓰오의 테이블에는 주로 조총련 관계자들이 앉아 있었다. 데쓰오와 안면을 튼 사람들이 대부분이다. 데쓰오는 그들과 활기차게 이야기를 나눴다. 흥이 난 모습이다.

지금까지 후쿠는 셀 수 없을 만큼 많은 피로연에 참석했다. 그러나 정작 자기 자식들의 결혼식과 피로연은 보지 못했다. 고이치는 북한에서 결혼해서 딸이 하나 있는데, 후쿠 부부에게는 입국 허가가 나지 않아 한 번도 북한을 방문하지 못했다. 게이코는 아예 결혼식을 올리지도 않았다.

신랑 신부가 입장했다. 후쿠는 이 순간을 좋아한다. 황홀한 기분이 들 정도다.

신랑 신부는 조선왕조 풍의 전통적인 혼례 의상을 입었다. 신랑은 저고리 밑에 바지를 입고, 세모라는 양쪽에 깃털이 달린 모자를 쓰고 있다. 신부는 비녀로 장식한 화관을 머리에 쓰고, 저고리 위에 원삼이라고 불리는 겉옷을 입고 있다. 볼에는 빨간 연지 곤지를 붙였는데 양가 어르신 앞에서 인연을 맺는 폐백을 할 때의 차림새다.

신랑 신부의 주선자로는 친구 부부가 옆에 서 있다.[9] 주선자 여성도 화려한 오렌지색 한복을 입고 있다. 이 부부도 후쿠가 맺어준 커플이다. 6개월 전에 아들이 태어났고 행복하게 사는 것처럼 보인다.

혼담을 주선한 커플에게서 아이가 태어났다는 연락을 받을 때마다 후쿠는 마치 자기 손자가 태어난 것처럼 기뻤다.

신랑의 아버지는 히가시주조에서 병원을 경영하는데, 김일성을 치료한 적도 있다는 인물이다. 이 손씨 집안에는 아들과 딸이 다섯이나 있었

9　일본에서는 보통 결혼식 주선자를 실제 주선자가 아닌 친구 부부 등이 맡는 경우가 많다. 중매로 결혼하는 것을 밝히고 싶지 않은 경우도 많기 때문이다.

고, 그중 차남과 장녀의 짝을 후쿠가 찾아주었다. 이번 결혼식은 삼남과 기타간토北関東 조총련 간부 딸의 결혼식이다. 신랑이 마흔 넘어 아내를 맞이하게 되었는데, 후쿠는 이번 혼사를 성사시키기 위해 고생을 좀 했다.

"여기 두 사람을 맺어준 우리들의 중매 아줌마, 가나에 후쿠, 이복선 여사님이십니다."

건배사를 하던 사람이 갑자기 후쿠를 소개했다. 연회장이 떠나갈 듯한 우렁찬 박수 소리에 재촉받은 후쿠가 천천히 일어난다.

깊이 머리를 숙였다 얼굴을 들자 "이 선생님, 이 선생님" 하는 성원이 들려왔고, 다시 박수 소리가 터져 나왔다.

기쁨과 만족감으로 후쿠의 볼이 빨갛게 달아오른다. 옆에 있는 데쓰오도 미소 지으며 박수를 보낸다.

피로연 식사는 고급 중화요리였다. 후쿠와 데쓰오는 맛있는 요리에 정신없이 젓가락을 움직였다. 연회 도중 쉴 새 없이 사람들이 찾아와 후쿠에게 인사를 했다. 지금부터 혼담을 부탁하고 싶은 부모들, 또는 후쿠가 맺어준 인연으로 결혼한 부부들이다. 맛있는 음식을 먹고 인사를 나누며 한 사람 한 사람에게 연신 덕담을 해준다.

피로연이 절정에 달하자 한국 전통음악이 흐르기 시작했다. 한복을 입은 조총련 부인회 여성들이 대여섯 명 둥근 원을 만들고 춤을 추기 시작했다.

부인회 회장 손에 이끌려 후쿠도 그 원 안에 합류했다. 무릎 통증을 참으며 양쪽 옆에 있던 부인들과 손을 잡고 춤을 춘다. 데쓰오는 입꼬리만 올리고 환한 미소를 지으며 후쿠를 지켜보았다. 둥근 원 안에는 후쿠의 소개로 결혼한 여자들의 얼굴이 오간다.

후쿠는 춤을 추며 생각했다.

'민단도 조총련도 상관없다. 한국이든 북한이든 아무렴 어떠랴. 목숨이 붙어 있는 한 동포들의 혼담을 하나라도 더 성사시키고 싶다. 그렇게라도 고이치와의 인연을 꼭 붙들어 두고 싶다'고 후쿠는 생각했다.

노래는 세 곡으로 끝이 났다.

"우리나라 만세!"

누군가가 큰 소리로 만세를 불렀다. 그러자 "만세!" 대합창이 시작되었다.

부인들도 모두 양손을 들고 만세를 했다.

부인들과 손을 마주잡고 있던 후쿠도 그 손에 이끌려 어쩔 수 없이 양손을 올리고 만세 자세가 되고 만다.

데쓰오를 보니 같은 테이블에 앉은 모두가 만세를 하는데도, 데쓰오 혼자만 바닥을 보며 음식을 먹고 있었다. 후쿠는 데쓰오가 어떤 표정을 하고 있는지 알 수 없었다.

한복을 입은 여자들 사이에서 울컥 치밀어 오르는 감정을 억눌렀다.

"만세! 만세! 만세!"

만세는 다시 반복되고, 부인들과 잡고 있던 손이 또 한 번 위로 끌려 올라갔지만 후쿠는 입을 꾹 다물었다.

양옆에 있는 여자들의 손에 이끌려 의미없이 양팔을 위아래로 올렸다 내린 것에 지나지 않았다.

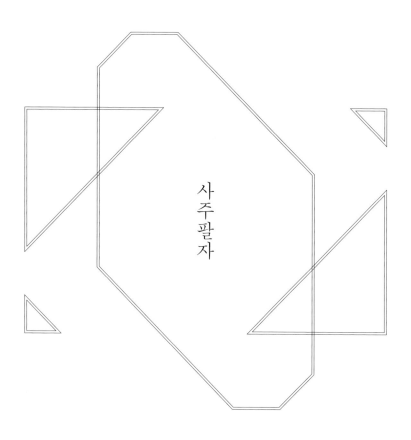

사주팔자

미숙이 발가락을 구두에 찔러 넣은 바로 그때, 인터폰이 네 번이나 분주하게 울렸다. 이어서 나야 나, 하는 나오코의 다급한 목소리가 현관문 저편에서 들려온다.

형님인 나오코다. 나오코의 집과 미숙의 집은 같은 부지 안에 있다. 현관문을 반쯤 열자 나오코가 그 틈새로 몸을 비집어 넣어 현관 안으로 들어왔다.

"출근 전이라 다행이야. 다른 게 아니라 미숙아, 점 좀 봐줄래? 여기, 신상명세서 복사한 거."

나오코는 미숙의 눈앞에 투명파일을 내밀었다.

자신의 아들, 즉 미숙의 시조카와 맞선 상대의 궁합을 봐달라는 것이었다. 미숙은 출근해서 보겠다고 말하면서 파일을 받아 들고, 열지도 않은 채 짝퉁 루이뷔통 가방에 대충 찔러넣었다.

애써 구두를 신고 나서려는 시늉을 해보아도, 나오코는 좀처럼 현관에서 나갈 기미를 보이지 않는다. 조금 더 얘기가 하고 싶은 모양이다. 나오코는 남을 잘 챙기지만, 참견을 잘하는 사람들이 주로 풍기는 파란색 아우라를 발산하며 현관 앞에 서 있다.

"가나에 아줌마가 자잘한 일은 신경 쓰지 말고 자꾸 한번 만나 보래. 서로의 느낌이 중요하다고. 자꾸 한번 선을 보라고 하네. 근데……."

"알았어요. 궁합 한번 봐볼게요. 나중에 연락할게요."

미숙은 힐끔 손목시계를 쳐다보았다. 그래도 나오코는 현관에서 나갈 기색조차 없이 그래서 말인데, 하며 말을 이어간다.

"저번에 있잖아, 히로미한테 혼담이 들어왔을 때, 점쟁이가 궁합이 안 좋다고 해서 거절당한 적이 있었잖아. 그 생각이 나더라고. 그래서 우리도 한번 봐보려고. 네가 그쪽으로 유명하잖아. 알지? 다카히로貴弘는 지금까지 신상명세서와 사진 때문에 계속 퇴짜만 맞았다고. 이런 선 자리는 처음이잖아. 그래서 내가 더 신경이 쓰여. 신중하게 생각해보려고."

"네, 알겠어요."

대답하며 이번에는 신발장 위에 있는 열쇠를 손에 쥐었지만 나오코는 그래도 꿈쩍 않고 그래서 말인데, 하고 계속 떠들어댄다.

"상대 아가씨 사진을 봤는데 꽤 예쁜 거 있지. 근데 미인이란 게 또 좀 어딘가 수상쩍긴 해."

"미인이면 뭐가 안 되나요?"

출근 시간이 임박해 서두르고 있던 탓에 얼른 이야기를 끝내고 나가고 싶었지만, 일단 묻기는 했다. 이러다간 한복으로 갈아입을 시간이 없을지도 모른다. 서두르고픈 마음에 말이 조금 퉁명스럽게 튀어나왔다.

"미숙아, '뭐가 안 되나요'가 아니라, '미인이면 왜 안 되나요'가 자연스러운 일본어지."

나오코가 눈썹을 찌푸린다.

"아, 예, 죄송해요."

이렇게 나오코는 자주 미숙의 일본어를 정정해준다. 절대로 모른 척 넘어가 주는 법이 없다.

"죄송해할 필요 없으니까 앞으로는 신경 좀 써. 이제 일본 생활이 더 오래됐잖아."

"네, 알겠어요."

혼담 이야기가 도중에 끊겼으니, 슬슬 해방시켜주겠지?

"그건 그런데, 맞선 상대 말인데, 물론 다카히로도 사진을 보고는 젊고 엄청난 미인이라 마음에 들었대. 그런데 좀 이상하지 않아? 여기저기서 혼담이 들어올 텐데, 왜 하필이면 우리 다카히로랑 선을 보겠다는 거지? 가나에 아줌마가 그러는데 이 아가씨가 누군가를 만나겠다고 한 게 우리 다카히로가 처음이래. 아무리 생각해봐도 이상해. 우리집은 월급쟁이 집 안에 재산도 없는데 말야. 역시 도쿄대학 출신이라 혹한 걸까? 아니면 안 정된 직업이라? 어쩌면 다카히로가 너무 순진해서, 그 아가씨한테 너무 휘둘리는 건 아닌지 몰라. 그래서 말인데……."

곧 이야기가 끝날 거라는 기대감은 말끔히 무너져 내리고, 나오코의 수다는 계속된다. 나오코는 역시 딸 셋을 시집보낸 경험이 있는 까닭에 혼담에 대해 여자 쪽 기분도, 또한 자신의 아들 처지에 대해서도 잘 알고 있는 듯하다.

다카히로는 세 딸을 얻은 끝에 간신히 생긴 아들로, 나오코가 응석받 이로 키운 탓에 성격이 어둡고 든든하게 기댈만 한 구석도 없었다. 지금 도 다카히로의 속옷부터 전부를 나오코가 사다 입힌다. 다카히로는 지금

껏 한 번도 여자를 사귀어보지 못했다고 한다. 그의 눈매가 사납게 보이는 것은 시력이 나빠서이기도 하지만, 아마 남자로서 자신감이 부족한 데서 기인한 것이 분명하다고 생각한다. 그나마 장점을 꼽으라면 명문대 출신에 꽤 유명한 회사에 다니고 있다는 것이다.

하기야 혼담에서는 좋은 학벌과 사회에서 평판 좋은 회사에 다닌다는 점이 무척이나 중요한 요소일 것이다. 아니, 혼담에서만이 아니라 사회적으로도 다카히로 같은 인간은 성공한 사람이라고 할 수 있을 것이다.

친형제한테 지원을 받아 시작한 다방이 망한 후, 빚을 떠안은 채 50대 중반 나이에 겨우 택배 배달을 하고 있는 미숙의 남편 에이주米壽와는 하늘과 땅 차이다.

"그래서 말인데, 미숙이 네가 좀 자세하게 봐줬으면 좋겠어. 오늘 중으로 부탁할게. 오늘 밤까지 선을 볼지 말지 알려줘야 하거든."

나오코는 거기까지 말한 뒤, 그제야 현관을 나섰다.

역술가로서 5년 이상의 경력을 쌓으며 5천 명에 가까운 이들의 점을 봐주면서 장담할 수 있는 것 중 하나는, 점을 보려는 사람들은 대체로 근심이나 불만을 가지고 있다는 것이다. 현실에 대만족하고 살아가는 '해피'한 사람들에게 점은 그다지 필요하지 않다. 매우 드물게 순조로운 연애를 하면서 단순히 자신의 행복을 재확인하러 오는 이들도 더러 있지만, 대부분은 문제가 있어서 찾아온다.

나오코의 경우에도 맞선 상대인 아가씨가 어딘가 미심쩍다는 생각에 미숙에게 점을 봐달라고 찾아온 것이다.

일본에 와서 지금까지 나오코에게는 신세를 많이 졌다. 나오코는 한국말도 약간 할 줄 알기에, 일본말이 서툰 미숙을 도와주었다.

돌아가신 시부모님이 하는 전라도 사투리가 섞인 한국말은 서울이 고향인 미숙에겐 좀 거칠게 느껴졌고 늘 혼나는 기분이 들게 했다. 재일교포 1세인 시부모님은 전통적 풍습과 예법을 지나치게 따지셨다.

그런 상황에서 재일교포 2세이자 장남의 아내인 나오코는 한집에서 시부모님을 모시며 맏며느리로서의 책무를 훌륭하게 해냈다. 당시에는 시부모로부터 아들을 낳을 때까지 제대로 된 며느리 취급을 받지 못했다고 하는데, 나오코는 막내 다카히로가 태어날 때까지 아들 낳기를 포기하지 않았다고 한다. 이후 그녀는 네 자식 모두 명문대학에 합격시켰고 좋은 회사에 취직시켰다.

나오코는, 어머니를 일찍 여의고 한부모 가정에서 자라서인지 세상물정을 잘 모르고 주변머리가 부족한 미숙을 늘 감싸주었다. 미숙에게 아이가 들어서지 않아 시어머니에게 미움을 받았을 때도 상처받은 그녀를 옆에서 위로해준 것은, 일본어로조차도 자기 마음을 제대로 표현하지 못하는 남편 에이주가 아닌 나오코였다.

나오코는 억지로 밀어붙이는 성격인 데다 강압적으로 말하는 경향이 없지 않지만 그럼에도 미숙은 늘 나오코가 고마웠고, 그녀를 존경하고 있었다. 나오코의 도움이 있었기에 미숙은 한국에서 바다 건너 시집온 재일교포의 집에서 그럭저럭 견디며 살아올 수 있었던 것이다.

그러니 다카히로의 맞선 궁합을 보는 일쯤 흔쾌히 응할 생각이다. 돈이 되지 않아도 가장 먼저 해야 할 일이다.

미숙은 접이식 의자에 앉아 싸온 도시락을 후다닥 먹었다.

15년 전 서울에 갔을 때 아버지가 사준 짝퉁 루이뷔통 가방에 빈 도시락통을 넣는다. 그리고 가방 안에서 투명파일을 꺼내고, 그 안에 든 카피용지와 작은 메모지를 끄집어냈다. 그러고 나서 투명파일을 눈앞에 있는 테이블에 던지듯 놓았다.

투명파일은 테이블 위 텀블러 옆에 제대로 착지했다. 테이블은 간신히 사용할 수 있을 정도의 크기로, 혼자 도시락을 펼치고 텀블러를 놓으면 비좁게 느껴질 정도였다.

작은 테이블과 접이식 의자, 겹쳐진 두 개의 종이상자가 놓여 있는 이곳은 휴게실로 쓰는 다다미 석 장도 안 되는 공간이다. 같은 층 한 켠에 칸막이로 구분만 해놓은 장소로, 좁은 데다 컴컴하다. 펑퍼짐한 한복을 입고 있으면 더 비좁게 느껴진다. 옷을 갈아입을 때도 무척 불편하다.

이곳은 층 전체에 창문이 없어서 어두운데, 지진재해[1] 후 '절전을 위해 조명을 절반만 켜야 한다'는 규칙이 생겼다. 그런데 어두침침한 공간이 오히려 그럴싸한 분위기를 자아냈다. 절전이 '역술관 사랑'에는 뜻밖의 행운으로 작용한 셈이다.

더욱이 세 명의 역술가가 불빛을 겸해 제각기 켜는 아로마 캔들이 부스 안을 더 신비롭게 보이게 했다. 분위기에는 미숙과 풍수역술가 지정이 한복을 입고 있는 것도 한몫했다. 한복은 지정이 준비한 것이다. 오늘 미숙이 입고 있는 것은 비교적 수수한 색으로 위아래 모두 옅은 하늘색이었다.

그러나 휴게실마저 어두컴컴해서 일하는 사람으로선 쉬는 시간 동안 기분 전환하기가 쉽지 않다. 게다가 여기는 항상 정리정돈이 잘되어 있고 벽에는 지정이 손으로 쓴 한글 경고문이 다닥다닥 붙어 있었다. '쓰레기는 꼭 가져갈 것.' 마치 지정에게 감시받는 느낌에 도저히 편하게 쉴 수가 없다.

---

1 2011년 3월 11일에 일어난 동일본 대지진을 뜻한다. 동일본 대지진은 일본인들에게 물건을 소유하는 일보다 인간관계의 중요성을 살피게 했고, 삶에 대한 새로운 가치관을 가지게 했다. 미니멀리즘은 동일본 대지진 이후 일본 전국에서 큰 붐을 이루기도 했다.

게다가 재일교포 2세인 지정이 쓰는 한국어에는 늘 오자가 많아 볼 때마다 신경이 쓰였는데, 지적하는 사람이 아무도 없어서 미숙도 입을 꾹 다물고 있는 처지였다. 지정은 사장, 즉 이 '역술관 사랑'의 경영자다.

미숙은 머리를 좌우로 흔들어 기분을 바꿔보고자 했다. 가로로 쓰인 메모를 눈에서 조금 떨어뜨리고, 주시한 채 집중해서 읽어 내려간다. 조명 때문만은 아니다. 조금 빠르지만 분명 노안이 시작된 것일 거다. 아버지에게도 일찍이 노안이 온 사실이 떠올랐다. 그러고 보니, 요즘은 화장품에 붙어 있는 설명서조차 읽기가 어렵다.

미숙은 메모를 다 읽은 후, 텀블러에 든 옥수수차를 한 모금 마신다. 옥수수차는 일이 끝나고 집에 가는 길에 한국 물건이 많은 한국 슈퍼마켓의 식재료 코너에서 산다. 이 주변에서는 한국 식재료를 간단하게 구할 수 있다. 일본에선 옥수수차를 보기 드물지만 한국에선 대중화된 차다.

올해로 마흔다섯 살이 된다. 이제 미숙도 나이를 먹었나 싶다. 어머니가 돌아가신 나이와 똑같은 나이가 아닌가. 생각해보면 일본에 온 지 벌써 20년이 넘었다. 갓 일본에 왔을 무렵에는, 이렇게 자신이 신오쿠보의 건물 2층에서 역술가로 일하리라곤 꿈에도 생각지 못했다.

사주팔자四柱八字란 이른바 '사주추명四柱推命'을 한국에서 부르는 단어다. 미숙의 아버지도 한국에서 사주팔자 역술가로 일했다. 그래서 어릴 때부터 아버지의 책들을 읽고 점에 대한 이야기를 들으며 자란 터라, 이에 대한 지식은 어느 정도 있었다. 그러나 직업으로 삼을 생각까지는 없었다.

눈앞 쪽에 가려움이 느껴져, 검지로 살짝 긁은 후에 엄지손가락과 검지로 미간을 지그시 누른다. 오전 내내 컴퓨터 화면을 보고 있어서 생긴 눈의 피로일까, 아니면 엄청난 양으로 흩날리는 삼나무 꽃가루 영향으로,

드디어 자신도 수많은 일본인처럼 화분증[2]을 앓는 걸까? 관자놀이를 압박하니 조금 시야가 맑아진 느낌이 든다.

사주팔자는 컴퓨터 프로그램을 사용해서 본다. 컴퓨터 교실에 다닌 보람이 있어서 조작에 불편함은 없다. 고객 데이터를 입력하면, 우수한 소프트 프로그램이 사주팔자 결과를 알아서 가르쳐준다.

그러나 컴퓨터가 내주는 '사주명식四柱命式'이라 불리는 점괘는 별로 구체적이지 않다. 대충 숙명성宿命星에 따라 그 사람의 기질을 볼 수 있고, 보조성補助星이 행동 에너지를, 오행이 운세, 운명을 나타낸다. 그것을 바탕으로 미숙이 조언을 하게 된다.

사주팔자 프로그램을 산 사람은 사장인데, 점괘를 어떻게 해석하고 전달하는지는 미숙의 수완에 달려 있다.

얼마간 눈앞 쪽을 더 압박한 후, 다시 복사된 신상명세서와 거기에 첨부된 메모를 살펴본다.

보면 볼수록 나오코의 글씨는 개성이 강하다.

조 다카히로
1982년 11월 17일 출생.

미숙은 시즈카의 얼굴을 떠올린다. 눈초리가 사납고 음침한 다카히로에게 시집오겠다는 사람이 있을 리 만무하다.

남편 에이주를 처음 만났을 때도 인상이 참 어둡다고 생각했다. 그러

---

2 삼나무 꽃가루 알레르기를 일본에서는 '화분증(花粉症)'이라고 부른다. 주로 2월부터 4월까지 삼나무 꽃가루가 대량으로 퍼져나가는 시기에 환자가 발생한다. 나무로 집을 짓는 일본에서는 잘 자라는 삼나무를 심는 일이 많았는데, 삼나무를 심는 일이 증가하면서 화분증도 급속도로 퍼져나갔다. 일본인의 3분의 1이 앓고 있는 질병이라고 한다.

나 조금이라도 머리를 굴려보면 알 것이다. 괜찮은 사람이었다면, 일본에서 얼마든지 결혼 상대를 찾을 수 있었을 것이다. 일부러 한국까지 와서 아내를 구하겠다니 에이주는 궁지에 몰려 있던 게 분명하다.

명문대를 나와 일본 기업에 당당히 취업한 장남 도쿠주와는 달리, 에이주는 고졸에 변변한 일자리도 없는 '함량 미달'의 아들이었던 것 같다. 그가 미숙을 만났을 때는 친구가 경영하는 다방에서 일을 돕고 있었다.

미숙은 아버지가 아는 사람 소개로 서울의 한 호텔 레스토랑에서 선을 봤다. 그 자리에서 에이주는 거의 아무 말도 하지 않았다. 지금 생각해보면, 한국말이 서툴렀기 때문이었으리라. 고개를 숙이고 있던 탓에 짧게 자른 귀밑머리만 눈에 들어왔다. 대화의 중심은 미숙의 아버지와 에이주의 부모님이었다.

그때는 에이주가 미숙보다 열 살이나 연상에 어른스러운 성격이어서, 그저 쓸데없는 말을 하지 않는 것이라고 좋게만 해석했다. 입꼬리에 거품을 문 채 큰 소리로 떠들어대는, 감정 표현이 과한 한국 남자와는 달리 일본에 살고 있어서 온화하고 자상한 성격일 거라고 단정했다.

이렇게 이름의 한자만 보니 에이주와 막상막하로, 다카히로도 이름의 뜻은 엄청난데, 실제로는 그 이름값을 전혀 못하고 있는 것 같다.

사실 다카히로는 초라하고 볼품없는 인상이다. 아마도 남을 노려보는 듯한 눈초리 때문일 것이다. 도쿄대 졸업, 경제연구소 연구원이라는 경력은 그럴듯해 보이지만, 조카의 사진을 들이대면 대부분의 상대가 당연히 퇴짜를 놓을 것이다. 남자에겐 외모가 중요하지 않다고 하지만, 그 얼굴 생김새 이전에 다카히로는 회색에 가까운 색의 마이너스 아우라를 휘감고 있다. 그 아우라는 사진에서도 드러나는 법이다.

사진이란 현실 모습 이상으로 그 사람의 본질적인 색, 다시 말하자면 기질이란 것을 찍어내기도 한다. 역술가로 일해오면서 몇 번인가 젊은 여성들의 연인 사진을 본 적이 있는데 이름이나 생년월일 없이 사진만으로, 거기 찍힌 아우라만으로 궁합을 맞출 때도 있었다.

다카히로는 어릴 때부터 조용했는데, 만화 속의 얼굴에 사선이 그려진 어두운 등장인물처럼 늘 떨떠름한 표정을 지으며 공부만 했다. 발랄한 구석이라곤 눈곱만큼도 없는 아이로, 아무리 봐도 아이같지 않았다. 그 아이는 얼굴을 마주쳐도 인사도 하지 않았다. 설날에도 다카히로는 친척들과 거의 대화를 하지 않았다. 귀염성 없고 싹싹하지 않은 성격은 예나 지금이나 다름없다.

그런데 그런 다카히로와 맞선을 보겠다는 여성이 적어도 한 명은 있다는 것이다. 그것은 즉, 자신처럼 조건만 보고 시집을 가겠다는 젊은 여성이 이 시대에도 아직 존재한다는 의미다.

아니, 자신과 동일시해선 안 된다. 미숙의 경우엔, 상대가 조금도 좋은 조건이 아니었다. 일본에 올 수 있다는 사실 하나만으로 거의 의사소통이 되지 않는 에이주와 결혼했다. 다카히로는 에이주과 비교하면 조건은 좋은 편이었다.

어떤 아가씨가 다카히로를 만나보고 싶어 하는지 흥미가 생겼다. 미숙은 복사된 신상명세서를 읽기 시작한다.

김사리(일본 이름 : 가나야마)
아버지 김대오
어머니 무네 히사코
차녀
생년월일 1985년 6월 3일
본적지 제주도
주소 도치키현 우쓰노미야시
학력 간토여자대학 가정학부
현재 하루타 물산 근무

金紗理〈通称名：金山〉

父	金大吾
母	宗久子
次女	
生年月日	一九八五年六月三日
本籍地	済州島
住所	栃木県宇都宮市
学歴	関東女子大学家政学部
現在	ハルタ物産勤務

컴퓨터로 타이핑한 문자라면 몰라도 세로로 쓰인 신상명세서는 달필이지만, 판독하기 어렵다. 한자로만 적혀 있으니 더더욱 그렇다. 미숙은 머릿속에서 한국어로 생각하기 때문에 일본어보다 한글이 바로 눈에 들어온다.

게다가 이 신상명세서에는 최소한의 정보밖에 적혀 있지 않다. 정식 신상명세서의 양식에 대해서는 알지 못하지만 이런 수준으로 충분할 거라는 생각은 들지 않는다. 취미, 관심 분야, 소지한 자격증 등이 쓰여 있어도 좋으련만.

미숙이 전문으로 하는 사주추명에서는 네 개의 기둥으로 점을 본다. 그것은 태어난 해, 달, 날짜, 시간을 의미한다. 또 출생 장소가 정확하면 정확할수록 더 자세하게 점을 볼 수 있다. 어찌 되었든 이 신상명세서와 간단하기 그지없는 메모만으로는 태어난 시간과 출생 장소를 알 수 없어서, 나오코에게 전화를 걸어 물어보기로 했다.

휴대전화를 손에 들었지만 휴게실에서 통화를 하면, 주위에 내용이 다 들려서 다른 역술가에게 방해가 된다. 곧바로 생각을 바꿔 문자를 쳤다. 가능하면 두 사람의, 그게 어렵다면 다카히로만의 출생 장소와 출생 시간을 알려 달라는 문자를 보냈다. 답장이 오면 남은 시간에 부스 안 컴퓨터를 사용해 사주팔자 결과를 출력할 생각이었다. 바로 답장이 오면 점심시간 동안 점을 봐둘 수 있을지도 모른다.

"미숙이 아줌마!"

동수가 휴게실로 찾아와 말을 건다. 동수는 접수창구에서 일하는 청년으로, 반년 전에 경상북도 대구에서 왔다. 아직 20대 초반의 나이로 큰 키가 돋보인다. 귀공자 같은 생김새를 하고 있지만, 온몸에서 열정적인 빨간 정기가 뿜어져 나온다. 일본에서 한몫 잡아보자고 분발하고 있는 것이 분명하다.

"예약하신 손님이 쪼매 일찍 오셨는데예."

경상도 사투리로 말하면서 코에 주름을 지으며 웃는다. 그를 보기 위해 몇 번이곤 점을 보러 찾아오는 아가씨들도 이해가 간다. 모성 본능을 자극하는 수줍은 듯한 서투른 일본어가 동수의 치명적인 매력이다.

사장이 접수 자리에 동수를 앉힌 것은 '역술관 사랑' 고객의 중심인 젊은 여성들과 중년 여성들을 사로잡기 위한 전략이다. 한류 스타 같은 상큼한 미소와 마치 한국 현지에 온 것 같은 착각을 불러일으키는 한국어가 고객 확보를 위한 주요 요소인 것이다.

미숙이 일본에 처음 왔을 때는 일본어를 잘 못 해서 참담한 일도 여러 번 겪었다. 한국인이란 걸 알게 되면 깔보는 듯한 태도로 대하는 일본인도 많아 서글픈 마음이 들 때도 있었다. 그런데 요즘 신오쿠보 일대에서는 일본어를 잘 못 하는 것이 반대로 득이 된다니, 시대가 바뀌었다는 생각이 들지 않을 수 없다. 일본인의 의식이 이렇게 한국에 호의적으로 변하리라곤 상상도 하지 못한 일이다.

그런 한편, 인터넷에서는 한국을 극심하게 혐오하는 일본인들도 있다.

그런 사람들도 결코 적은 수가 아니기 때문에, 그런 사람들이 언제 어떻게 인터넷 밖으로 터져 나올지 불안하기도 했다.

실제로 지난달에 미숙이 출장으로 점을 보러 가려고 전철을 탔을 때, 한복을 입은 모습이 곱게 보이지 않았는지 한 젊은 남자가 "총[3] 더러워!" 하며 욕설을 퍼부은 후, 침까지 뱉은 일도 있었다.

한국은 한국대로 반일감정을 가진 사람들도 적지 않다. 그리고 위정자의 태도에 따라 한일관계가 껄끄러워지는 일도 왕왕 있는 일이다. 그렇게 되면 매일을 열심히 살아가는 미숙과 같은 시정아치들의 심경이 제일 먼저 복잡해진다.

그런 연유로 미숙은 한국인이 일본에서 살아가는 것이 지금도 결코 쉬운 일만은 아니라는 것을 자각하고 있다. 그래서 최근 유행하는 한류도 두 손 들고 마냥 기뻐할 수만은 없었다.

"알았어, 지금 갈게."

미숙도 한국말로 대답한 후, 동수를 향해 고개를 끄덕였다. 얼른 복사 용지를 투명파일 안에 집어넣고 가방 속으로 쑤셔 넣었다. 그러고는 양팔을 벌려 기지개를 편 후, 자리에서 일어났다.

신오쿠보역에서 걸어서 7분. 역 앞의 '신오쿠보 대로'에서 골목으로 한 블록 들어간 곳에 있는 3층짜리 오타 빌딩 1층은 잡화점이었다. 한국 화장품부터 한국 배우, K-POP 아이돌 상품, 포스터 등 다양한 제품들이 다다미 10장[4]쯤 되는 가게를 가득 채우고 있었고, 미어터지는 만원 전철

---

3 조선인을 폄하해서 부르는 말이다. 에도시대에는 어리석은 사람을 '총(チョン)'이라고 불렸다고 하는데, 제2차 세계대전 당시에는 조선인을 '총'이라고 불렀다.
4 약 16.5 평방미터.

처럼 언제나 손님들로 북적였다. 가게뿐만 아니라 신오쿠보 전체가 일본 전국에서 몰려든 사람들로 혼잡하다. 그 대부분이 여성이라는 것도 기묘하다면 기묘하다. 점을 보러 오는 손님도 거의 90퍼센트가 여성 고객이다.

잡화점 입구 옆, 좁은 계단을 올라가면 입구 유리문에 '역술관 사랑'이라고 일본어로 쓰인 목제 간판이 걸려 있다. 유리문 정면이 접수창구로 동수가 웃는 얼굴로 손님을 맞이하며 안녕하세요, 하고 인사한 후 찾아온 손님의 예약 여부를 확인한다.

예약도 없이 무작정 찾아와 미숙에게 점을 봐달라는 손님들도 많아서 "아줌마는 예약 이빠이. 다른 점은 어때요?" 하고 다른 역술가를 추천하는 일도 종종 있다.

'역술관 사랑'의 역술가는 모두 세 명이다. 상현 오빠는 손금, 미숙 아줌마는 사주팔자, 지정 할머니는 풍수지리. 복채는 오빠가 가장 싸서 30분에 3,000엔, 아줌마는 30분에 5,000엔, 할머니는 30분에 7,000엔을 받는다.

한국말로 '오빠'는 여성이 자기보다 나이가 많은 연인을 부를 때 흔히 쓰는 호칭이다. 한국 드라마를 많이 본 고객들은 그런 것도 익히 알고 있어서, 무척이나 기쁜 얼굴로 '상현이 오빠'라고 부른다. 미숙에게는 그다지 고상해 보이지 않지만, 일본 젊은 여성들의 이런 순박함은 좀 부럽다는 생각도 든다.

부산 출신인 상현은 일본에 온 지 2년 된 스물여섯 살 청년으로, 동수와 전혀 다른 이미지의 단정한 생김새를 하고 있다. 키는 동수보다 작았지만, 꽤 다부진 '몸짱'이다.

상현에게 손을 맡기고 멍하니 얼굴만 바라보는 손님들도 적지 않다. 연인처럼 가까운 거리에서 손금을 본 이들은 운세보다는 그것만으로 만족하는 것 같았다.

그리고 손을 잡은 채, 상현이 속삭인다.

"사주도 보고 가세요. 아줌마가 용하니까 꼭 예약하고 가세요."

"참, 할머니 풍수지리도 최고예요."

그러면 손님들은 상현이 권하는 대로, 다음에는 미숙과 지정의 부스에 예약하는 시스템이다. 그렇게 미숙을 거쳐, 지정의 풍수지리까지 보는 손님들도 적지 않다.

미숙이 부스 안으로 들어가자, 30대 중반쯤으로 보이는 여성이 이미 앉아서 기다리고 있었다.

"안녕하세요?" 하고 테이블을 사이에 두고 여성의 정면에 앉아, 눈앞의 아로마 캔들에 불을 붙였다.

여성은 미숙을 보자 안심한 듯한 얼굴이다. 정성 들여 곱게 화장한 얼굴에, 목덜미에 퍼가 달린 세련된 고급 옷을 입고 있다.

"잘 부탁드립니다."

그녀는 마주 보고 앉아 머리를 조아렸다.

"나카무라 가호 씨죠?"

예약할 때 생일, 출생 시간, 출생 장소 등을 미리 카운셀링 시트에 적게 한다. 카운셀링 시트는 메일, 팩스 등으로 접수하기도 하는데, 거기에 적힌 정보는 모두 사전에 컴퓨터에 입력하게 되어 있다.

"아아, 드디어 점을 볼 수 있게 됐어요."

간절한 눈으로 미숙을 보는 가호의 몸 전체를 보라색에 가까운 핑크색 아우라가 감싸고 있다. 그녀는 애정으로 충만해서 행복해 보인다.

이런 식으로 아우라가 보이게 된 것은 2, 3년 전부터다. '역술관 사랑'에서 많은 고객들의 점을 보다 보니, 어느 날 아우라를 볼 수 있게 되었다.

아버지도 아우라라는 말 자체는 쓰지 않았지만 흔히 저 사람은 초록

색이라든가 빨갛게 보인다, 파랗게 되었다고 말하곤 하셨기에 아버지로부터 유전적으로 물려받은 능력이라는 생각도 들었다.

색이 보인다는 사실은 아무에게도 알리지 않았다. 점을 볼 때 아우라 색을 슬쩍 내비치는 일도 있지만, 감각적이고 불확실한 것을 입에 올리는 일은 가급적 피하고 있다. 미숙은 제대로 된 데이터를 기준으로 점을 보는 것이 점괘에 대한 신뢰와 직결된다고 믿는다.

미숙은 손님과 자신 사이에 놓인 컴퓨터 모니터 쪽으로 눈을 돌려 가호의 뜨거운 시선에서 벗어난다.

전원을 켜고 컴퓨터가 구동되기를 기다린다. 가호가 미숙의 일거수일투족을 뚫어져라 쳐다보는 시선이 느껴진다. 뭔가 무척 궁금한 게 있어서 찾아온 게 확실하다.

미숙은 1년 전, 뉴스 프로그램의 작은 코너에서 '용한 역술가'로 소개되었다. 그 후부터 갑자기 오른 인기 덕에 '역술관 사랑의 아줌마'로 티브이와 잡지 등 언론에 여러 번 노출되었다. 그 덕에 지금도 미숙의 사주팔자는 3개월이나 예약이 밀려 있는 상황이었다.

미리 예약을 해둔 손님은 모두 심각한 고민을 가진 이들이 많았고, 그래서 미숙도 마음이 무거웠다.

"궁합 보러 오셨죠?"

미숙이 마우스를 클릭하자, 프린터가 켜지며 시끄러운 소리를 냈다.

프린터가 빽빽이 글자가 들어찬 종이 세 장을 연달아 내뱉었다. 미숙은 종이를 들고 출력상태를 확인한 후, 테이블 위에 놓았다.

"그럼 시작할게요."

가호가 반짝이는 눈으로 종이를 주시하며 마른침을 삼켰다.

"먼저 당신이 가지고 태어난 성격입니다."

가호는 네, 라고 대답하고는 눈을 동그랗게 뜨고 미숙을 쳐다보았다. 미숙은 먼저 가볍게 헛기침을 했다.

"사주에서 당신의 숙명성은 비견比肩이라고 합니다. 비견인 사람은 사교성이 좋고 매우 매력적이에요. 하지만 다른 사람 말을 쉽게 받아들이지 못해요. 그렇지만 좋아하는 일에는 무척 정열적이지요."

가호는 음음, 하고 고개를 끄덕이더니, 본래의 기질에 대해 이어지는 미숙의 설명에 조용히 귀를 기울였다.

"자립심은 강하지만 마지막에는 정에 약한 면이 있지요?"

미숙이 풀이를 시작하자, 가호는 약지에 백금으로 보이는 반지를 낀 손을 무릎 위에서 꼭 쥐었다.

"딱 맞아요. 네, 정말 그래요. 별거 아닌 일에 마음이 약해져서."

"성격과 앞으로의 운세는 자세하게 이 종이에 적혀 있어요. 당신 사주 명식을 보면 보조성은 편재偏財. 그리고 의욕, 즉 에너지를 숫자로 표현하자면 6. 그에 비해 재능은 5.8로 약간 겉도는 면이 없지 않지만, 밸런스는 좋아요."

"정말이요?"

가호의 표정이 부드러워졌다.

"네, 원래 재능도 에너지도 4 정도밖에 안 되는 사람도 있어요. 에너지, 즉 의욕은 6인데, 재능이 낮아서 생각처럼 꿈을 이루지 못하는 사람도 있지요. 반대로 재능은 6이나 되는데 의욕이 부족해서 실패하는 사람도 있습니다."

에이주를 떠올린다. 에이주는 재능도 의욕도 4인 것이다.

"도대체 얼마가 최대치인 건데요?"

"제가 지금까지 본 것 중에는 6.5 정도가 제일 잘 나온 숫자예요. 그러니 당신은 재능도 의욕도 높은 편이에요."

미숙은 잘 어울리는 직업을 나열했다. 사람과 접하는 직업이 좋겠다고 말하자 가호는 정말이냐며 밝은 목소리로 눈을 반짝였다.

"직장에 다닐 때는 평범한 사무직이었는데 일은 잘하는 편이었어요. 아마 영업에 소질이 있었을지도."

"그런데,"

고개 숙인 가호의 얼굴이 금세 변해 어둡게 변한다.

"지금 환경에서는 재능이 있어도 아무것도 못해요. 남편은 제가 일하는 걸 싫어해요. 아이도 없는데 집에만 있으라고 하거든요. 남편하고는 뭣 하나 서로 맞는 게 없어요."

"그럼 남편분과의 궁합을 좀 볼까요?"

"부탁드려요."

가호는 얼굴을 치켜들고 바짝 달라붙었다.

미숙은 두 장째 종이를 테이블 위에 올려놓고, 인쇄된 활자들을 눈으로 읽었다. 가호가 숨을 멈추고 지켜보는 것이 느껴졌다.

"나카무라 다쓰오 씨와의 궁합은……, 음, 여기 자세히 있네요. 간단하게 말하자면 당신은 목, 화, 토, 금, 수 오행 중에서 화, 즉 불입니다. 그런데 남편분은 물. 그래서 궁합은…… 그다지 좋지 않아요."

미숙은 조심스럽게 말했는데 가호의 얼굴은 예상과 달리 활짝 피었다.

"역시 그렇군요. 그럴 거라고 생각했어요. 저희는 선보고 중매결혼했어요. 처음부터 별로 맞지 않았는데, 어쩔 수 없이 타협하고 결혼했죠."

뚝심이 있어 보이는 말투다.

"숙명성이 비견인 사람은 자아가 강해요. 자신이 좋아하는 타입이 아니면 타협을 못 하죠. 그래서 아무리 조건이 좋아도 마음이 맞지 않는 상대와는 같이 살기 힘들어요. 조금씩 상대를 이해하고 연애로 발전해가면 실패하지 않아요."

"천천히 고를 기회가 없었어요. 선보고 결혼했으니까요. 어쨌든 부자였고요."

"저도 선보고 결혼한 거라 잘 알아요."

"좀 그렇죠?"

가호는 깊게 고개를 끄덕였다.

"저기요. 아줌마, 일본어 참 잘하시네요. 근데 그 말투와 억양이 재일교포는 아닌 것 같은데. 한국에서 오신 거죠? 언제 일본에 오셨어요?"

"20년 전에 여기 사는 재일교포랑 결혼해서 일본에 건너 왔어요."

"정말요? 실은 저도 한국인이에요. 재일교포요. 한국 성은 '정'이에요. 나카무라는 남편의 일본 성이구요. 부모님이 절대로 재일교포가 아니면 결혼을 허락하지 않는다고 하셔서. 그래서 선을 봐서 결혼했어요. 그때까지 별로 연애도 못 해봤어요. 그런데 정신을 차리고 보니 벌써 분위기가 결혼을 하는 쪽으로 흘러가고 있더라고요. 근데 좋아하지도 않는 사람이랑 결혼한 건 아무래도 잘못한 거 같아요."

이렇게 실은 자신이 한국인이라든가, 재일교포라고 고백하는 사람은 지금까지 적지 않았다. 그리고 동포라는 동질감과 안도감 덕분에 갑자기 마음을 열고 심각한 고민을 토로하는 케이스도 여러 번 봐왔다. 같은 민족이지만, 전혀 모르는 타인이라는 점도 입을 열게 하는 이유라고 생각한다.

미숙도 연애를 별로 해보지 못하고 중매결혼을 한 터라, 가호의 마음이 이해도 되고 공감도 된다. 미숙 역시 에이주와의 궁합이 좋지 않다. 하지만 어떻게든 맞춰가며 사는 수밖에 없다. 앞으로 어떻게 살지를 고민하는 것이 더 중요한 일이기 때문이다.

"앞으로의 운세를 볼게요. 앞으로 둘이 잘 살려면 먼저 당신이 조금 자기 성격을 죽이고, 상대를 존중해가면……."

"저기요, 아줌마."

가호는 미숙의 말을 끊었다.

"남편은 됐어요."

주변을 슬쩍 둘러보고는 소리를 낮췄다.

"혹시 시간이 되면, 다른 사람과의 궁합을 좀 봐줄 수 있나요?"

옆쪽 상현의 부스에서 목소리가 새어나오는 것이 신경이 쓰이는지, 자신의 이야기가 옆에 들리지나 않을지 꽤 조심하는 눈치다. 건물 한 층을 칸막이로 나눠서 쓰기 때문에 목소리가 크면 옆 부스 역술가와 손님에게 상담 내용이 탄로 날 수도 있다.

미숙은 손목시계를 확인했다. 일찍 시작해서 여유가 있다.

"추가 요금은 낼게요."

"아니에요. 시간이 아직 남았으니 괜찮아요. 여기에 그 사람 이름하고 생년월일, 혹시 알고 있다면 태어난 장소, 시간을 써주세요."

미숙은 출력된 종이 여백을 가리키며 볼펜을 건넸다.

"아리가토. 아니, 감사합니다."

가호는 밝은 표정으로 가방에서 수첩을 꺼내 펼쳤다.

"실은 처음부터 물어보려고 그 사람 태어난 시간하고 출생 장소를 알아왔어요."

그녀는 큰 비밀이라도 털어놓듯 저는요, 하며 미숙에게 얼굴을 가까이 가져다 댄다.

"실은 다른 남자와 사귀고 있어요."

가호의 젖은 눈동자 속에서 아로마 캔들의 불빛이 흔들린다. 미숙은 놀란 표정을 짓지 않으려고 애를 쓰며 쓸데없는 말을 덧붙이지 않기로 했다.

가호는 수첩을 보고 여백에 '그'의 정보를 적었다.

오지훈. 1986년 5월 19일 오전 8시경. 한국 강원도 춘천 출생.

"훗날 꼭 결혼할 거예요."

가호는 장담했다.

미숙은 대답하지 않고 고개를 끄덕인다. 컴퓨터 모니터 쪽을 보고 '그'의 정보를 입력해나갔다.

"궁합은 좋을 거예요."

자신만만한 가호는 연애에 푹 빠져 반짝반짝 빛을 발한다. 그녀는 아이가 없어 시간도 많을 텐데, 맞벌이를 안 해도 되는 복 많은 팔자에 애인까지 두고 있다.

미숙은 키보드를 두드리며 결국, 고생해본 적 없는 사람의 지나친 욕심이라고 마음속으로 중얼거린다. 자신처럼 간신히 입에 풀칠하고 살아야 하는 팔자라면, 현실을 부정하기보다 받아들이고 일을 해서 돈을 벌 수밖에 없다. 그리고 궁합이 좋건 나쁘건 남편과 같이 살 수밖에 없다.

가호와 자신을 비교해가며 후회를 하거나 쓸쓸함을 느낄 이유는 없었다. 점 보러 오는 손님을 일일이 부러워하거나 그들에게 자신의 생각을 강요할 순 없다. 어디까지나 미숙은 점을 봐주고, 정보를 전달하는 역할에만 충실하면 되기 때문이다.

"세상 사람들에겐 불륜으로 치부될지 몰라도 우린, 드디어 만난 운명의 상대라고 생각해요. 만나는 순서가 잘못되었을 뿐……."

가호는 수다스럽게 말을 이어갔다. 미숙은 모니터를 보면서 그렇군요, 아, 네, 하며 가끔씩 맞장구를 쳤다.

가호의 '연인'이란 인물은 신오쿠보 음식점에서 일하는 여덟 살 연하의 한국인 남성이라고 한다.

"그이를 만나고 뭐랄까, 애국심이 생긴 것 같아요. 저는 재일교포란 사실이 싫었고, 솔직히 한국이 조국이라 해도 별로 좋아하지도 않았어요. 그런데 이 사람을 만나고 한국이 좋아져서 다행이에요. 그래서 갑자기 한국어가 배우고 싶어서 지금 열심히 하고 있어요. 이제 이 사람은 제 인생에서 없어서는 안 될 사람이죠."

한국에서 일본으로 온 미숙은 2세, 3세인 재일교포들의 복잡한 심경을 잘은 이해하지 못했다. 나오코 역시 "한국은 일본보다 아직 후졌지"라는 발언을 종종 해대는 것을 보면, 순수한 애국심이 있다고는 믿을 수 없다.

미숙은 조국을 좋아하지도, 싫어하지도 않는다. 중요한 것은 마음 둘 곳이다.

프린터에서 종이가 출력되는 소리가 들려오고, 가호도 더 이상 사랑 얘기를 꺼내지 않는다.

"어때요?"

가호는 숨을 죽이고 미숙의 손끝에 있는 종이만 쳐다본다.

"잠깐 기다리세요."

미숙은 종이에 적힌 연애의 행방에 시선을 떨어뜨린다.

"궁합이 안 좋을 리가 없어요. 이런 얘긴 좀 민망하지만."

가호는 거기서 일단 말을 끊었다. 미숙은 얼굴을 들어 다음 이야기를 기다렸다. 가호는 미숙을 봤다가 다시 자기 무릎으로 시선을 돌렸다가 그렇게 여기저기를 둘러보다 "그게," 하고 말했다.

"속궁합이 무지 좋거든요."

속삭이듯 말하곤 아로마 캔들의 불꽃을 지긋이 바라보았다. 그 눈동자는 그 남자를 생각하고 있는지 요염했다.

미숙은 마음속으로 한심하다고 생각하며 무표정하게 다시 인쇄된 글자를 따라 읽었다. 궁합이 좋은 것은 확실했다. 그는 오행 중 '목', 즉 나무로 가호의 불과는 좋은 조합이었다. 불은 태양으로 예를 들 수 있다. 나무를 풀과 꽃이라고 하면, 풀과 꽃은 태양 없이는 자랄 수 없듯 나무에 있어 불은 필수 불가결한 존재다.

미숙이 해석을 해주자 가호는 역시나, 하며 숨을 내쉬듯 말한다.

"그 사람, 저 없이는 살아갈 수 없다고 매일같이 이야기하거든요."

연애에 빠진 남자의 흔한 대사다. 드라마에서도 자주 나온다. 장벽이 높을수록 그 연애가 특별해 보이고, 둘만의 연애에 푹 빠져 헤어나지 못한다.

아니, 어쩌면 가호는 이용당하고 있는지도 모른다. 한국에서 온 교활한 남자가 사귀기 쉬운 여자를 옆에 두기 위해 준비한 대사인지도 모른다. 이런 레퍼토리는 신오쿠보에선 발에 차일 정도로 흔한 얘기다.

"그럼 제가 남편과 헤어지고 이 남자랑 결혼하는 게 좋을까요?"

가호는 누군가가 등 떠밀어주길 기다리고 있는 것이다.

"음, 그럴까요?"

미숙은 긍정으로도, 고민 중으로도 해석 가능한 일본어를 골라서 대답했다.

운세를 다시 확인했지만 이혼을 시사하는 점괘는 보이지 않았고, 금전 문제에 엮일 것 같다고 나왔다.

"어쩌면 돈 때문에 고생할지도 몰라요."

"그래요? 그이가 돈이 없긴 해요. 제가 조금씩 보태고 있어요. 근데 저는 이 남자랑 살 수 있다면 발 벗고 나서서 열심히 일해 돈 벌 거예요."

그렇게 단언한 가호는 자신감으로 가득 차 있었다.

"조금 신중하게 생각해보세요."

한번 정하면 불 속이라도 기꺼이 뛰어드는 비견이란 숙명성 아래 태어난 가호에게, 미숙은 자신도 모르게 본심을 털어놓고 만다. 동포가 불행해지는 것을 바라지 않는다.

"괜찮아요. 남편은 아직 몰라요. 그리고 그이가 군대에 가야 해서 일단은 귀국해야 해요. 군대 갔다 와서 결혼하자고 하니까 지금 당장은 아니에요. 그래도 음, 점괘에서도 일이랑 적성이 맞는다고 나왔으니까 이제 일을 시작해서 자립해야겠어요."

가호는 점괘가 출력된 종이를 사 등분 한 후, 가지런히 접어서 루이뷔통 가방 안에 넣었다. 미숙이 가진 모조품과는 달리 진품일 것이다.

"미숙 씨가 점을 봐줘서 참 좋았어요. 그럼 또 상담하러 올게요."

가호는 눈이 부실 정도로 환한 얼굴로 말했다.

미숙은 점만 볼 뿐 누군가에게 이래라저래라하고 지시할 만큼 어진 심성의 소유자도 아닌데, 가끔씩 손님들이 인격자로 대할 때면 곤란해지곤 한다. 자신을 의지하러 오는 사람들은 장사치 입장에서는 대환영이지만, 자신에게 모든 것을 맡기려는 손님들을 대할 때면 그 무게가 너무 무겁게 느껴진다.

가호 같은 손님은 조심해야 한다. 점괘를 마냥 믿어주는 것은 고맙지만, 미숙에게 판단까지 맡기는 것은 곤란하다. 남의 인생에 책임을 질 수는 없다.

서울에서 점을 보던 아버지도 같은 고민이 있었고, 술을 마시면 미숙에게 넋두리를 하곤 했다.

예로부터 한국에서는 일본보다 더 점괘를 믿어왔다. 역술가뿐만 아니라 무당에 대한 신뢰도 깊어, 굿은 한국 사회와 생활에 널리 뿌리를 내리고 있다. 역술가와 무당은 특별한 의미를 가지며 그것을 믿는 마음은 종교에 대한 신앙과 견줄 수 있다. 아버지는 소송 소동이 벌어지기 전까지 박사라고 불렸을 정도다.

전국에서 점을 봐달라는 사람들로 집 안은 넘쳐났다. 대학입시를 앞둔 부모와 자식이 찾아와 점괘에 따라 지원하는 대학을 변경하기도 했다. 물론 결혼을 앞둔 자녀의 궁합을 보러 오는 부모도 꽤 되었다.

개중에는 전면적으로 아버지를 신뢰해서 투자 상담을 받으러 오는 손님도 있었다. 아버지가 점괘에 따라 조언을 했는데 그 투자가 실패하자 그들은 곧장 아버지를 고소했다. 재판에서는 겨우 승소했지만, 그 후 미숙은 가짜 점쟁이의 딸로 세간으로부터 손가락질받았다. 그런 이유로 미숙은 결혼이라면 엄두도 낼 수 없게 되었다.

어머니를 여의었고 고졸이라 학력도 변변치 못한 데다 외모도 뒤처지는 미숙에게는 애인은 고사하고 연애 경험조차 없었다. 따라서 일본으로 시집가는 것 외에 남은 길이 없다고 생각한 아버지는 재일교포와의 선 자리를 마련했다.

좋은 집안 딸은 재일교포 따위에게 시집가지 않는다고 친척들은 수군댔지만, 미숙은 에이주와의 결혼이 최선의 선택이라는 아버지에게 설득당했다.

아버지 점괘에 따르면, 에이주와 미숙의 궁합은 별로 좋지 않지만 시아버지와 시어머니가 좋은 사람이고, 점괘만 보면 에이주의 형수와는 성격이 잘 맞으며 길게 봤을 때 안심하고 살 수 있을 거라고 했다. 아버지는 결혼이란 집안과 집안이 만나는 거라고 강조했다. 그리고 미숙이 바다를 사이에 둔 나라로 시집갈 운명이라고도 했다.

미숙은 단 하나뿐인 가족인 아버지와 떨어져 살고 싶지 않았다. 하지만 아버지가 자신을 안타깝게 여기는 그 마음도 충분히 이해할 수 있었다. 여자는 시집을 가는 것이 행복한 일이라고 아버지는 굳게 믿고 있었다. 그리고 한국에서는 자식이 부모의 말을 거스르는 것은 엄연히 불효였다. 더욱이 미숙의 마음속에도 20년 전 당시, 무엇이든 한국보다 세련되고 더 앞서간 듯 보이는 일본이라는 나라에 대한 옅은 동경이 있었던 것도 부정할 수 없다.

실제로 살아본 경험으로 봐도, 일본은 청결하고 안전하며 편리하고 살기 좋다. 그렇지만 미숙은 역시나 자신의 조국과 아버지가 한없이 그리웠다.

그런 자신이 일본에서 아버지처럼 사주팔자를 보게 된 것은 기구한 운명이라고 생각한다.

"나카무라 씨, 집 구조를 알려주면 할머니가 풍수지리를 봐주실 거예요. 귀문에 주의하면 연애도 더 잘될 거예요. 가기 전에 접수처에서 꼭 예약하고 가세요."

그럴게요, 라며 가호는 들어올 때보다 더 강렬한 핑크색 아우라를 발산하며 부스를 나섰다.

사주풀이가 끝나면, 꼭 사장인 지정의 풍수지리를 권하도록 하고 있다. 손금을 보는 상현도 마찬가지다.

요컨대 고구마 줄기 식으로, 서로가 서로를 추천하여 마지막에는 지정 할머니의 풍수지리를 보도록 유도한다. 손님은 지정 할머니가 권하는 대로 '운수 대통한다'는 숯에 큰돈을 지불한 후 정원이나 집 아래에 묻거나 '돌파력이 생긴다'는 돌을 사서 현관 앞에 두게 되는 것이다.

가호 다음 손님은 젊은 여자들이 많았다.

"동수랑 궁합을 봐주세요."

가녀린 목소리로 호소하는 이 여성은 금속제 안경을 쓴 꽤나 수수한 차림인데, 이십 대 후반쯤으로 보인다. 안경과 같은 색의 은색 아우라가 몸을 휘감고 있다. 그녀는 심각한 표정으로 미숙을 바라본다. 은색은 고풍스런 생각을 가진 사람들에게서 흔하게 볼 수 있는 색이다.

그녀의 소원은 점을 볼 것도 없이 이뤄지지 않을 것이라 생각하니 마음이 복잡했다. 동수에게는 한국에 두고 온 애인이 있으며, 얼마 후 그녀가 일본에 와서 함께 살게 될 것이었다. 동수의 휴대폰에 보관된 그녀의 사진은 화려한 얼굴의 귀여운 아가씨. 동수는 그 아가씨에게 푹 빠져 있었다.

"동수가 그렇게 좋아요?"

그만 본심이 툭 튀어나온다. 그녀는 볼에 손을 가져다 대고 조금 부끄럽다는 듯 소극적으로 그렇다고 답한다.

동수와 상현과의 궁합을 보러 온 손님이 이달만 세 명째다. 이렇게 일본 여성들이 한국 남자에게 마음을 빼앗기는 것은 참 불가사의하게 느껴진다. 무리 지어 신오쿠보를 찾아오는 일본 여성들은 미숙의 상상을 초월한다.

개인차가 있기는 하지만 한국 남자는 남자답고, 한결같이 고집불통에 자아가 강하다. 동수도 상현도 밝은 성격에 믿음직스럽지만, 자신의 의사를 웬만해선 굽히지 않는 고집스러움을 가지고 있다. 그래서 어리광을 피우며 자란 일본 여성들과 오래 사귈 수 있으리라곤 생각지 않는다.

그렇지만 한국인을 이렇게나 열렬히 좋아하는 그 마음은 순수하게 받아들이고 싶기도 하다.

"어디가 그렇게 좋아요?" 하고 물으니 그녀는 눈을 가늘게 뜨고 미소를 지은 채 "무엇보다 체격이 좋고, 외모도 멋있어요" 하며 황홀한 표정이 된다.

"그리고 드라마 같은 걸 보면 한국 남자들은 완벽하게 리드하잖아요. 그런 데다 로맨틱하고 정도 많고요. 또, 어른들한테 예의 바르고요. 그런 게 좋아요."

그녀의 목소리가 점차 밝아진다. 연약하게만 보였는데 의외로 심지가 굳은 건지도 모른다.

"근데 일본 남자도 착하고 괜찮지 않아요?"

미숙이 일본에 와서 맨 처음 느낀 것은 일본인은 여자도 남자도 평균적으로 누구에게나 친절하다는 점이다. 미숙이 아직 한국에 살던 시절에는 사람들의 행동이 기본적으로 퉁명스럽고 거칠었다. 점원들도 좀처럼 웃는 법이 없었다. 생각해보면 여간 이상한 게 아니다. 에이주조차 거친 면이 전혀 없다는 점에서는 그와 결혼해서 다행이라는 생각이 들 정도였다.

"그래요? 뭔가 우유부단한데……. 저는 초식남 같은 거 싫어요. 터프하다고 할까요? 남자다운 사람이 좋아요. 그래서 가능하면 한국 남자랑 결혼하고 싶어요. 남자는 남자, 여자는 여자로 있을 수 있다고 할까? 그런 점이 좋아요."

이 아가씨는 아무래도 동수라는 개인보다는 한류 드라마와 K-POP 아이돌을 통해 알게 된 한국 남자라는 막연한 이미지에 빠진 것 같다.

터프한 사람이 좋다니, 아직 젊기 때문일 것이다. 게다가 한국 남자가 이상형이라니, 뭔가 착각하고 있는 건지도 모른다. 평화로운 사회에서 살다 보니, 매일매일 어딘가 모를 결핍을 느끼고 더 강렬한 무언가를 좇고 있는 것 같다.

매일 생활을 함께하는 남자가 터프하다면 얼마나 피곤할까. 한국 남자와 결혼하고 싶다고 쉽게 얘기하지만, 문화와 생활습관이 다른 집에 시집을 가는 일은 생각만큼 간단한 일이 아니다. 게다가 한국 가정은 가족 행사도 많고 모임도 많으며 남성 상위 문화여서 며느리는 상당히 고생을 하게 되어 있다.

"그리고 있잖아요, 일본인인데 멋진 남자는 저랑 잘 안 어울리는 것 같아요. 그래서 자꾸 자신감이 없어지는데 상대가 한국인이면 멋있어도 어딘가 촌스러운 구석이 있고, 일본에 온 한국인 중에는 동수처럼 일본어가 서툴러서 귀여운 사람도 있잖아요."

그러니까, 어떤 의미에서는 한국 남자를 우습게 보고 있는 것이다. 한국에 여자를 사러 간다는 중년 남성들과 정신적으론 별반 다르지 않은 것 같은 느낌이 든다. 이런 생각을 자존심 강한 한국 남자들은 어떻게 받아들일까?

"한국 남자도 제각각이지요. 그리고 결혼은 신중하게 생각해서 해야죠."

"아줌마 남편도 당연히 한국 사람이죠?"

그녀의 시선이 미숙의 왼손 약지에 멈춘다.

"네, 그런데요."

미숙이 대답하며 18K 금반지를 감추듯 오른손을 포갰다.

"부러워요. 한국인 남편이라니."

이런 경솔한 발언은 생각이 짧다고밖에 할 수 없다.

"아니요. 제 경우엔 재일교포와 결혼했어요."

그러나 그녀는 미숙의 말을 도중에 끊고 "재일교포가 주변에 없어서 잘 모르겠지만, 한국인은 한국인이잖아요." 하고 못 박듯 말한다.

"그렇기는 한데 한국에서 온 우리 입장에서 보면, 재일교포도 3세가
되면 일본인과 다름없어요. 요즘은 4세, 5세도 있고요."

"흠, 그럼, 아줌마는 일본 사람이랑 결혼한 거랑 별다를 바 없다는 말
씀인가요?"

그렇다. 미숙은 자기도 모르게 고개를 끄덕인다. 이 외로움과 서러움
은 에이주와 그의 가족에게서 자신과 같은 민족성, 한국인다움을 찾아내
지 못하는 데서 비롯된 게 분명하다. 그리고 그들이 미숙처럼 애초부터
한국을 사랑하지 않는 것은 불 보듯 뻔했다.

그렇다고 그들이 일본을 좋아하느냐면 그것도 아니다. 그때그때 카멜
레온처럼 한국인임을 자랑스러워하거나, 일본에 뿌리를 내리고 정착하는
중요성을 강조하기도 한다.

"그것도 피곤해 보여요. 한국인인데 일본인? 너무 복잡하잖아요."

스무 살도 더 어린 아가씨한테 허를 찔리다니! 그러나 그녀가 하는 말
은 모두 맞는 말이다.

일본인과도 다르고 한국에서 태어나 자란 한국인과도 전혀 다른, 재일
교포라는 하나의 특수한 인종이 있는 것처럼 여겨진다.

"자, 시간이 없으니 빨리 점괘를 볼까요?"

미숙은 이야기를 마치고 출력된 종이에 시선을 돌린다. 그러자 그녀는
목을 길게 빼서 종이를 훔쳐보았다.

마지막 손님이 나가자, 저녁 8시가 지나 있었다. 에이주가 오늘 밤은
늦는다고 해서 서둘러 집에 들어갈 필요도 없었다.

미숙은 몸을 일으켜 크게 기지개를 켠 뒤, 다시 의자에 앉는다. 그러
고 나서 다음 날 예약 손님 데이터를 컴퓨터에 입력했다. 손님이 쓴 카운

셀링 시트를 보며 그 사람의 성품을 상상한다. 글씨체와 카운셀링 시트의 내용만 보고 인물을 머릿속에 그려보는 것은 미숙의 은밀한 즐거움이다. 실제로 마주하게 된 손님과 자신이 상상한 인상이 딱 들어맞으면 기쁘고, 인상이 다를 땐 그 차이가 재미있게 느껴졌다.

미숙은 데이터 입력을 끝내고 다카히로와 맞선 상대의 데이터를 컴퓨터에 입력했다. 나오코는 미숙이 보낸 메일에 금세 답장을 보내왔는데 상대방 아가씨의 태어난 곳과 시간은 알 수 없었다. 그래도 대충은 궁합을 볼 수 있으니 크게 문제될 건 없었다.

궁합 점괘를 모니터에 펼쳐놓고 '출력'을 클릭하여 실행했다. 다카히로의 점괘는 한마디로 요약하면, 궁합이 좋지 않았다. 다카히로는 '금'이고 맞선 상대는 '불'이었다. '금'과 '불'은 오행으로 보면, 서로를 받아들이지 않는다. 미숙은 그것이 조금이나마 기쁘게 여겨졌다.

궁합이 나쁘니 맞선은 성사되지 않을 것이다. 아무리 생각해봐도 다카히로과 결혼하는 아가씨가 불쌍하다. 궁합이 나쁜데 결혼을 하면 자신처럼 외로운 마음으로, 시댁이 아니라 친정에 마음을 둔 채 살아가게 될 것이 분명하기 때문이다.

하지만, 그래도.

혹시라도 시아버지와 시어머니와의 궁합이 좋으면 그렇게 불행하지만은 않을 수도 있다. 자기와는 달리 일본에 친정이 있으니 언제든지 친정에 놀러갈 수도 있을 것이다. 미숙도 근처에 사는 나오코와 궁합이 좋았기에 이제껏 참고 살아올 수 있던 것도 있다.

미숙은 아주버님인 도쿠주와 형님 나오코의 생년월일을 떠올리곤 컴퓨터에 입력했다. 그러고는 다카히로의 맞선 상대와의 궁합을 모니터로 확인했다.

맞선 상대는 도쿠주와만 좋은 관계가 될 것이다. 즉, 시아버지와 며느리의 궁합은 양호하다. 그러나 나오코와는 반목하는 관계로 나왔다.

시어머니와 며느리라면 몰라도, 시아버지와 며느리 사이가 좋다니 최악의 점괘다. 오히려 얽히고설키는 관계가 될 것이다. 따라서 이 맞선은 흔쾌히 권할 수가 없다.

미숙은 며느리 후보와 시아버지, 시어머니와의 궁합 진단 결과를 프린트하지 않고 컴퓨터 전원을 껐다. 다음으로 프린터 트레이에 놓인 다카히로와 맞선 상대와의 점괘가 인쇄된 종이를 집어 들고 투명파일에 끼워 넣은 후, 짝퉁 루이뷔통 가방에 넣었다.

집에 도착하자마자 나오코가 찾아왔다. 결혼 초기에는 인기척으로 귀가를 알아챌 수 있을 정도로 가까운 곳에 사는 것이 스트레스였는데, 간섭 심한 시부모님이 돌아가신 후에는 그다지 신경이 쓰이지 않게 되었다.

"저기, 있지, 어땠어?"

거실로 들어온 나오코는 단 1초도 기다릴 수 없다는 듯 득달같이 달려들었다.

미숙은 가방에서 투명파일을 꺼내 건네주었다. 나오코는 곧장 종이를 꺼내서 필사적으로 글씨를 따라 읽는다.

"글자가 작아서 잘 안 보여."

미숙보다 열다섯 살이나 위인 나오코는 벌써 예순으로, 돋보기안경 없이는 작은 글자를 읽기 힘들 것이다.

"그래서 궁합이 좋다는 거야, 나쁘다는 거야?"

심문하듯 묻는다.

"나빠요."

감정을 싣지 않고 조용히 대답했다.

"그래? 아깝다. 고마워. 집에 가서 돋보기 끼고 천천히 읽어볼게."

아깝다는 말과 달리 나오코의 얼굴은 한결 마음을 놓은 것처럼 보였다.

혼자서 간단하게 저녁을 챙겨 먹고 목욕을 한 후, 지정에게 빌린 한국 드라마 DVD를 틀었다. 연일 로맨틱 코미디 드라마를 본다. 연애라는 것을 경험해보지 못한 미숙에게는 신선한 내용이다.

더욱이, 일본에 시집온 후 아버지 장례식을 빼놓고는 한국에 두 번밖에 가지 못한 미숙에게 20년 전과 확연히 달라진 요즘 현대 한국의 모습과 사정은 특히 흥미롭게 다가왔다.

그리고 드라마에서 고향인 서울말을 듣고 싶기도 했다. 드라마 세계에 푹 빠져 있으면, 잠시 고향에 돌아간 것 같은 기분이 되었다.

5년 전에 아버지가 교통사고로 돌아가시고 10년 만에 서울을 찾았다. 그때 아버지의 책들을 전부 가지고 돌아왔다. 그것이 역술가가 된 계기였다.

아버지는 소송 소동이 사그라든 후, 시장 한쪽에서 사주팔자를 봐주고 있었다. 혼자 사는 집에서 시내까지 버스로 오갔다. 어느 날 버스에서 내릴 때 옷자락이 버스 자동문에 끼였는데, 운전수가 확인을 못 하고 그대로 아버지를 끌고 간 것이다.

만일 자신이 함께 살았다면 아버지 혼자 버스를 타도록 두지는 않았을 것이다. 일흔이 넘어서까지 아버지가 시장에서 일하게 하지도 않았을 것이다.

재일교포 남자에게 시집 따위, 가지 말았어야 했다.

아무리 경제적으로 어렵다고 한들, 더 자주 고향에 갔어야 했다.

미숙은 아버지 주검 앞에서, 후회로 온몸이 찢기는 듯한 고통을 느꼈다. 그럼에도 상주로서 야무지게 아버지를 보내 드렸다. 아버지 생전, 특히 고소당한 후 근처에도 오지 않던 고모가 아이고, 하며 큰 소리로 우는 것을 빈껍데기 같은 마음으로 바라보았다.

일본에 돌아와 아버지의 책들을 펼쳤을 때, 비로소 장례식에서 참고 참았던 눈물이 터져 나왔다. 돋보기를 들고 밤늦게까지 책을 읽던 아버지 모습이 떠올랐다.

그리고 생계를 위해 일을 시작해야 했을 때, 미숙은 역술가가 되기로 했다. 아버지를 향한 마음이 아버지와 같은 직업인 역술가가 되는 강한 동기가 되어주었다. 아버지에 대한 속죄라고 말할 수 있을지도 모른다.

그것은 또한 현실적인 선택이기도 했다. 특별한 능력도 장점도 없는 미숙이 할 수 있는 일은 역술가뿐이었다. 사장인 지정과는 아버지가 돌아가시고 한국에 가기 위해 입국관리국에 재입국 허가를 받으러 갔을 때, 대기실에서 이야기하다가 알게 된 사이다. 이후 역술가가 되기로 마음먹고 지정을 찾아가자, 바로 채용해주었다.

휴대전화가 울려, DVD를 일시 정지했다. 이제 에이주가 돌아올 시간이다. 에이주는 아우라조차 분간되지 않을 정도로 생명력이 약한 사람이다. 그런 남편이 집에 와봤자 대화도 별로 없을 것이다. 그래도 남편보다 먼저 자면 안 될 것 같아 자지 않고 기다렸다. 에이주가 들어오면 차를 끓여 침실로 대령한다. 미숙에게 아이가 생기지 않는다는 것을 알게 된 10년 전부터 부부는 각방을 쓰고 있다.

에이주가 틀림없다고 생각해서 발신자도 확인하지 않고 휴대전화를 귀에 가져다 댄다.

"여보세요?"

퉁명한 목소리로 전화를 받았다.

"어머, 미숙아, 목소리가 가라앉았네?"

나오코였다.

"일 좀 하고 있었어요. 괜찮아요."

이번에는 부자연스럽게 목소리 톤이 높아진다.

"있잖아. 아까 그 맞선 주선한 가나에 아줌마한테 전화해서 거절했어. 그랬더니 다른 아가씨를 또 소개해주네. 그 아가씨 신상명세서가 지금 없는데, 대충 어떤 아가씨인지는 들었으니까 궁합 한 번 더 봐줄래?"

"네, 그럴게요"하고 즉시 대답했다. 미숙의 입장으로선 그리 대답할 수밖에 없다.

나오코는 새로운 맞선 상대에 대해 이야기하기 시작했다.

"김영인이란 아가씨인데 1980년 7월 20일생이고, 경상도 사람 같애. 집은 유키가야 오쓰카래. 우리집이랑 가깝네."

미숙은 서둘러 볼펜을 꺼내와 메모 용지에 맞선 상대의 정보를 한국어로 받아 적었다.

"이번 아가씨는 다카히로보다 두 살 많아. 가나에 아줌마는 나이가 좀 많아도 요즘은 별로 신경 안 쓴다는데, 나는 좀 신경이 쓰이네. 부잣집에 양반 가문 딸이래. 대학은 한국에서 이화여자대학이라는 곳을 나왔다는데, 알아?"

"네. 서울에 있는 아주 좋은 대학이에요."

알다마다, 이화여자대학은 한국 유수의 명문대학교다. 그렇다면 한국 말도 잘할 것이고 분명히 서울 말씨를 쓸 게 분명하다고 생각하니 그것만으로도 김영인이라는 아가씨에게 친근감이 생겼다.

"그래, 좋은 대학이구나. 자, 그럼 어쨌든 잘 부탁할게."

나오코는 전화를 끊었다.

내일은 30분쯤 일찍 직장에 가서 컴퓨터로 다카히로과 영인의 궁합을 봐야겠다고 생각했다. 더불어 도쿠주와 나오코와 영인의 궁합도.

다음 날 궁합을 본 다카히로과 영인의 결과는 오행이 '금'인 다카히로에 대해 영인은 땅인 '토'였다. 꽤 괜찮은 조합이다. 도쿠주와는 별로였지만 나오코와도 잘해나갈 거라는 점괘가 나왔다.

좋은 점괘는 빨리 알려주는 게 좋다는 생각으로 나오코에게 다카히로와 맞선 상대인 영인의 궁합이 좋다는 내용의 메일을 보냈다. 그러자 '그럼 선을 봐야겠네'라고 바로 답장이 왔다.

드디어 자기 책임을 완수했다고 생각하니 안도감이 밀려 들었다. 앞으로의 일은 다카히로와 영인 두 사람이 만나봐야 알 수 있을 것이다.

미숙은 아침 일찍 손님 데이터를 켜고 점 볼 준비를 했다. 모니터를 보면서 마우스를 클릭하자마자 진동으로 설정된 휴대전화가 부르르 떨었다.

나오코였다. 일하는 부스에서 전화를 받을 수는 없어서 음성사서함으로 연결시켰다. 급히 메시지를 확인하자 곧장 전화를 달라는 내용이었다.

손님이 도착하기까지 15분쯤 여유가 있어서 미숙은 '역술관 사랑' 밖에서 전화를 걸려고 접수창구 앞을 지나갔다. 동수가 무슨 일이냐고 고개를 갸웃거리기에 휴대전화를 손가락으로 가리키며 밖으로 나갔다.

계단을 내려가 길거리로 나온다. 한복으로 갈아입기 전에 스웨터 한 장만 걸치고 나온 미숙에게는 약간 구름 낀 봄 날씨가 조금 쌀쌀하게 느껴진다.

전화를 걸자마자 나오코가 받는다.

"에휴, 못 살겠어."

나오코는 화가 난 것 같다.

"요즘 세상에 양반, 상놈이 어디 있다고?"

미숙이 무슨 일이냐고 묻기도 전에, 나오코는 흥분을 삭히지 못하고 김영인의 집에서 다카히로와의 맞선을 거절해온 이유를 자세히 설명했다.

중매쟁이 아줌마한테 맞선 볼 의사가 있다고 조금 전에 전화를 했더니 전라도가 고향인 데다, 나이가 어린 남자에게는 딸을 줄 수 없다고 거절한 모양이다.

"나이야 그렇다고 쳐도……"

조금씩 커지는 나오코의 목소리를 피해 보려고 휴대전화를 귀에서 슬쩍 뗀다.

"우리 딸들 혼사를 가나에 아줌마한테 부탁했을 때는 적어도 고향이 문제가 된 적은 없었다고."

나오코의 기분은 이해하나 궁합이 나쁘다고 거절하는 것과 똑같이, 고향이 제주도 또는 전라도라는 이유로 거절을 당하는 부조리한 일도 벌어지는 것이 중매고, 혼사다.

경제발전을 이룩한 일본은 물론 미국, 유럽과도 어깨를 나란히 할 만큼 성장한 한국이지만 그 실상은 여전히 수천, 수백 년 전의 백제, 신라까지 끌어들일 정도로 뿌리 깊은 지역감정이 남아 있다. 재일교포 중에서 이런 감정을 가진 집이 있다고 해도 그다지 이상할 것은 없다.

한편으로는 재일교포 집안이 한국 현지보다 더 오래된 한국의 가치관을 소중하게, 또 순도 높게 지켜오기도 했다. 상대방 집안이 양반이라니, 그 자부심도 무척 강할 것이다.

사실은 사진으로 본 다카히로가 마음에 들지 않았는데 외모 탓은 못하고, 본적지를 꼬투리 잡았을 가능성도 있다. 하지만 나오코에겐 그럴 수도 있는 일이라고는 차마 말하지 못했다. 그저 나오코의 분이 풀릴 때까지 전화를 받아줄 수밖에 없는데, 오늘은 시간이 그리 넉넉하지 않다.

동수가 계단을 내려와 눈짓으로 신호를 보낸다. 소리 없이 입만 뻥끗하며 할머니가 부른다고 한국말로 말한다. 동수를 향해 역시나 입만 뻥끗하며 금방 가겠다고 한국말로 대답하고 고개를 끄덕인다.

"형님, 죄송한데 이제 가봐야 할 것 같아요. 일이 있어서."

겨우 전화를 끊을 수 있었다.

휴게실로 직행하자 지정이 접이식 의자에 앉아 있었다. 녹색 한복을 입은 지정 주변에서는 황록색과 갈색의 중간색이 은은하게 풍겨나온다. 그 사람이 좋아하는 색과 그 사람의 아우라 색이 비슷한 것은 자주 있는 일이다. 약간 히스테리 끼가 있지만, 밝은 성격의 지정을 잘 표현해주는 색이다. 색이 살짝 거무튀튀한 것은 좀 음흉한 성격 탓이 아닐까.

"미숙아. 음, 그러니까, 부탁이 있는데."

미적거리며 말을 꺼낸다.

"오늘 내가 아는 사람이 점을 보러 올 거야. 예약을 안 했는데 먼저 좀 봐줬으면 좋겠어."

고용주인 지정의 부탁을 미숙이 거절할 수는 없다. 점심시간을 15분으로 줄이고, 남은 30분을 지정의 지인인 손님에게 할애하기로 한다.

"남편 바둑친구인데 어제 너무 급하게 부탁을 하더라고. 네 얘기를 어디서 들었대. 꼭 좀 부탁한다고 해서, 대신 갑작스럽게 봐달라는 거라 복채는 좀 비싸게 받기로 했어."

복채를 더 받는다 한들 미숙은 월급 형태로 매달 정해진 금액을 받기 때문에 좋을 것도 없다. 지갑이 두둑해지는 것은 지정일 뿐인데 "잘됐네요"라고 대답한다.

"자, 이게 어제 적어 받은 거야. 그럼 점심때 오라고 전화해둘게."

지정한테서 카운셀링 시트를 건네받는다. 이미 다 써넣은 것을 보니 부탁이 아니라 강요에 가까웠지만 입을 꾹 다물었다.

조금이나마 휴식 시간을 확보하기 위해 점심시간 전에 온 손님을 5분쯤 빨리 돌려보냈다. 30분 중에 그 정도는 허용 가능한 범위다. 그 대신 될 수 있는 한 좋은 점괘만 늘어놓고 손님 기분을 좋게 만들어 부스에서 내보냈다. 아로마 캔들을 끄고, 부스 안에서 도시락을 꺼내놓고 지정에게서 받은 카운셀링 시트를 주시한다.

눈에 익은 달필이었다. 어제 본 신상명세서의 글씨체와 매우 닮아 있다. 지정 남편의 바둑친구라니 나이가 많은 남성일 것이다. 나이가 많은 분들이 쓰는 글씨체는 대부분 비슷한 건지도 모른다.

그렇다고 해도 나이 든 남성이 점을 보러 오는 일은 거의 없다. 무슨 엄청난 고민이라도 있는 것일까.

金鉄泰(김철태). 1925년 12월 19일 한국 경성 출생. 출생 시간 불명.

경성? 미숙의 고향인 서울을 뜻한다. 재일교포는 경상도나 제주도 등 한국 이남 지역 출신이 많고, 북부인 서울 출신은 드물었다. 게다가 그는 벌써 나이가 여든이 넘었다. 인생이 거의 종반에 가까운데 왜 이제야 점을 보겠다는 것일까.

비고란을 살펴보니 딸과 아들, 손자, 아내라고 적혀 있고 각각의 이름, 생년월일, 출생지, 출생 시간이 적혀 있었다. 마지막으로 '가족들 사주를 부탁한다'고 쓰여 있다.

이렇게 많은 사람을 30분 안에 다 볼 수 있을까? 데이터만이라도 입력해 점괘를 출력하면, 점을 본다는 최소한의 임무는 수행할 수 있을 것이다.

도시락을 옥수수차와 함께 꿀꺽 흡입한 후 모니터를 켰다. 데이터 입력을 끝내고 프린터에서 종이가 다섯 장 모두 나왔을 때쯤, 자세가 꼿꼿한 노인이 "안녕하세요?" 하며 부스 안으로 들어왔다.

재일교포들이 많이 쓰는 남쪽 지방 사투리가 전혀 없는 깔끔한 서울 말투다. 그 온화한 목소리에서 미숙은 아버지를 떠올렸다.

"거기 앉으세요."

한국어 존댓말로 대답하면서 황급히 아로마 캔들에 불을 붙였다.

눈앞의 김씨 할아버지는 천천히 의자에 앉았다. 아무리 자세가 좋아도 행동은 노인처럼 느렸다. 주변을 둘러싼 공기는 약간 거무스레했고, 죽음을 앞둔 아우라가 풍겨나오는 것 같았다.

"무리하게 해서 미안하네."

김씨 할아버지는 눈을 가늘게 뜨고 미숙을 바라보았다. 그 자상한 눈동자도 역시나 아버지를 떠올리게 했다. 미숙의 아버지는 김씨 할아버지보다 키가 작고, 얼굴 역시 조금도 닮은 구석이 없는데 그래도 아버지가 떠올라 가슴이 미어졌다.

이렇게 서울말로 이야기하니 마치 아버지와 이야기하는 것 같은 착각에 빠질 정도였다.

"별말씀을요. 괜찮아요."

혹시 김씨 할아버지가 귀가 어두울지 모른다는 생각에 목소리를 높였다. 점심시간이라 다른 역술가들은 자리를 비우고 있었다.

"그럼 점을 봐드리겠습니다. 먼저 할아버지 본인부터."

김씨 할아버지 본인과 가족의 점괘가 인쇄된 종이를 눈앞에 놓는다.

"아니야, 우리 애들부터 좀 봐줘. 실은 우리 딸이 위암이라는 걸 최근에 알았어. 그리고 우리 아들도 좀 봐줘. 아들이 북한에 있거든."

김씨 할아버지는 아들 고이치가 재일교포 북송사업[5]을 통해 북한에 가게 된 경위와 간단한 가족사, 그리고 현재에 대해 이야기해주었다. 그 말투는 온화했지만, 할아버지의 가족사는 영화나 소설처럼 파란만장했다. 미숙이 전에 본 한류 드라마 뺨칠 만큼 기구한 스토리다.

미숙은 김씨 할아버지 가족의 불행에 쉽게 끼어들 수 없었다. 김씨 할아버지 일가에 비하면 자신은 너무 행복한 게 아닐까.

"그래서 말이지, 제일 궁금한 게 하나 있는데."

김씨 할아버지는 거기까지 이야기한 후, 잠시 고개를 숙이고 침묵했다. 속으로 김씨 할아버지 눈가에 새겨진 주름을 세며 미숙은 다음 얘기를 기다렸다.

"우리 딸 병원비도 필요해서 북한에 있는 아들한테 계속 송금을 해야 할지 고민 중이야. 아들한테서 연락이 끊긴 지도 꽤 되었어."

김씨 할아버지가 쉰 목소리로 말했다. 미숙은 말없이 고개를 끄덕인다.

"이것저것 생각해봤는데, 송금을 해야 할지 말아야 할지 결론을 못 내겠네. 그리고 내 목숨도 이제 얼마 남지 않은 것 같아."

"그런 말씀 마세요."

미숙이 얼른 작은 목소리로 응수한다.

"아닐세. 저승사자가 코앞에 있어. 그래서 지금까지 한 번도 점을 본 적이 없는데, 오랜 친구 소개라 한번 와본 거야. 앞으로 나하고 우리 가족

---

5 1950년대부터 1980년대 초반까지 이어진 '재일교포 북한 귀국 운동'을 말한다. 1945년 독립 후, 일본에 남은 조선인들은 한국에 돌아갈 수단을 찾지 못했다. 잇달아 한국으로 향하는 배가 가라앉은 사고가 난 후, 쉽게 배에 오를 수 없었던 것이다. 한국과 일본의 국교가 없는 상황에서 한국으로 돌아가지 못한 조선인들은 일본에서 살아보고자 했지만, 차별을 받게 된다. 이런 사람들을 북한으로 보내는 사업을 조총련이 시작하고 일본 정부가 추천하면서 약 9만 3천여 명의 조선인이 북한으로 넘어간 것으로 알려져 있다. 이들 대부분은 북한의 '지상낙원'이라는 말에 속아 이주를 결정했다.

이 어떻게 하면 좋을지 지혜를 좀 빌려주겠나."

"제가 도움이 된다면야 얼마든지요."

미숙은 진심으로 그렇게 생각했다.

"손자가 말로는 표현하지 않는데 대학에 가고 싶어 하는 눈치야. 우리도 손자를 대학에 보내고 싶어. 그런데 지금은 여유가 없다네."

그렇게 말하고 눈을 내리뜬 표정에서는 언뜻 고뇌가 비쳤다.

미숙은 먼저 딸 게이코의 운세를 봤다. 쉰 이후의 인생에 대해서는 정확하게 나오는 것이 없다. 병환의 운세만 나왔다. 아마 오래 살지는 못할 것으로 보인다. 그러나 점괘를 그대로 전하는 것은 너무 가혹하다고 생각했다.

다음으로 아들 고이치의 점괘로 눈을 돌렸다. 이쪽도 예순 이전에 갑자기 '픽' 하고 운세가 끊긴다. 더 이상의 운세는 나오지 않았다. 미숙의 경험상 고이치는 이미 사망한 것으로 보인다.

"저, 아드님은 현재 금전적 지원이 필요하지 않은 것 같아요. 장성한 자식들이 모시고 있는 것 같습니다."

미숙은 북한으로 더 이상 돈을 보낼 필요가 없다고만 전했다. 점괘를 슬쩍 바꿔 풀이했지만.

김씨 할아버지는 그럼 다행이라며 깊은 한숨을 내쉰다.

"내 평생 후회한다네. 하나뿐인 아들자식을 북한에 보내버린 걸."

쥐어짜는 듯한 목소리였다.

"내 사고방식 때문에 아들뿐만 아니라 집사람이랑 딸까지 고생을 시켰어."

김씨 할아버지의 눈 주위가 빨갛게 변해 있었다.

"무슨 그런 말씀을……."

미숙은 더 이상 무슨 말을 하면 좋을지 알 수 없었다.

"요즘은 혼사도 잘 성사되지 않을 때가 많아. 아, 자네 알고 있나? 우리 집사람이 재일교포들 맞선을 주선해주고 있거든. 그걸로 우리가 먹고살지. 북한에 송금을 안 해도 된다면 우리가 경제적으로 좀 편해지지. 손자도 대학에 보내줄 수 있고."

맞선 주선이라는 말을 듣고 어제 신상명세서의 글자가 머릿속에 떠올랐다.

"저, 혹시 할아버지, 일본 이름 있으세요?"

미숙은 자기도 모르게 질문을 했다.

"가나에 데쓰오를 쓸 때도 있다네."

"아아, 가나에 할아버지시군요."

자 그럼, 이 할아버지 아내가 그 중매쟁이 아줌마였구나. 그럼 신상명세서의 글씨는 분명 이 할아버지의 필체군. 20년을 살아오면서 재일교포 사회가 몹시 좁다고는 생각했지만, 아무리 그렇다 한들 이렇게 쉽게 그 필체의 인물을 만나리라곤 생각지도 못했다. 첫 경험이다.

재일교포 사회는 다양한 의미에서 폐쇄된 커뮤니티이기 때문에 참 어렵다는 생각이 때때로 든다. 다들 연결된 사이다 보니 늘 조심해야 한다.

"혹시 우리 집사람을 알아요? 우리 집사람이 좀 유명한 중매쟁이긴 한데."

김씨 할아버지는 자조하듯 슬며시 입꼬리만 올리고 웃었다.

"네, 저희 시조카도 신세를 많이 지고 있어요."

"내가 능력이 없어서 아내가 먹여 살리느라 고생했지. 부끄럽네. 생계를 위해서라곤 하지만 아내가 남한이 고향인 재일교포들 혼담도 여러 번 성사시켰어. 남한 사람들과도 사이좋게 지내왔지. 그게 원인이 된 건지 내가 조총련에서 출세를 못 했다네. 실은 딸도 일본인과 결혼을 했어. 그래서 북한으로 간 아들과 연락이 끊긴 건지도 몰라."

김씨 할아버지가 다시 눈을 내리깐다.

"아닐세. 마누라한테 무슨 죄가 있겠어? 다 내 탓이야. 내가 능력이 없어서지."

미숙은 마음이 무거워져 대답도 제대로 하지 못했다.

15년 전 한국에 갔을 때, 아버지가 술에 취해 시뻘건 눈으로 한 말이 떠올랐다.

"미숙아, 내가 능력이 없어 너를 일본에 시집보냈다. 정말 미안하다."

그때 아버지에게는 불임치료로 지치고, 금전적으로 쪼들리던 미숙이 행복하게 보이지 않았던 게 분명하다.

"자네한테 이런 얘기를 해서 미안하네."

김씨 할아버지가 침묵을 깬다.

"아니에요. 편하게 말씀하세요."

"자네에겐 자꾸 속내를 말하고 싶어지는군."

"점을 보러 오시는 분들 중에 그런 분들이 많이 계세요. 그러니 할아버지도 편하게 털어 놓으세요."

"그렇군. 가족에겐 꺼내지도 못하는 얘기가 어쩐지 술술 나오네."

"저야말로 쓸데없는 걸 여쭤봐서 죄송합니다. 일본 이름이 있는 사람과 없는 사람이 있어서 여쭤본 거예요. 그럼 미래에 대해 봐드릴게요. 사모님과 손자, 그리고 할아버지 본인에 대해서요."

딸인 게이코에 대해선 슬쩍 건너뛰어 봤는데 김씨 할아버지는 눈치를 챘는지 천천히 고개를 끄덕였다.

"남은 인생 전부를 눈앞에 있는 우리 소중한 손자와 아픈 우리 딸을 위해 쏟아부을 생각이야. 동일본 대지진이 일어난 후 그런 마음이 더 강해졌어."

"그럼, 잠시만 기다리세요. 바로 봐 드릴게요."

미숙은 인쇄된 글자를 따라 읽는다. 김씨 할아버지의 목숨은 점괘에서도 얼마 남아 있지 않다.

미숙은 가슴에서 치솟아 오르는 응어리 같은 것을 느낀다. 그것이 목구멍까지 솟아 올라와 고통스러워졌고, 어느덧 코 안쪽 깊숙한 곳에서 눈물로 변해버렸다. 눈물을 참고, 아내인 복선의 운세를 따라가 본다. 다행히도 복선은 당분간 건강할 것으로 보인다.

미숙이 자료를 읽다가 곁눈질로 김씨 할아버지 쪽을 보았다. 김씨 할아버지는 쭉 미숙만 쳐다보고 있다.

손자인 쇼타는 당분간 고생을 하겠지만 30대 이후에는 전도양양한 운세가 펼쳐진다. 미숙은 가슴을 쓸어내렸다. 무척 다행이라는 생각이 들었다. 얼굴을 들고 김씨 할아버지와 시선을 맞춘다. 점괘대로 사실을 모두 이야기하는 게 과연 좋은 일일까?

김씨 할아버지에게 도움이 되고 싶은 마음과 역술가로서 정직하자는 마음이 서로 충돌한다.

"음, 사모님은 정정하실 거예요."

먼저 결과대로 전달한다. 김씨 할아버지는 안도한 얼굴이 된다.

"그리고 손자분도 30대 이후에 꽃을 피워 순조로운 인생을 보내게 됩니다. 손자분은 의욕도 강하고 재능도 많아요."

이것은 사실이다. 김씨 할아버지 표정이 한결 부드러워졌다.

"그래그래, 우리 쇼타는 열심히 노력하는 녀석이지. 내가 봐도 재능이 있어."

여러 번 고개를 끄덕인다.

"그리고 할아버지 본인은 고생이 많으셨을 텐데……."

죽음이 임박해 있다고는 말하지 못하고, 과거 이야기만 하려고 했다. 어느 정도 가족사를 알게 되었으니, 거기에 맞춰 이야기할 수 있을 것 같았다.

"내 얘기는 그만두게."

"네?"

놀라서 물으니, 김씨 할아버지는 온화한 눈빛으로 미숙을 보고 미소 지었다.

"이제 와서 내 운세 같은 건 아무래도 좋다네. 종이에 쓰라고 해서 썼을 뿐이야. 가족이 행복하면 그걸로 됐네."

미숙은 코끝이 찡해져, 살짝 코를 훌쩍였다.

"죄송합니다. 일본 생활이 오래되어서인지 화분증에 걸린 것 같아요."

김씨 할아버지는 얼굴에 주름이 질 정도로 웃는다.

"우리 딸내미랑 손자 녀석도 화분증이 심하다네. 나는 괜찮은데 말이지. 그런데 자네는 아이는 있는가?"

"없습니다."

김씨 할아버지는 아차 싶었는지 웃음을 멈췄다.

"괜찮아요. 신경 쓰지 마세요."

"고향은?"

"아. 저는, 서울에서 태어났고 결혼해서 여기로 왔어요."

"흠, 역시 서울이었군. 아까부터 그쪽이 아닌가 했다네. 이거 인연일세. 나도 그렇다네. 그럼 가족은 서울에?"

"어머니는 제가 열다섯 살 때 돌아가시고, 아버지도 5년 전에 돌아가셨습니다. 형제는 없어요."

미숙이 고개를 숙이고 대답하자 김씨 할아버지는 미숙의 손을 살짝 잡았다.

"그래, 그렇군. 그럼 많이 외롭겠군."

김씨 할아버지는 위로하듯 미숙의 손을 가볍게 쓰다듬는다. 주름으로 가득하고, 혈관이 튀어나온 손은 거칠었지만 손바닥은 크고 따뜻했다. 미숙은 김씨 할아버지에게 손을 맡긴 채로 두었다.

누군가가 자신을 이렇게 어루만져준 것이 얼마 만인지 기억도 나지 않았다. 가끔 정 많은 상현이 반갑다며 어깨를 툭 칠 때도 있는데, 사람의 온기가 느껴질 정도의 접촉은 아니었다.

에이주와는 지난 10년간 체온을 느낄 정도로 가까이 다가가 본 적이 없다. 아무리 생각해봐도 결혼한 후 에이주와 손을 잡은 일도 없었던 것 같다. 5년 전 장례식장에서 돌아가신 아버지의 손을 잡아보았다. 무서울 정도로 차가운 손이었다. 사후 경직으로 딱딱하게 굳은 아버지의 손을 자신의 양손으로 감쌌다. 미숙의 마음까지 차갑게 굳어가는 것 같았다.

그때 격앙되어 울던 고모가 달려와 안아준 것 같기도 하다. 타인과 육체적 접촉이 전혀 없던 것은 아닌 것 같은데, 기억이 날 정도로 따뜻한 접촉은 없었다.

김씨 할아버지의 따뜻한 손길에 미숙의 마음은 천천히 녹아내린다. 다시 콧물이 날 것 같고, 눈물까지 터질 것 같다. 코를 훌쩍여가며 어떻게든 멈춰보려고 애쓴다.

"내 얘기를 해서 미안한데, 나는 서울에서 일본으로 건너 와 60년이 지났는데 한 번도 귀국하지 못했다네. 연락도 못 했어. 서울 가족은 어찌 되었는지."

김씨 할아버지는 미숙의 손을 꼭 쥐고 그런데 말이지, 하고 이야기를 이어간다.

"여기 일본에 있는 가족을 소중히 생각하고 지켜나가는 거, 그게 나한테는 살아가는 힘이었고 지금도 그렇다네. 자네도 남편과 여기 가족을 소중히 여겨야지. 자네가 점을 봐줘서 북에 있는 우리 아들이며 송금 문제, 참 여러 가지로 마음이 정리가 되었네."

말을 끝낸 후 미숙의 손을 놓은 김씨 할아버지는 매우 침통한 표정이었다.

김씨 할아버지가 부스를 나서자 갑자기 홀로 남겨진 것 같은 외로움이 찾아왔다. 김씨 할아버지와 서울말로 더 이야기하고 싶었다. 더 오래 손을 잡고 싶었다. 미숙은 가방에서 꺼낸 티슈로 눈두덩이를 누르고, 코를 풀었다.

지정이 미숙의 부스를 찾아와 왜 자신의 풍수지리를 추천하지 않았느냐고 나무랐지만, 미숙은 아무 변명도 하지 않고 죄송하다고만 했다.

"그래, 그럴 수도 있지. 아는 사람인데 무리해서 강요할 순 없지."

지정은 자기 자신을 타이르는 듯 말하고는 부스로 돌아갔다.

미숙은 크게 심호흡을 했다. 오후에도 예약이 꽉 차 있었다.

휴대전화에 문자 메시지가 들어와 있었다.

—가나에 아줌마가 또 소개해줬으니까 궁합 좀 봐줘. 이름은 양지혜, 생년월일은…….

나오코로부터 온 문자는 길었다.

미숙은 휴대전화의 시각표시를 확인한다. 오후 예약 손님이 올 때까지 10분 정도 남아 있었다. 컴퓨터 모니터를 보고, 나오코로부터 온 문자의 신상정보를 입력한다. 만일 이 혼담이 잘 성사된다면, 김씨 할아버지 부부가 보수를 받게 된다. 신중하게 사주풀이를 해야 한다. 가능하면 좋은 궁합이 나오기를 기원했다. 조금이나마 김씨 할아버지에게 보탬이 되기를 바랐다.

김씨 할아버지의 말이 떠오른다.

"남편과 여기 가족을 소중히 여겨야지."

콧물이 주르륵 흘러내린다. 오늘도 삼나무 꽃가루가 많이 날리는지 눈까지 가려워서 거칠게 눈을 비벼댔다.

이번엔 제대로 병원을 찾아가 화분증 진단을 받고, 약을 먹는 게 좋을지도 모른다. 옆에 놓인 가방에서 티슈를 꺼내 "홍" 하고 힘차게 코를 풀고는 쓰레기통에 던져서 버렸다.

다카히로가 좋은 인연을 만나기를 바라보자. 다카히로도 나오코도 도쿠주도 그리고 별볼 일 없는 남편 에이주도, 소중한 가족임이 틀림없었다.

애서 마음을 다잡으며, 미숙은 빠른 손놀림으로 컴퓨터 키보드를 두드려댔다.

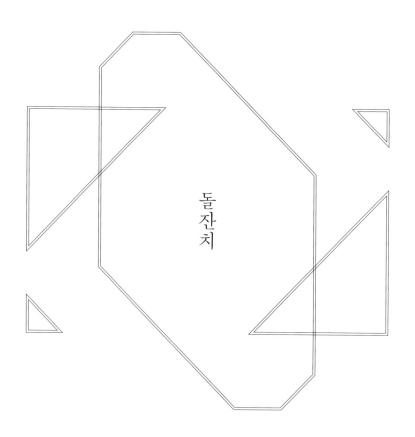

돌
잔
치

"문제는 한 살 생일이란 말이지."

다다키는 한숨을 쉬며 말을 꺼냈다. 유리잔의 맥주를 싹 비우고, 주방장이자 바텐더에게 한 잔 더 주문했다.

갓포이자카야[1] 바에 사토와 나란히 앉아 있다.

사토는 다이빙을 하던 시절에 만나 여전히 친하게 지내는 사이다. 동갑인 데다 성격도 잘 맞아 결혼한 후에도 가끔 이렇게 만나 술잔을 기울인다.

"한 살 생일이라면 축하할 일 아냐?"

"축하할 일이긴 하지."

"그런데?"

"그게 말이지, 한 살 생일이란 게 일생일대의 이벤트란 말이야. 한국에

---

1   일식을 주안주로 삼는 술집을 말한다. 갓포(割烹)란 일식 조리법, 또는 일식을 제공하는 음식점을 일컫는 단어다.

선 돌이라고 하는데 친척들을 다 불러 모아 요리를 대접하고 잔치를 하는 거지. 그래서 준비가 쉽지 않아."

"흐음, 그거 큰일이네."

사토는 담배를 입에 물고 백 엔짜리 라이터로 불을 붙인다.

"마나는 귀찮아서 하기가 싫대. 만약에 하게 되면 음식은 다 배달시키겠대."

"그러고 보면 너희 집은 가족 모임이 참 많더라."

"우리 와이프, 집안일이 취미라더니 다 거짓말이었어. 그중에서도 요리가 정말 꽝이야. 그렇다고 음식을 배달시킬 수는 없잖아. 친척들이 다 모이는데 창피하게. 아, 정말 어떡하지."

사토는 "너도 한 대?" 하며 담배상자를 건넨다. 다다키는 미안하다며 한 개비를 꺼낸다.

"이 자식, 금연한다면서!"

사토는 웃으며 다다키의 담배에 불을 붙여준다.

다다키는 한 모금 깊숙이 빨아들인다. 니코틴이 온몸으로 퍼져나간다.

"와이프가 히데아키를 임신하고 나서부터 집에서는 2년이나 담배를 안 피웠어. 마나가 시끄러워서."

"어린 여자를 아내로 들이면 고생이지. 우리랑 달라서 타협이란 걸 몰라. 결혼에 대한 이상향이 명확하잖아. 그것도 선을 보고 했으니 더욱 그렇겠지. 우리집은 아내가 동갑이고, 오래 동거하다가 결혼을 해서 그런지 나한테 바라는 게 없어. 애가 없어서 같이 뭘 하는 것도 없고 말이야. 그냥 서로 각자 즐기며 살고 있지. 우리 마누라는 나한테 관심도 없어. 나는 네가 부럽다, 인마. 신선하고 좋잖아."

"아주 시끄러워 죽겠다. 보통 바가지를 긁는 게 아니야. 딱 봤을 땐 얌

전한 여자인 줄 알았지. 자기만 육아에 휘둘린다, 불공평하다고 생각하는 것 같아. 밤에도 아기가 깰 때마다 나를 깨우지를 않나. 매일 별것도 아닌 일로 문자 보내고, 전화 걸어오고. 아주 답답해 죽겠다."

"다 그래. 아직 신혼이잖아. 그러다 점점 말도 안 걸어오게 된다고."

"성격도 생각했던 것보다 어찌나 기가 센지. 반년 조금 넘게 사귀고 결혼해서 그땐 내가 뭘 몰라도 한참 몰랐지. 가슴도 작고 외모도 내 타입이 아니었는데 순종적으로 보이고 살림하는 것도 좋아한다기에 결정한 결혼이거든. 나이가 어리니까 잘 구슬려서 데리고 살 수 있을 줄 알았지."

사토는 히죽거리며 듣고 있다.

"애가 태어나기 전에는 에르메스 가방을 사달라는 거야. 가격을 보고 눈이 튀어나올 뻔했다고. 그래서 안 된다고 했지. 그랬더니 내내 입술을 삐죽 내밀고 있더라고. 밥도 같이 안 먹고, 내 것만 식탁 위에 따로 올려놓고 자기는 혼자 방에 들어가서 먹더라. 밤에도 소파에서 자고. 아무리 삐쳤다 한들 작작 좀 해야지. 그런 상태가 일주일이나 계속 되니까 결국 답답한 집안 공기를 못 견디고 기력이 부친 내가 가방을 사줬지."

"아무리 오래 사귀어도 막상 같이 살아보지 않으면 진짜 성격은 알 수가 없어."

"진짜 성격을 알게 되면 이미 늦은 거란 소리냐?"

다다키는 점원한테서 맥주를 받았다.

"아아, 너랑 신나게 놀던 시절이 그립다. 레이나는 잘 살고 있을까?"

"레이나 씨 고향에 돌아가서 결혼했대."

"뭐?"

"네가 결혼한 직후였을 걸. 레이나 씨가 가게 그만둔 게."

다다키는 잠시 옛 생각에 잠긴다. 레이나를 떠올렸다. 요염한 여자였다.

"네 여자도 아니었잖아, 인마."

그렇다. 레이나와 사귄 적은 없었다. 가게에 같이 가거나 가게가 끝난 후 식사한 적이 있을 뿐이다. 다시 말하면 다다키는 그녀의 돈줄에 불과했던 건지도 모른다. 그래도 다다키는 레이나와 둘이서 식사를 할 수 있는 것만으로 행복했다.

"근데 말이지, 레이나가 나한테 진짜로 결혼해줄 수 있냐고 물어본 적이 있었어."

"이 자식아, 호스티스가 하는 말을 진짜로 믿으면 어떡하냐. 그리고 너, 레이나 씨한테 거짓말했잖아."

사토는 재떨이에 담배를 비벼 끄며 말했다.

다다키는 레이나 앞에서 평소에는 안 쓰는 다나카 다다키라는 일본 이름을 썼고, 일본인 흉내를 냈으며 부동산 관련업자로 위장했다. 멋있게 보이려고 한 짓이다.

어느 날 심야에 가게 일이 끝난 후 초밥집에 갔을 때, 레이나에게 질문 공세를 받은 적이 있다.

"다나카 씨는 혹시 제 가슴만 좋아하시나요? 제가 어떤 사람이든 저와 결혼해 주실래요?"

레이나는 몹시 술에 취한 것처럼 보였다.

그때 다다키의 머릿속에 떠오른 것은 일본인, 그것도 호스티스와의 결혼은 어려울 것 같다는 확신이었다.

그리고 레이나도 다다키가 재일교포이고, 파친코[2]를 운영한다는 사실

---

2 일본의 도박게임으로 돈을 주고 쇠구슬을 구입한 후, 그 구슬을 기계에 넣고 튕기면서 노는 게임이다. 제2차 세계대전 이후, 재일교포들의 주요 사업 중 하나가 되었다.

을 알았다면 결혼을 입에 올렸을까 의심스러웠다.

레이나는 혼자 사는 대학생으로, 아르바이트로 호스티스 일을 하면서 지내고 있다고 들었다. 고향은 간사이인지 주고쿠 지방인지, 표준어에 사투리가 좀 섞여 있었다.

레이나처럼 아름다운 여자라면 대학을 졸업하고 회사에 취직해서 일하다가 유능한 일본 남자를 만나 결혼하는 것쯤 식은 죽 먹기일 것이다.

"그럼 물론이지, 그런데 레이나 씨는 앞으로 나 같은 놈 말고 더 잘난 남자를 만날 거 아니야?"

긍정으로도 부정으로도 들리는 대답을 했더니 레이나는 "그럴까요?"라고 답한 후 입을 다물었다. 조금 쓸쓸해 보이는 얼굴이었다.

다다키는 한숨과 함께 담배 연기를 내뿜었다.

"그래, 내가 거짓말을 하긴 했지."

담배를 재떨이 위에 올려놓았다.

"내가 말이야, 옛날부터 나만 운이 안 좋아. 너, 기억 안 나냐? 너랑 이즈伊豆에서 다이빙했을 때도 나만 곰치한테 손가락을 물렸잖아."

"그랬던가?"

"그랬어. 곰치는 독이 있다고 해서 난리가 났었잖아. 뭐 다행히 별거 아니었지만."

"아! 그래, 생각난다."

"그리고 잘 생각해보면 일본에서 태어났는데 일본인이 아니고 재일교포라는 것도 '꽝'을 뽑은 거지."

다다키는 맥주가 가득 든 유리잔을 입가로 가져간다.

"야, 인마, 그건 피해망상 아니냐? 다 하나쯤은 그런 불합리한 면을 안고 살아가는 거지. 생각해봐. 재일교포라지만 네 놈은 부모님이 부자잖아. 취직 걱정도 없고 부모님이 가게도 하나 척 맡겨 주시고. 돈도 직장도 없는 사람한테 너 같은 놈은 금수저지. 나 같은 샐러리맨은 너 같은 갑부 아들이 얼마나 부러운지 모르지? 인마, 게다가 열두 살이나 어린 마누라까지 있는 너는 지금 여기서 칼을 맞아도 할 말이 없는 놈이다."

"듣고 보니 그럴 수도 있겠네."

다다키는 입 주변에 묻은 맥주 거품을 닦아낸다.

"뭘 그럴 수도 있겠네야. 이 분에 넘치는 자식아."

다다키는 맞장구도 못 치고 묵묵히 재떨이 위에 두었던 담배를 손에 들어 폐 속 깊숙이 힘껏 빨아들였다.

레이나가 온몸을 기댄 채 풍만한 가슴을 다다키에게 비벼댄다.

부드럽지만 탄력도 있다. 가슴이 마음에 쏙 든다.

다다키는 레이나의 뺨을 두 손으로 감쌌다.

그 눈동자를 가만히 들여다보자 레이나는 눈을 한 번 살짝 감았다가 떴다. 그리고 빨간 매니큐어를 바른 늘씬한 손가락으로 다다키의 얼굴을 부드럽게 쓰다듬는다.

다다키가 그 촉촉한 입술에 자신의 입술을 막 갖다 대려고 할 때 레이나가 다다키의 뺨을 야무지게 비틀어댔다.

깜짝 놀라 눈을 뜨니 미간을 찡그린 마나의 얼굴이 보였다. 눈꼬리를 사납게 세우고 다다키를 내려다보고 있다.

"지, 지금, 혹시, 꼬집었어?"

다다키가 묻자 마나가 눈꼬리를 더 치켜세운다. 컴컴한 침실에 눈동자만 희미하게 번득이고 있었다.

"응, 꼬집었어. 히데아키가 자지러지게 울어도 당신은 일어날 생각을 안 하잖아. 아무리 깨워도 안 일어나니까."

마나가 히데아키를 안고 있다. 티셔츠를 올리고 한쪽 가슴을 드러낸 채 수유 중이었다.

"앗, 미안해."

술을 마시고 들어온 탓인지 평소보다 잠이 깊게 들었나 보다. 오밤중에 아들이 울어도 모르고 잔 것보다 오래전 좋아했던 호스티스가 꿈에 나온 것이 아내에게 미안해서 사과했다.

곧 한 살이 되는 히데아키는 두 시간에 한 번씩 깨서 울어 젖혔다.

히데아키는 퀸 사이즈 침대 한가운데서 잠을 잔다. 아들내미가 바로 옆에서 큰 소리로 울어도 깊이 잠든 다다키는 좀처럼 일어나지 못했다.

하기야 히데아키가 운다고 일어나 봤자 수유를 할 수도 없는 노릇이 아닌가. 그런데도 마나는 꼭 다다키를 흔들어 깨운다. 그리고 기저귀를 갈라는 둥 늘 명령조다.

매일 밤중 수유로 잠을 설치는 마나를 생각하면 그 정도야 당연하지만, 그래도 번번이 잠을 방해받는 일은 썩 유쾌하지 않았다.

다다키는 상체를 일으키고 눈을 비빈다. 냉방이 강한 방이 춥게 느껴졌다. 수유 중에는 체온이 올라간다며 마나가 설정한 에어컨 온도는 매우 낮았다. 마나에게는 절전하겠다는 의지가 쥐꼬리만큼도 없어 보인다.

"젖 줄 때 얼마나 목이 마른 지 당신은 모르지? 얼른 가서 보리차든 뭐든 마실 것 좀 가져와."

명령조로 말하는 마나의 기분을 맞춰주러 침실에서 나왔다.

언제부터 마나가 저런 태도를 보이게 된 걸까? 아무리 생각해봐도 히데아키가 태어난 후부터다.

아니, 아니다.

결혼식이 끝나자마자 야금야금 본성을 드러냈다. 신혼여행으로 간 하와이에서 실은 결혼식을 하와이에서 하고 싶었다느니, 적어도 조금 더 세련된 호텔에서 하고 싶었다느니 하며 불만을 토로한 기억이 있다.

무더운 여름밤이었다. 시계는 세 시 반을 가리키고 있다.

유리잔에 보리차를 따랐다. 담배를 피우고 싶은 마음이 굴뚝 같았지만 크게 심호흡을 하고 참았다.

소리 나지 않게 살그머니 안방 문을 열었다. 달큼한 모유 냄새가 방안에 가득했다. 마나는 벽을 등지고 잠들어 있었다. 달걀에 연필로 쓱쓱 선을 그은 것 같은 마나의 얼굴은 단조롭고 수수했다. 피곤에 절어 나이보다 훨씬 늙어 보였다. 뒤로 대충 묶은 머리는 머리칼이 삐져나와 헝클어져 있고, 눈 밑에는 다크서클도 보인다.

죽을 둥 살 둥 안간힘을 다해 육아 중인 마나가 가엾게 느껴졌다. 적어도 밤에 수유할 때라도 같이 일어나서 보살펴줘야겠다는 생각에 불끈 힘이 솟는다. 깨웠다고 불쾌감을 드러낸 것이 미안했다.

다다키는 침대 옆 선반에 보리차 잔을 내려놓고 리모컨을 눌러 설정 온도를 2도 높였다.

침대 끄트머리에 앉아 아내와 아들을 바라본다.

히데아키는 마나의 유두를 입에 물고서 눈을 감고 있다. 홑꺼풀의 눈꼬리가 찢어진 눈, 한국인 특유의 각 진 턱이 자신과 꼭 닮은 히데아키를 보면 가슴이 뭉클해진다.

다다키는 원래 아이를 좋아하지 않았지만, 자기 아이가 태어난 후 처음으로 '사랑스럽다'는 감정이 무엇인지 알게 되었다. 그렇게나 좋아하던 담배를 끊은 것도, 부부간의 애정 행위가 전 같지 않은 것도 모두 별것 아니라고 착각하게 만드는 숭고한 감정이었다.

히데아키의 곤히 잠든 얼굴에서 마나의 가슴으로 시선을 돌린다.

하얀 유방에 퍼렇게 올라온 혈관이 두 줄 불거져 있다.

히데아키가 마나의 유두를 입에서 툭 놓았다.

훤히 드러난 가슴을 보고 있자니 자기도 모르게 한숨이 나왔다.

자유로운 독신 생활을 청산하고 얻은 것이 겨우 이것이었나.

딱히 이상적인 결혼생활을 꿈꾼 것은 아니었다. 고지식한 조총련계 재일교포 부모가 같은 동포와의 결혼이 아니면 결코 인정하지 않는다는 사실을 형과 누나들을 보고 익히 터득한 바였다. 사랑하지 않는 사람과 결혼하느니 차라리 독신으로 사는 쪽을 택했는데 마흔이 넘자 주변에서 끈질기게 결혼을 강요해왔다.

'그렇다면 한 번쯤 해봐도 되지 않을까. 싫어지면 이혼하면 되겠지.'

그런 무책임하고 경박하다고도 할 수 있는 태도로 선을 봤다.

선을 주선한 사람은 재일교포 사이에서 수완 좋기로 유명한 매파로, 다다키의 형과 누나도 이 아주머니의 주선으로 결혼했다.

그런데 왜인지 조건이 좋은 선 자리는 거의 없었다. 좋은 사람을 소개해주기로 유명한 매파였는데도 말이다.

더 정확하게 말하자면 외모가 뛰어난 여성과 만날 확률이 매우 낮았다.

다다키 자신도 나이는 마흔이 넘었고 배불뚝이에 키도 작았다. 게다가 머리털도 줄어들고 있었다. 의사나 변호사 같은 엘리트도 아니고 사이타마[3]에서 파친코를 하는 자신은 남이 흘린 떡고물에 감지덕지해야 했다.

---

3 도쿄와 접해 있는 현으로, 도쿄에 있는 직장에 다니는 회사원들을 위한 베드타운으로 유명하다. 고려인과 신라인이 이주해 고도의 문화를 전수한 곳이기도 하다.

불경기 때문에 자영업자는 매파도 맞선 상대도 꺼리는 인물이라고 한다.

20년 전에 결혼한 열 살 위의 형님 때는 파친코 경영자가 꽤 인기가 있었다.

다다키는 열 번이나 선을 봤는데 도중에 점점 귀찮아져서 딱 꼬집어 말할 만한 매력은 없어도 무난한 상대랄 수 있는 마나와 설렘도 연애 감정도 거의 없이 일정한 교제 기간을 거쳐 결혼했다.

중매를 한 아주머니는 좀 허술한 구석이 있어서, 마나가 스물다섯 살이라고 했는데 만나보니 스물여덟 살이었다. 또, 아줌마한테 들기론 음식점을 한다고 했는데 실제로는 우에노에서 한국 건어물상을 운영하고 있었다. 그런데 왜 그런지 그런 마나가 자신과 수준이 딱 맞는 배필인 것 같았다.

마나도 똑같이 생각했는지 모르겠다. 마나는 다다키와 결혼하는 것보다 단순히 '결혼'이라는 안식처를 찾은 것을 기쁘게 여기는 것처럼 보였다.

결론적으로는 그나마 다행이 아닐까 싶다. 아이도 낳았다. 상대를 지나치게 좋아하지 않기 때문에 과도한 기대도 하지 않는다. 그래서인지 결혼생활에 엄청난 풍파가 몰아친 적도 없었다.

마나로 말하자면, 지금은 어머니라는 역할에 한창 매진 중이다. 그녀도 현재 생활에 불만이 없는 것은 아닐 것이다.

그러나 때로는 포기와 타협이 가정의 행복과 직결된다는 사실을 마흔다섯의 다다키가 모르는 것도 아니었다. 다만, 머릿속으로는 이해가 되어도 받아들이기 쉽지 않았다.

히데아키가 태어나고 6개월이 되었을 때 한국 전통 결혼식에 초대받았다. 다다키는 대반對盤을 하게 되었다. 조선고등학교 동급생 중에 얼마 남지 않은 독신이던 의사 친구의 결혼식이었다.

오랜만에 화려한 장소로의 외출에 마나도 한껏 기분이 좋아보였다. 정성껏 화장을 한 마나는 조금 요염해 보였다. 첫 육아에 이리 치이고 저리 치여 늘 신경질적이던 평소의 마나와는 영 다른 사람 같았다.

히데아키를 친정에 맡기고 둘이서 도쿄 브랜드 호텔로 향했다. 호텔에는 대반을 위한 방이 별도로 마련되어 있었다. 방에 들어가자 킹 사이즈 침대가 눈에 들어왔다. 도쿄 브랜드 호텔은 다다키와 마나가 결혼 피로연을 한 장소이기도 했다.

다다키는 신혼 첫날밤을 떠올리고 욕정을 느끼는 자신을 발견했다. 한복으로 갈아입기 위해 옷을 벗은 마나를 덮쳤다. 마나도 저항하지 않았다. 속옷을 거칠게 벗기고 침대로 떠밀었다. 다다키도 서둘러 셔츠를 벗고 바지를 내린다. 마나의 가슴을 더듬는다. 마나는 눈을 감고 수동적인 태도를 보인다. 마나는 원래 가슴이 작았는데 임신 후 한 움큼, 아니 두 움큼쯤 가슴이 커진 것 같다. 감촉을 확인한다. 단단하고 탄력도 있다.

나쁘지는, 않다.

마나가 히데아키를 임신한 이후 이런 일은 처음이었다. 일 년 반 가까이 기다렸다.

유두를 빨자마자 액체가 힘차게 쏟아져 나왔다. 살짝 단맛이 났다. 놀라서 유두에서 입을 떼자 이번에는 얼굴로 튀었다. 오른손으로 잡고 있던 가슴에서도 모유가 쏟아져 나와 이불에 얼룩이 진다. 다다키는 옆에 있던 휴지로 마나의 가슴을 꾹 눌렀지만 모유는 수습이 되지 않고, 끊임없이 흘러나왔다. 마나가 침대보로 유두를 꾹 누르고 모유를 막아보려고 했다.

다다키는 수건을 가지러 욕실로 갔다. 세면대 거울에는 얼굴에 흰 액체를 묻히고 팬티 한 장만 걸친 어리숙한 남자가 서 있다.

세수를 한 후 수건으로 비비듯이 닦아 내고 세면장을 나왔다.

침대에 앉아 있는 마나에게 수건을 건넸다.

"젖 줄 시간이 지나서 아까부터 가슴이 뭉쳐 있었어. 그런데 그런 짓을 하니까 터져 나온 거잖아."

혼 내는 듯한 마나의 말투에 다 죽어가는 목소리로 미안하다고 사과했다.

마나는 수건을 가슴에 대고 다다키와 교대로 욕실로 뛰어 들어갔다.

다다키는 모유 냄새가 풍겨오는 침대에 걸터앉았다.

괜스레 담배 한 대가 그리웠지만 침만 꿀꺽 삼켰다. 맥주라도 있지 않을까 싶어 일어나서 냉장고 문을 열었다.

캔을 따고 맥주로 목을 축인다. 한숨 돌려 제정신을 찾고 보니 팬티와 양말만 신은 자신의 모습이 여간 민망한 게 아니다. 바닥에 떨어진 바지를 주우려고 몸을 구부렸다.

바닥에는 요염함이라곤 티끌만큼도 찾아볼 수 없는 베이지색 수유용 브래지어가 떨어져 있었다. 컵이 크고 붙였다 떼었다 할 수 있는 벨크로 테이프가 붙어 있다. 언제든 수유가 가능한 기능성 브래지어다. 그 위에는 팬티라고 하기보다 '빤스'라고 불러야 할 것만 같은 큼지막한 속옷이 후크가 수도 없이 달린 산후용 거들과 세트가 되어 둥글게 말려 있었다.

나지막이 한숨을 내쉬며 그것들을 줍는다. 대충 개어 욕실로 가져갔더니 문 안쪽에서 수상한 소리가 규칙적으로 들려온다.

쭉—핏—쭉.

"여기 속옷."

노크를 하고 문틈으로 슬그머니 욕실을 엿보았다.

마나가 벌거벗은 상태로 세면대 앞에 구부정하게 서 있다. 거울을 보니 배수구를 향해 모유를 짜내는 마나가 보인다. 마나가 얼굴을 들었다.

어리둥절한 표정의 다다키와 거울을 통해 눈이 맞은 마나는 살포시 미소를 짓는다.

"제때 짜주지 않으면 유선염에 걸려. 미리 짜두면 나중에 샐까 봐 걱정 안 해도 되고. 아마, 그것, 도 할 수 있을 거야. 응?"

마나의 눈에 잔뜩 힘이 들어가 있다. 다다키는 자기도 모르게 그 시선을 피한다.

"어, 그, 그렇지. 그, 근데 이제 나갈 시간이야. 결혼식 시작 전에 미팅도 해야지."

아무래도 지금은 그것,을 하고 싶은 기분이 아니었다.

다다키는 토스트에 버터를 바르며 몽롱해진 머리로 티브이 뉴스를 시청하고 있었다.

히데아키가 태어난 후로는 줄곧 아침에 혼자서 빵을 굽고 커피를 내렸다. 그런데 오늘 아침엔 웬일인지 마나가 일찍 일어나 어젯밤 못다 한 중요한 이야기가 있다면서 히데아키까지 깨워서는 아기 의자에 앉혀 놓았다.

아까부터 마나가 입을 쉬지 않고 움직이고 있는데 무슨 소리를 하는 건지 도무지 이해가 되지 않았다.

"그러니까 말야, 거기 다니면 절대음감을 몸으로 익힐 수 있대. 있잖아, 절대음감은 음악적 재능을 키워줄 뿐만 아니라 우뇌를 자극해서 지능도 발달시켜 준대. 운동신경에도 좋은 영향을 끼친다고 하더라고."

마나의 의도를 파악할 수 없었다. 어젯밤에도 마나가 깨울 때마다 일어나서 수유를 거들었다. 잠을 설쳐서인지 졸음이 쏟아졌다.

마나도 다다키와 똑같이 아니, 다다키보다 더 잠이 부족할 것이다. 그 런데도 흥분한 상태로 끊임없이 이야기를 늘어놓는다. 수면 부족 탓인지 평소보다 더 흥분된 말투다. 다다키도 고교시절 시험기간에 수면 부족이 분명한데 묘하게 기분이 고양되었던 경험이 있다.

어젯밤만 해도 마나는 얼굴이 수척했다. 역시나 열다섯 살이나 어려서 일까? 아니면 낮잠을 자고 있는 게 분명하다. 낮잠으로 부족한 잠을 보충 하고 있어서 저런 컨디션이 유지되는 거라고 다다키는 생각했다.

"듣고 있어?"

"미안. 뭐라고 했어?"

"후미히코도 다닌다고. 주리 씨도 거기 정말 좋다고 히데아키도 꼭 보 내래. 거기는 누구 소개가 아니면 들어가지도 못한대. 장소는 에비스야."

또 주리 씨군.

마나가 메지로에 있는 유아지능개발교실이라는 곳에서 최근에 만난 같은 재일교포인 주리로부터 또 이렇게 부채질당하고 있는 모양이다.

애들 생일도 가까운 데다 재일교포라는 동질감 때문인지 이 두 사람 은 요즘 손발이 척척 맞는다.

며칠 전에도 주리가 추천해주었다며 갑자기 40만 엔이나 하는 유아용 영어통신 교재를 강매당했다.

"샤쿠지이에서 그렇게 멀리까지 일부러 다닐 필요는 없지 않아? 에비 스라니, 우리집에서 너무 멀잖아. 히데아키는 아직 젖도 못 뗐고. 기저 귀는 또 어쩌려고."

"여보, 자꾸 그렇게 트집만 잡다간 늦어진다니까! 에비스까지 얼마나 걸린다고 그래? 충분히 다닐 만한 거리야. 메지로까지도 가는데 뭘 그래. 조금 멀리 외출했다고 치면 되지. 나도 바람 좀 쐬고 싶어. 그리고 절대음감이란 게 말이야, 세 살까지만 만들어지는 거래. 영어랑 똑같다고. 일찍 시작할수록 좋은 거야. 아이가 가진 가능성을 열어주는 게 부모의 역할 아니야? 그리고 모유 수유는 오래 하면 할수록 아기가 똑똑해진다고. 그러니까……."

"알았어, 알았어. 그래, 그렇게 해."

벌써 몇 번째인가. 모유 예찬설을 그만 듣고 싶어 말을 끊었다.

마나가 예전 에르메스 때처럼 구는 것도 보고 싶지 않았다.

어떤 방식으로든 마나는 자신이 원하는 것을 얻을 것이 분명했다. 반대해 봤자다.

"정말? 고마워. 그럼 바로 신청할게. 실은 벌써 체험수업도 끝났어. 히데아키도 얼마나 재밌어했는데."

마나는 손으로 바나나를 쥐고 빠는 히데아키에게 "재밌었지?"하며 미소 짓는다.

"자, 히데아키야, 우유 마실래?"

마나는 부엌에서 따뜻하게 데운 우유를 빨대가 달린 컵에 넣어 가지고 나왔다. 어딘가에서 한 살부터는 우유를 줘도 된다는 걸 듣고 온 후 바로 주기 시작했다.

다다키는 흰 액체를 쳐다본다. 마나가 다다키의 시선을 눈치 챈다.

"파파도 우유 마실래?"

다다키는 머리를 저었다. 도쿄 브랜드 호텔에서 대반을 맡은 이후 우유는 입에도 대지 않았다.

"어머, 파파, 우유 싫어했어요?"

"아니, 오늘은 그냥 속이 좀 안 좋아. 그럼 다녀올게."

식탁에서 일어나려는 순간 마나는 잠깐 기다리라며 급하게 다다키를 멈춰 세웠다.

"저기, 파파, 그 이치온 학원 입회금이 10만 엔이고, 레슨비는 매달 5만 엔이래."

"뭐?"

"신청은 오늘까지야."

그 비싼 학원비를 내봤자 말짱 도루묵이 아닐까. 어차피 자신과 마나의 아이다. 지금부터 이렇게 해봤자 결국 모든 게 수포로 돌아갈지 모른다는 생각이 머리를 스쳤지만 묵묵히 고개를 끄덕이며 테이블에서 일어나 현금을 가지러 갔다.

마나가 말하듯 가능성이 있다면, 히데아키를 위해서라면, 아버지로서 기회를 마련해주어야 한다. 그렇다고 쳐도 태교부터 시작해서 지금까지 조기 교육이 어쩌고저쩌고 하며 들어간 돈이 적지 않다.

대체 언제까지?

일단은 마나의 마음이 풀릴 때까지 그냥 내버려둘 생각이다. 일일이 부부싸움을 하는 것도 사실 귀찮다. 히데아키에게도 도움이 된다면 그걸로 족하리라.

다다키는 매상이 떨어지기 시작한 가게 때문에 요 며칠 머리가 복잡했다.

현관문을 따고 어두운 거실로 들어갔다. 눈을 크게 뜨고 시계를 봤더니 벌써 1시가 넘어 있었다.

집안이 고요하다. 히데아키도 잠들어 있는 것일까. 침실에 들어가 부스럭대다 곤하게 잠든 히데아키와 마나를 깨우기라도 하면 무척 미안할 것 같았다.

다다키는 그냥 소파에 앉기로 한다. 식탁 위에 놓인 노트북이 눈에 들어온다. 다가가 의자에 앉아 전원을 켰다.

성인물 사이트에 접속해서 무료 동영상을 클릭했다. 음량을 줄이고 영상을 뚫어져라 보고 있었다.

그때 2층 침실에서 히데아키의 울음소리가 들려왔다. 금세 멈출 줄 알았는데 울음소리가 좀처럼 멈추지 않는다. 동영상 속의 신음하는 여자에게 도무지 집중할 수가 없다.

히데아키는 오늘따라 왜 이리 심하게 우는 걸까? 평소와는 어딘가 달라 보인다.

마나가 수유를 하지 않은 것일까? 아니면 히데아키가 어디 아프기라도? 안 되겠다 싶어 컴퓨터를 덮고 2층으로 올라갔다.

침실로 들어가자 마나가 엉엉 울고 있는 히데아키를 안고 등을 토닥이고 있었다.

"평소엔 젖만 주면 안 우는 아이가 오늘따라 왜 이러지?"

그렇게 물었지만 마나는 입도 벙끗하지 않는다.

"어디 아픈 거야?"

"오늘은 또 왜 이렇게 늦었어?"

마나는 다다키의 질문을 무시하고 화가 난 목소리로 쏘아댄다. 인상을 잔뜩 쓰고 다다키를 노려본다.

"가게 닫고 점장이랑 미팅 좀 했어."

변명처럼 들리는 그 말은 금세 묵살되었다.

"파파, 교대해. 얼른 안아."

마나는 히데아키를 다다키에게 건넨다. 히데아키는 "맘마, 맘마" 하며 몸을 뒤로 뻗친다.

"모유라도 좀 줘봐."

마나는 대답도 하지 않고 팔을 좌우로 흔들고는 허리를 두드린다. 내내 안고만 있었던 것 같다.

자지러지게 울어대는 히데아키를 달래보지만 울음을 멈출 기색이 보이지 않는다.

"아, 수유 좀 하라니까. 제발 부탁이야."

마나에게 애원했다.

"안 돼. 오늘부터 단유斷乳하기로 했어."

"뭐?"

뜬금없는 마나의 말에 할 말을 잃었다.

"젖 뗄 거라니까."

그렇게 말한 마나는 곧장 침대에 누웠다.

"지금부터 당신이 봐. 나는 좀 자야겠어."

히데아키의 울음소리가 점점 더 요란해진다.

다다키는 서서 히데아키를 안고 달랬다.

히데아키는 졸음이 오는지 울기를 잠깐 멈췄다가 금세 또 자지러지듯 울어댔다. 새벽녘에는 히데아키의 목소리가 쉬어 있었다.

마나는 고른 숨소리를 내며 잠에 빠져 있다. 이런 상황에서 잠을 자다니 어딘가 의심스럽다. 자세히 살펴보니 귀마개를 하고 있다.

화가 치밀어 오른다. 그러나 마나처럼 히데아키가 울어대도 내내 잠만 잤던 자신이 떠올라 화를 삭이기로 한다.

히데아키는 모유가 그립다고 울어댄다. 다다키는 주고 싶어도 줄 수가 없다. 왜 갑자기 단유를 시작한 건지 짐작이 가지 않았다.

일단 뭐라도 먹여보겠다는 생각에 부엌으로 갔다. 빨대 달린 컵에 보리차를 따라서 마시게 했다.

히데아키는 고개를 저으며 완강히 거부한다.

우유라면 괜찮을까 싶어 전자레인지에 사람 체온 정도로 덥힌 따뜻한 우유를 준비했다. 히데아키는 빨대로 우유를 한 모금 마시고는 금세 뱉어버린다.

히데아키가 토해낸 우유가 다다키의 얼굴에 튄다.

다다키는 티슈로 얼굴을 훔치며 결혼이란 곧 수행임을 새삼 깨달았다.

다음 날 아침까지 마나는 깊은 잠에서 깨어날 생각을 하지 않았다. 다다키는 한숨도 못 자고 밤새 히데아키를 안고 있었다.

히데아키도 울다 지쳤는지 새벽이 되어서야 겨우 눈을 붙였다.

왜 아기들은 밤새 울다가 아침에야 자는 걸까?

오늘은 파친코 기계를 교환하는 날이다. 일찍 가게에 나가봐야 한다. 요즘은 어느 가게든 파친코 수익이 썩 좋지 않다. 기계를 자주 새것으로 교체하지 않으면 손님들 발길이 금세 뚝 끊긴다.

커피 메이커로 내린 커피를 혼자 마시고 있었을 때, 어느새 마나가 거실로 들어와 하품을 하며 자기 컵에 커피를 따랐다.

지금까지 마나는 수유를 해야 한다며 술과 커피를 한 모금도 마시지 않았다. 갑자기 커피를 마시는 걸 보니 정말로 단유를 감행할 참인가 보다.

다다키가 보기에 마나의 얼굴은 피로가 싹 가시고 말끔해 보인다. 푹 잔 게 틀림없다.

"어제 이치온 학원 끝나고 주리 씨네 집에 갔다 왔어. 으리으리한 아파트더라. 주리 씨 남편이 공인회계사래. 대단하지? 집도 에비스에 있고. 부럽다."

주리 씨의 집은 에비스에 있는 고층 아파트라고 한다.

도쿄에 신혼살림을 차린 것은 마나가 강력히 원했기 때문이다. 다다키는 가게 근처에 살고 싶었는데 마나는 도쿄에 살아야 한다고 우겼다.

네리마라면 사이타마에 있는 가게까지 다닐 만했다. 다다키는 마나의 요구에 응해서 네리마에 집을 샀다. 그런데 마나는 내심 네리마에 사는 것이 불만이었던 것 같다. 세타가야나 메구로 같은 품격 있는 동네로 이사했어야 했다고 내내 잔소리를 해댔다. 그런 잔소리는 아기가 생긴 후에 사라진 줄 알았는데 또 이렇게 듣게 될 줄이야.

게다가 견학 때는 잘 따라 하던 히데아키가 어제 레슨에서는 온종일 울기만 했다고 마나는 아침 내내 푸념했다. 푹 자고 일어났는데도 기분은 썩 좋지 않아 보인다. 어젯밤 다다키가 늦게 들어온 것과도 관계가 있는지 모른다.

"어제 주리 씨가 그러는데, 이렇게 계속 모유를 주면 자립심이 안 생긴대. 아기가 응석받이에 버릇이 없어진다고. 나도 잘 생각해봤는데, 히데아키가 사실 좀 잘 우는 편이고 어딜 가도 모유만 찾잖아. 밥도 잘 안 먹고 음식도 가리고. 바나나 외엔 일절 입에도 안 대고."

그러나 히데아키를 그렇게 만든 것은 마나 자신이 아니었던가. 튀어나올 뻔한 그 말을 꿀꺽 삼켰다. 그렇게나 집착하던 모유를 끊겠다니, 주리란 사람의 영향력이 상당한가 보다.

"그리고,"

마나는 중요한 얘기라도 된다는 듯 거기서 말을 끊었다.

"주리 씨가 그러는데, 애 낳고 섹스를 자주 하지 않으면 섹스리스가 된대. 그러면 남편이 바람을 피울 수도 있대. 그러니까 빨리 단유하고 하는 게 좋댔어."

이번에는 갑자기 뜨거운 시선을 보낸다.

"어, 그게 그런가?"

"주리 씨는 원래 가슴은 큰데 모유가 잘 안 나왔대. 그래서 무리해서 억지로 수유를 하지 않고 분유를 먹였다고 하더라고. 그래서 그런지 가슴도 출산 전이랑 똑같대. 지금도 남편이랑 주 1회는 한다더라. 모유 수유를 오래 하면 가슴이 처지고, 유두도 커지니까 남편을 위해서라도 단유하는 게 좋다고 하길래."

그런 얘기를 하려고 에비스까지 갔다 온 것일까.

참 오지랖도 넓다. 주리 씨라는 인물은 왜 자꾸 마나에게 쓸데없는 바람을 불어넣는 걸까?

마나에 대해 얘기해보자. 단유를 하면 원래의 가슴으로 돌아가 크기가 다시 작아질 것이다. 그리고 오랫동안 아내로서보다 엄마로서의 측면을 더 많이 본 탓에 마나와 섹스하고 싶은 생각은 조금도 없었다. 이제 와서 섹스를 하자니 기가 찰 노릇이다.

차라리 성인용 사이트를 보고 혼자 하는 것이 마음 편했다. 게다가 나이 탓인지 요즘은 딱히 욕정이 생기지도 않는다. 주 1회라니, 생각만 해도 끔찍하다.

침실에서 히데아키의 울음소리가 들려왔다.

"파파, 가서 히데아키 좀 데려와요. 배가 고픈 거 같애."

다다키는 2층으로 올라가 히데아키를 안아 올렸다. 볼에는 고스란히 눈물 자국이 남아 있다. 꼭 이렇게까지 단유를 해야만 할까?

히데아키가 애처로웠다. 거실로 히데아키를 데려와 보니 마나가 파자마 단추를 풀러 가슴을 내놓고 대기 중이었다.

아이가 불쌍해서 다시 수유를 시작하는 줄 알고 가슴을 쓸어내렸다.

히데아키도 마나를 보고 "쭈쭈, 쭈쭈!" 하고 외친다.

"잠깐만."

마나는 부엌에 갔다가 잠시 후에 돌아왔다. 유두 주변에 무언가 빨간 것이 발라져 있다.

"그건 또 뭐야?"

"젖을 뗄 때는 가슴에 겨자나 와사비를 바르면 된다고 인터넷에서 봤어. 그래서 냉장고에 있던 고추장을 발라봤지."

그렇게 말하며 마나는 다다키 손에서 히데아키를 건네받는다.

다다키는 뒷목이 서늘해지는 걸 느꼈다. 사랑하는 아들이 고추장을 먹고 우는 모습을 보고 싶지 않았다.

"바쁘니까 나 먼저 나간다."

도망치듯 거실을 빠져 나왔다.

현관에서 구두를 신고 있을 때, 등 뒤에서 히데아키의 절규가 들려왔다. 가슴이 미어지는 것 같았지만 서둘러 집을 나섰다.

가게에 도착한 후에도 히데아키가 걱정이 되어 안절부절못하고 있었다.

휴대폰 벨소리가 요란하다. 어머니였다.

"충휘[4]야, 영명[5]이 돌잔치는 어떻게 할 거야? 얼마 안 남았잖아. 돌잡이 안 할 거야?"

다다키네 집에서는 자식을 한국 이름으로 부른다.

"네, 어머니. 그게, 지금 그럴 여유가 없어서요."

"왜 여유가 없어? 왜?"

---

4 다다키(忠揮)의 한자를 한국어로 읽으면 '충휘'가 된다.
5 히데아키(英明)는 한국어로 '영명'이다.

"마나가 갑자기 단유를 한다고 해서 집안이 아주 난리가 났어요."

"어머나, 걔는 또 왜 그런데?"

"저도 잘 모르겠어요. 모유를 자꾸 주면 응석받이가 된다나 뭐라나."

"걔 말에도 일리가 있다. 너도 막내라 세 살까지 젖을 먹었는데 어딜 가도 이 어미 젖만 찾았지. 그리고 또 어찌나 울어대던지. 지금 생각해보니 강휘는 장남이고 유향이가 바로 생겨서 한 살 때 젖을 딱 끊었지. 그래서 걔가 그렇게 똑똑하게 컸나."

이럴 때는 뭐라고 대답하면 좋을까. 다다키에겐 몹시 충격적인 이야기였다.

"그건 그렇고, 오늘은 마나한테 돌잔치 얘기 꼭 해야 된다. 영명이 색동저고리랑 금반지도 준비해야 하니까."

"네."

여하튼 대답은 했다. 전화를 끊으니 마음이 천근만근이다. 신경질적인 마나에게 아이 돌잔치 얘기를 하자니 걱정부터 앞섰다.

일찍 일을 끝내고 아홉 시쯤 집으로 들어갔다. 집안은 불온한 공기로 가득했다.

마나가 찌푸린 얼굴로 냄비에 불을 켠다. 히데아키는 잠이 들었는지 거실에는 아무도 없었다.

테이블에 앉은 다다키의 눈앞에 화이트 스튜가 담긴 접시를 내려놓으며 마나는 날카로운 눈으로 다다키를 째려본다.

혹시나 어머니가 마나한테 직접 전화해서 돌잔치 하라고 강요라도 한 걸까?

한여름에 뜨거운 스튜라니, 딱히 당기지 않는 요리였지만 여하튼 한

수저 뜬다. 요리를 칭찬해서라도 마나의 기분을 풀어주고 싶었다.

돌잔치 얘기는 입도 벙긋하지 않을 생각이다.

스튜를 숟가락 위에 조금 얹어 입으로 가져간다. 마나가 만든 요리를 먹을 때는 주의할 점이 있다. 처음부터 한꺼번에 많은 양을 입안에 넣었다간 어떤 불상사가 생길지 모른다. 종종 상상을 초월한 맛이 날 때가 있다 보니 자연스레 신중해졌다.

역시, 상상했던 것과는 다른 맛이다. 다다키가 알고 있는 화이트 스튜와는 거리가 멀다. 왜 그런지 단맛이 강하다. 마나가 화이트 스튜를 만든 건 처음인데 또 조미료 배합을 잘못한 게 아닐까? 소금과 설탕을 바꿔 넣었거나 그런 일 말이다.

예전에도 마나는 스키야키 소스를 만들 때 간장과 면 쓰유를 바꿔 쓴 적이 있었다.

"맛있어?"

마나는 다다키를 유혹하듯 바라본다.

딱히 맛있지는 않았다. 설마 그런 표정을 들킨 것일까?

"어, 응, 맛있어."

아무렇지도 않은 듯 속내를 감추고 이번에는 듬뿍 떠서 먹는다.

지금은 가정의 평화를 위해 무조건 참아야만 한다.

스튜를 씹으며 숨을 멈췄다가 삼킨다.

자기도 모르는 사이에 뿜어버릴 것만 같다. 생각했던 것보다 더 맛이 이상해서 콧물이 나올 것 같다. 눈물도 날 것 같은 기분이다.

하지만 마나가 아까부터 계속 지켜보고 있는 탓에 다다키는 아무렇지 않은 듯 태평한 얼굴을 최대한 유지하며 스튜를 연달아 입으로 가져갔다.

마지막 한 입을 꿀꺽 삼킬 때까지 마나는 시선을 떼지 않았다.

"잘 먹었어."

고문과 같은 식사를 마친 후, 식기를 들고 자리에서 일어나 부엌 싱크대에 올려놓았다.

커피메이커를 세팅하고, 커피가 만들어지는 동안 수도에서 물을 한 컵 받아 단숨에 들이켰다.

한숨 돌린 후, 커피 두 잔을 들고 다시 부엌 식탁으로 돌아갔다.

마나는 커피를 마시며 "있잖아" 하고 나지막하게 속삭인다.

"무슨 일 있어?"

"다른 여자들 알몸은 왜 보는 거야?"

"응?"

대체 무슨 소리지.

"인터넷으로 이상한 사이트 봤잖아."

마나가 눈물을 머금고 있다.

"이래도 된다고 생각해? 아내가 버젓이 있는데."

마나가 하는 말을 이해했다. 컴퓨터 이력을 들킨 것이다. 경솔했다.

"그게 말이지, 그게 뭐랄까……."

"정말이지 믿을 수가 없어. 나한테는 손도 안 대면서 그런 걸 왜 보는 거야? 나는 이렇게 육아에만 매달리고 있는데. 파파는 도대체……."

거의 흐느낌에 가까웠다.

"미안해."

고개를 떨구고 일단 사과했다.

"됐어, 됐다고."

콧물을 훌쩍이며 마나는 눈물을 닦았다.

"대신 지금부터 내가 하는 제안에 반대하지 마."

이번엔 또 무슨 명품 가방이라도 사달라는 것일까?

어차피 자신에게 아무 잘못이 없더라도 마나가 원한다면 결국 사주게 될 테니 그런 건 아무래도 좋았다. 하지만 성인물 사이트를 본 것 정도로 그렇게까지 화를 내야 하는 것일까. 내심 그런 생각이 들었다.

마나는 좀 지나치게 보수적인 면이 있다. 남자와 사귀어 본 적도 별로 없다고 한다. 외동딸이라서 그럴까? 마나의 아버지는 재일교포 2세인데, 한반도의 유교적 가치관을 지키자는 주의였고 딸의 남녀교제에도 무척 엄격했다고 한다.

불복하겠다는 말을 해봤자 일만 커질 뿐이다. 그렇다고 뭐든 다 하겠다고 대답하는 것도 부아가 치밀어 올라 입을 꾹 다물고 있었다.

"있잖아, 히데아키 돌잔치 할까 해."

"응? 돌잔치?"

생각지도 못한 말을 듣고 깜짝 놀라 다시 한번 물었다.

"안 해주면 애가 불쌍하잖아."

무슨 심경의 변화인지 의심스러웠지만 여하튼 그러냐고 고개를 끄덕였다.

"주리 씨가 에비스 인터내셔널 호텔 연회장에서 돌잔치를 한대. 그래서 말인데, 어차피 하는 거 합동으로 하자고 하는데 괜찮겠지? 안 돼?"

"호텔에서 하자고?"

"응, 호텔에서 하면 친척도 많이 부를 수 있잖아. 돌잡이하면 어머님도 불만이 없으시겠고. 그치?"

다다키의 어머니가 불만을 토로하는 모습이 눈에 선했다.

비용도 적지 않게 들 것이다. 무엇보다 합동으로 하는 게 신경에 거슬린다. 그렇지만 안 된다는 말이 쉽게 나오지 않았다.

돌잔치를 한다고 했으니 일단 그것만으로 된 게 아닐까.

그런 생각에 빠져 있는 사이, 마나는 "그럼 OK라고 알겠어" 하며 자리를 떴다.

"참, 오늘 스튜는 신경을 좀 썼어."

"신경을 썼다고?"

"응, 영양 밸런스는 참 좋은데 맛이 어떨지 조금 불안했거든. 근데 파파가 맛있게 먹는 걸 보니 괜찮았던 모양이네. 내가 또 만들어 줄게."

이런 맛의 스튜를 또 먹어야 한다니 벌써부터 고개를 옆으로 젓고 싶었다.

"음, 맛있었는데 조금 독특한 맛이었어. 개성적이랄까?"

더 이상 어떤 말을 골라서 해야 할지 알 수 없었다.

"그랬어? 내가 간을 안 봐서 모르겠네. 어떻게 독특했는데?"

"뭐랄까, 좀 달콤하달까?"

"음, 달았구나, 역시."

"아니야, 맛있었어."

"흐음. 실은 스튜에 모유를 좀 넣어봤어. 단유한 후에 가슴이 아파서 계속 짜버리고 있거든. 영양가도 높다는데 버리려니까 좀 아깝더라고. 내 모유로 만든 음식을 내가 먹을 수는 없잖아. 그래서 간도 안 봤는데. 그나마 파파 입맛에 맞아 다행이네."

마나는 미소를 지으며 다다키를 바라본다.

다다키는 정신이 아득해진다.

하마터면 손에 들고 있던 커피를 다 쏟을 뻔했다.

먹은 음식이 올라오는 것을 느꼈는데 커피를 마시며 간신히 도로 삼켰다. 그러다 사레가 들려 기침이 터져 나왔다.

"괜찮아?"

마나가 엷은 미소를 지으며 물었다. 고개를 끄덕이자 마나는 "그럼 먼저 잘게" 하며 거실을 나갔다.

눈가에 눈물이 맺힌다. 사레 때문인지 자신이 처량하게 느껴져서 그런 건지 도무지 알 수가 없었다.

돌잔치가 2주 후로 성큼 다가와 있었다.

다다키가 어머니에게 다른 집과 합동으로 호텔에서 돌잔치를 하겠다고 전하자 예상대로 불만이 터져 나왔다. 어머니는 돌잔치를 위해 준비하는 전통 떡과 사탕, 과자는 어쩔 거냐며 화를 내셨다. 누나인 유카까지 전화를 걸어와 다다키를 나무랐다.

"애, 돌잔치 요리를 자기 손으로 하지 않겠다니 걔 참 며느리 자격이 없다. 나는 돌잔치 때 잠도 안 자고 30인분 요리를 만들었다고. 혹시 너한테 남편으로서의 위엄이 없어서 그런 거 아니야? 도대체 말이야, 마나 씨는 너를 왜 파파라고 불러? 일본 사람도 아닌데. 히데아키한테 아빠, 엄마라고 부르게 해야지."

어머니와 누나는 합동 돌잔치를 하는 상대편 집안에 대해서도 이것저것 캐물었다. 다다키가 자세히 설명하자 어쩔 수 없다는 듯 승낙해주었지만 다다키는 이런 대화에도 점점 넌덜머리가 났다.

다다키는 합동 돌잔치를 하는 상대편 집안과의 격차가 신경이 쓰였다. 저쪽은 공인회계사고 친인척 중에는 의사도 있다고 하지 않았는가.

"저쪽 집안이 너무 잘나가지 않아? 우리 쪽 가세※鱜가 밀릴 텐데."

다다키가 불안해서 마나에게 투덜댔다.

"물론 그렇지. 근데 어쩔 수 없잖아. 가진 걸로는 우리가 이길 수 없으니까, 적어도 돌잔치 준비에서 밀리지 않게 해야지. 그리고 지금은 우리집이 좀 밀릴지 몰라도 미래에 어떻게 될지는 또 모르잖아. 우리 히데아키가 후미히코보다 우수한 인재가 될지도 모르지."

마나는 무척 강경했다. 이렇게까지 지고는 못 배기는 성격인지는 또 몰랐다. 여자는 절대 외모로 판단해서는 안 된다. 연약해 보이는 마나는 결혼하면 순종하며 살 것 같은 스타일이었다.

돌잔치에는 맞선을 주선한 아주머니도 불러야 한다고 어머니가 말씀하셨다. 다다키와 마나의 인연을 맺어준 가나에 후쿠라는 매파인데 '가나에 아줌마'라고 불린다.

다다키는 가나에 아줌마에게 전화를 걸어 돌잔치에 꼭 오시라고 말씀드렸다.

"도쿄 브랜드 호텔에서 해야 하는데."

아줌마는 먼저 그렇게 말했다. 이 아줌마는 도쿄 브랜드 호텔과 강한 연줄이 있는 게 분명하다. 맞선도 늘 도쿄 브랜드 호텔이고, 결혼식도 그랬다. 아마 뒤에서 마진을 챙기고 있을 것이다. 지나치게 애발라 얄미울 정도다.

"죄송해요. 실은 합동 돌잔치를 하게 되어서 이번에는 어쩔 수가 없었어요."

"합동?"

아줌마는 목소리를 내리깔고 묻는다.

"합동 돌잔치라니 내 들어본 적도 없네. 도대체 누구랑 같이 한다는 건가?"

"양가네요. 마나가 히데아키 학원에서 사귄 친구래요. 같은 재일교포라고 사이가 아주 좋아요. 둘 다 맞선으로 결혼했다고 죽이 척척 맞고요."

"그쪽도 조총련이야?"

"아니요. 민단계 같아요. 양가네 집은 간사이 지방 출신인데, 아 맞다, 남편은 교토라고 그랬어요. 그리고 아내는 히로시마였던 것 같아요."

"간사이라면?"

아줌마는 잠시 머뭇거리더니 말을 이어갔다.

"오사카 강씨 소개로 결혼한 커플 아닌가? 그것도 좀 확인해주게."

"네, 알겠습니다."

"그럼 저쪽도 결혼을 주선해준 사람을 부르겠지?"

"네, 그렇다고 들었습니다."

"그래? 그럼 준비를 제대로 해야겠네. 저쪽에 밀리지 않게 잘해야지."

마나에게 확인했더니 역시나 주리는 강씨 소개로 만나 결혼했다고 한다.

도쿄의 가나에 아줌마와 오사카의 강씨 아줌마, 이 두 중매쟁이 아줌마들이 오랜 숙적 관계인 것 같다는 얘기를 어머니한테 들은 적이 있다.

갑자기 가나에 아줌마까지 흥분해서 돌잔치 준비에 대한 조언을 해대기 시작했다. 다다키의 어머니도 누나도 상대방을 의식해서인지 이것저것 주문이 많다.

히데아키의 색동저고리는 서둘러 가나에 아줌마가 소개해준 한복집에서 최고급으로 맞췄다.

북한계 조총련과 한국계 민단이라는 좁은 재일교포 사회의 두 라이벌이 다다키의 집안과 양가네 집안이라는 형태로 변형되어 경쟁하는 상황이 벌어지고 있는 것이다.

그뿐만 아니라 대대로 파친코를 경영해온 집안과 공인회계사라는 재일교포 사회의 실업가 대 명석한 두뇌를 가진 엘리트의 대결, 거기에 도쿄의 가나에 아줌마와 오사카의 강씨 아줌마, 재일교포 사회의 양대 산맥으로 알려진 두 매파의 숙명적인 싸움까지 돌잔치라는 형태를 빌어 경쟁이 치열했다.

이제는 어머니, 누나, 형수까지 나서서 어차피 할 거면 절대로 부족함이 없어야 한다며 상대 집안 수준에 맞춰서, 또는 그 이상은 해야 한다고 경쟁을 부추긴다.

점점 돌잔치가 어른들의 대리전쟁의 장이 되어가고 있었다.

다다키도 그 싸움에 말려들어 우왕좌왕했다. 그러다가도 히데아키의 해맑은 웃음을 보면 '아이를 위해서'라는 생각에 힘이 불끈 솟았다.

물론 누구보다도 바짝 기합이 든 사람은 마나였다. 주인공은 히데아키인데 마나는 자신의 옷을 새로 장만하겠다며 다다키를 백화점으로 데려가 고급 원피스를 사 입었다. 필요 없다고 거절했는데도 다다키의 양복까지 새로 맞추게 했다.

백화점에 들렀다가 에비스 인터내셔널 호텔을 둘러보러 갔다. 돌잔치가 열리기 딱 일주일 전이었다.

히데아키도 데리고 1층 카페로 갔다.

"여기 진짜 끝내주네. 우아하고 세련된 호텔이야. 도쿄 브랜드 호텔처럼 낡지도 않았고."

마나는 주변을 둘러본다.

"원피스도 새로 사길 잘한 거 같아. 주리 씨가 정장을 입고 온다는데 내가 한복을 입을 순 없잖아. 원피스가 이 호텔 분위기와도 잘 어울리는 것 같아."

마나는 혼자 들떠서 흐뭇한 표정을 짓는다.

히데아키는 졸린 지 마나 무릎 위에서 칭얼대다 엄마 옷 위로 가슴을 더듬고 있었다.

단유를 시작한 지 일주일쯤 지나자 이제는 밤에 깨서 우는 버릇도 없어졌다. 덕분에 밤새 평온하게 보낼 수 있었다. 그런데 가슴을 만지는 버릇만은 여전했다.

"히데아키는 괜찮을까? 이런 응석받이가 돌잡이를 잘할 수 있을지 걱정이네."

"괜찮다마다. 이치온 학원에서도 재능 있다는 소리를 얼마나 많이 듣는데. 돌잡이도 기대해봐."

돌잡이란 돌잔치의 메인행사로 아이 앞에 돈, 연필, 실, 노트 등을 놔두고, 그중에서 아이가 고른 것으로 아이의 미래를 점치는 행위다.

아이가 지폐를 잡으면 앞으로 '부자가 된다'는 의미다. 연필은 '학자가 된다'는 의미고, 실은 '장수'를 뜻한다. 노트를 잡으면 '예술가가 된다'고 한다.

다다키는 17년 전, 조카 돌잔치에서 처음 돌잡이를 보았다. 그 후에도 몇 번인가 조카들의 돌잡이를 지켜봤다.

당시에는 아이가 무엇을 잡을지 어른들이 더 흥분해서 일희일우一喜一憂하는 모습이 우습게만 보였다. 그런데 이제 자기 자식 차례가 되니 기대와 동시에 불안이 그늘을 드리운다.

아들의 미래가 밝고 유망하기를 소망한다.

재미난 건 다다키네 집안은 유독 지폐를 고르는 아이가 많았다는 것이다. 돈 걱정은 하지 않아도 된다는 의미일까?

그런데 요즘 들어서는 다다키네 가게도 부모님과 형이 하는 가게도 매상이 예전 같지 않다. 일본 전체가 불경기여서 어쩔 수 없다고는 하지만 걱정이 컸다.

"있지, 상의할 게 있는데."

마나가 케이크를 자르며 말한다. 다다키는 몸을 움츠린다. 마나의 입에서 '상의'라는 소리가 나올 때는 좋은 이야기일 리가 없다.

"주리 씨네랑 비교하면 우리집 손님이 너무 적어. 내 친구도 부르려고 하는데 파파도 친구들 좀 불러줄래?"

친구라니, 너무 갑작스러운 데다 일본에선 흔치 않은 특수한 행사에 부를 만한 사람이 한 명도 떠오르지 않았다.

"그래, 한번 찾아볼게."

"한 명이라도 좋으니까 좀 불러줘."

마나는 똑 부러지게 말했다.

드디어 돌잔치 날이 됐다. 다다키와 마나의 친척들은 연회장에 가기 전에 로비에서 만나기로 약속했다. 상대 집안과 인원수를 맞추기 위해 부른 사토도 조금 늦게 오기로 되어 있다.

에비스 인터내셔널 호텔 로비에 친척 일동이 모여들었다. 한복을 입은 다다키 어머니와 마나의 어머니, 다다키의 누나, 형수가 금세 눈에 들어온다. 한복을 입은 떠들썩한 무리는 조용한 호텔 로비에서 단번에 눈에 띄었다. 호텔 분위기와 도통 어울리지 않았다.

무릎이 좋지 않은 가나에 아줌마가 다리를 절며 들어오자 두 어머니와 다다키의 누나, 형수가 차례로 공손하게 머리를 조아렸다.

"어차피 호텔에서 하는 거 도쿄 브랜드 호텔에서 하면 얼마나 좋아."

나이를 먹고도 보라색으로 머리를 물들이고 화려한 빨간 한복 차림으로 나타난 가나에 아줌마는 입을 열자마자 불평부터 해댔다. 도쿄 브랜드 호텔에서 하면 얼마나 좋아. 이 대사를 벌써 몇 번째 듣는 걸까. 참 욕심도 많은 노친네다.

"아이고 선생님, 미안하게 됐습니다."

어머니들이 합창이라도 하듯 사과부터 했다.

"마나는 어디 갔어? 저쪽 가족들은?"

가나에 아줌마는 안경테를 올리며 로비를 둘러본다.

"저쪽 가족은 잘 모르겠고요. 마나는 준비할 게 있어서 히데아키 데리고 먼저 연회장에 가 있습니다."

그렇게 대답하면서 혹여 비슷한 무리가 없는지 다다키는 로비를 쭉 둘러본다. 그런데 한복을 입고 나타난 무리는 다다키네 친척들뿐이었다.

"오사카에서도 왔겠지?"

가나에 아줌마는 역시나 강씨를 의식하고 있는 것 같다.

손님들이 얼추 모여 연회장으로 갔다. 양가 인원을 합치니 50명이 좀 넘는 숫자다.

양가네는 이미 연회장에서 대기 중이었다. 그 집 남자들은 양복을 차려입고, 여자들은 세련된 원피스를 입고 있었다.

연회장에서는 60대 후반으로 보이는 날씬한 여성이 오사카 사투리로 기세등등하게 지휘하고 있었다. 소란스러운 데다 잠이 싹 달아날 것 같은 새파란 한복을 입고 있었는데 혼자만 분위기가 달랐다. 그녀가 '오사카 강씨'라 불리는 간사이에서 유명한 중매쟁이 아줌마인 게 틀림없다.

다다키가 가나에 아줌마를 넌지시 쳐다보았다. 아줌마는 안경 저편으로 강씨가 하는 양을 쭉 지켜보고만 있다. 한편 강씨는 가나에 아줌마를 쳐다보지도 않는다. 못 본 척하는 강씨에게 무시당했다는 생각에 화가 났는지 아줌마는 들으라는 듯, 일부러 세 번 혀를 끌끌 찼다.

오늘의 주인공인 히데아키는 마나 발밑에 딱 붙어, 불안한 얼굴로 아줌마를 올려다본다. 또 다른 오늘의 주인공인 양가네 아들 후미히코는 호기심이 왕성한 아이인지 넘어지면서도 아장아장 친척들 사이를 오가며 어른들의 사랑을 한몸에 받고 있다.

둘 다 색동저고리에 회색 바지를 입고 뒤가 길게 늘어진 까만 호건을 쓰고 있다. 코에 술이 달린 버선도 신었다.

비슷한 복장을 하고 있으니 두 아이의 차이가 확연하게 드러난다. 후미히코는 밝고 총명한 반면 히데아키는 소심하고 아둔해 보인다.

다다키가 히데아키를 안아 올렸다. 히데아키는 안심했는지 다다키에게 몸을 맡긴다.

이 아이는 섬세한 아이야. 히데아키의 등을 부드럽게 쓰다듬는다. 익숙하지 않은 한복을 입고 두려움에 떨고 있는 아들이 애처로워서 꼭 안아주었다.

흰색 정장을 입은 여자가 마나와 얼굴을 맞대고 이야기하고 있는 모습이 눈에 들어온다. 주리가 분명한데 다다키에겐 얼굴이 보이지 않는다.

마나는 다다키를 찾아내고는 "앗, 파파!" 하며 다다키를 돌아본다. 주리도 그 소리에 이끌려 다다키를 본다.

순간, 다다키는 심장이 멎는 것만 같았다.

눈을 동그랗게 뜨고 다다키를 응시하고 있는 주리는 바로 그 레이나였다. 예전보다 소박한 인상이었지만 아무리 봐도 레이나가 틀림없었다.

"이쪽이 주리 씨. 주리 씨, 우리 남편이에요."

마나가 소개한다.

혼란스러워서 좀처럼 말이 나오지 않았다. 그냥 목각처럼 서 있기만 했다. 눈앞의 레이나가 먼저 말없이 가볍게 눈인사를 했다.

"어머, 파파, 주리 씨가 너무 예뻐서 놀란 거야? 나한테 정말 도움을 많이 주고 있는 사람이니까 얼른 인사해요."

마나가 재촉하기에 레이나에게서 시선을 떼고 머리를 숙였다.

"안녕하세요? 후미히코 엄마예요. 이쪽은 저희 남편입니다."

레이나는 일절 감정을 드러내지 않고 담담한 어조로 남편을 소개했다. 척 봐도 머리가 좋아 보이는 안경 쓴 남자가 인사를 건넸다.

레이나는 눈곱만큼도 동요한 모습을 보이지 않았다. 적어도 그렇게 보였다. 다다키는 요동치는 심장의 고동을 억누르며 간신히 "아, 안녕하세요?"라고 앵무새처럼 되돌려주었을 뿐이다.

마치 온몸이 심장으로 이루어진 것처럼 가쁜 심장박동에 맞추어 맥박도 빨라진다.

다다키의 동요가 아이에게도 전달되었는지 히데아키가 이상하다는 듯한 얼굴로 다다키를 올려다본다.

마음을 안정시키려고 히데아키의 볼에 자기 볼을 가져다 댄다. 그러고 있으니 조금 마음이 가라앉는다.

심호흡을 하고 숨을 고른 후, 머릿속을 정리했다.

그러니까 그런 것이었군. 레이나도 같은 재일교포였던 것이다. 옆으로 레이나를 훔쳐본다. 그녀의 가슴이 눈에 들어온다.

여전히 풍만한 가슴이 도드라져 있었다. 저 가슴이 저 안경 쓴 남자의 것이라니. 저 남자와 레이나가 주 1회로 하고 있다고 생각하니 돌잔치엔 어울리지 않지만 왠지 씁쓸한 기분이 들었다.

어쩌면 자신과 레이나가 결혼할 가능성이 있었는지도 모른다. 그때 실은 자신이 재일교포라고 고백했더라면 레이나도 마찬가지로 비밀을 알려주었을지 모른다.

144

조총련계, 민단계로 서로의 입장은 다르지만, 재일교포라는 사실만이라도 미리 알았다면 서로 사귀다가 결혼했을지도 모를 일이다. 사고방식이 보수적인 부모님도 일본인이 아니고 적어도 같은 민족이라는 점에서 어쩔 수 없이 허락해주었을 것이다.

'레이나'는 가게에서 일할 때 쓰던 이름이다. 레이나는 과거에 호스티스였다는 사실을 비밀에 부치고 있을 게 분명했다. 레이나는 입을 꼭 다물고 태연한 얼굴로 고향으로 돌아가 선을 보고 재일교포와 결혼한 것이다.

레이나는 다다키가 마나의 남편이라고는 추호도 생각하지 않았을 것이다. 히데아키의 성은 한국 성인 '정'을 일본식으로 '데이'라고 읽었다. 한국 이름은 정영명, 일본 이름은 데이 히데아키다. 마나는 평소 리마나라는 이름을 쓴다. 다다키네 가족에겐 '다나카'라는 일본 성이 있었지만 일상생활에선 거의 쓰는 일이 없었다. 그래서 레이나는 상상도 못 했을 것이다.

마나와 레이나가 만난 것은 우연을 가장한 하느님의 심술궂은 장난처럼 보였다.

각자 이렇게 아이를 낳고 가정을 꾸리고 살다가 이런 곳에서 재회하다니. 레이나는 지금 어떤 기분일까?

한편, 어디를 봐도 레이나네 집이 모든 면에서 앞서가고 있었다.

레이나는 기분이 좋을까? 레이나 남편에게 진 자신이 몹시 비참하게 느껴졌다.

돌잔치의 막이 올랐다.

의자에 앉자 요리가 나온다. 프랑스 요리다.

식사가 시작되자 다다키의 어머니는 보따리를 풀어 수수경단을 꺼낸다. '병치레하지 말고 튼튼하게 자라라'는 의미로 돌잔치에서 빠지지 않는 떡이다.

"직접 만들었어요. 드세요."

어머니는 레이나 쪽 테이블로 떡을 가져갔다. 레이나는 당혹스러운 얼굴로 떡을 받았다. 프렌치 코스가 시작되자마자 떡을 내놓다니. 그런 어머니가 몹시 촌스럽게 느껴져 다다키는 얼굴에서 불이 나는 것 같았다. 마나도 표정이 좋지 않다.

뒤늦게 돌잔치 회장에 도착한 사토는 레이나를 보고 단번에 알아챘다. 벌어진 입을 다물지 못한 채 잠시 굳어 있다가 의자에 앉아 와인을 한 잔 따르더니 다다키 쪽으로 다가왔다.

"이게 무슨 일이야? 왜 레이나 씨가 여기 있어?"

사토는 들릴락 말락 한 귓속말로 속삭인다. 다다키 옆에 마나가 있어서 특별히 주의한 모양이다.

"나도 몰라. 어쨌든 모른 척해. 저쪽도 신경 쓰일 테니까."

"어, 그래야지."

그렇게 대답한 사토는 바로 자기 자리로 돌아갔다.

힐끗 레이나를 본다. 레이나는 사토의 모습이 보이지 않는지 아니면 못 본 척하는 건지 표정 하나 바뀌지 않고 가족들과 화기애애하게 담소를 나누고 있다.

여자들이란 원래 저렇게 낯이 두꺼운 걸까.

선물 증정 시간이 다가왔다.

한국에서는 돌잔치 때 선물로 금반지를 주는 전통이 있다고 한다.

돌 반지는 평상시에 아이에게 끼워주는 것이 아니라 아이 성장에 따라 교육비로 쓰기도 하고, 그 외에도 미래에 아이를 위해 쓰라는 의미에서 친척과 친구들이 선물해주는 거라고 한다.

레이나 집의 반지는 보기엔 소박하지만 전통 있는 명품 보석상에서 구매한 것이었다.

이런 데서도 격차가 느껴졌다. 다다키네 집은 어머니가 가나에 아줌마가 소개한 금은방에서 24K 금반지를 샀다. 큼지막한 게 나무랄 데가 없었지만 오카치마치의 도매상에서 산 것으로 명품은 아니었다. 레이나네 집이 무엇이든 세련된 것에 비해 다다키네 집은 무엇이든 촌스러운 느낌이 나는 것을 부정할 수 없었다.

선물 꾸러미에서는 히데아키가 좋아하는 장난감 전차, 마나가 미리 당부한 아동복 등이 차례차례 쏟아져 나왔고, 마나는 포장지를 뜯으며 웃는 얼굴로 감사를 표했다.

레이나네 집 선물 꾸러미에는 무려 아이패드까지 있었다. 아니, 한 살짜리에게 IT 기기라니! 역시나 엘리트 일가답다. 선물에서까지 치명타를 입으며 레이나 일가와는 게임이 되지 않는다는 사실이 마음을 무겁게 했다.

선물 증정이 끝나고 드디어 돌잡이 시간이 돌아왔다.

회장 한가운데에 두 개의 테이블이 준비되어 있었다. 각자 자기 집안 테이블 위에 연필, 실, 노트 등을 놓았다.

색동저고리를 입은 히데아키와 후미히코를 각자의 테이블 앞에 앉힌다. 친척들, 친구들이 테이블 주변을 둘러쌌다. 히데아키는 마나를 올려다본다. 지금 당장이라도 울음보를 터뜨릴 것 같은 표정이다. 반면 후미히코는 흥미진진하다는 표정으로 테이블 위에 놓인 물건들을 이것저것 살펴봤다.

사토는 다다키 옆으로 와서 지금부터 뭘 하는 거냐고 묻는다.

"아이가 제일 먼저 집는 것으로 그 아이의 미래를 점치는 거야. 돌잔치의 하이라이트지."

그렇게 대답하고 다다키는 침을 꿀꺽 삼킨다. 히데아키가 과연 무엇을 잡을지가 관건이다. 오늘의 클라이맥스다.

사토는 그렇군, 하며 잘 알겠다는 듯 고개를 끄덕였다.

테이블 위에 놓인 물건에 먼저 손을 뻗은 것은 레이나의 아들인 후미히코였다. 히데아키는 머뭇머뭇 바닥만 보고 있다.

후미히코는 곧장 실을 잡으려고 했다.

그 순간, 강씨가 넉살좋게 나타나 큰기침을 했다.

"아이고 후미히코야, 그거 아니지."

후미히코는 강씨의 얼굴을 올려다본다. 미심쩍은 표정이다.

강씨는 후미히코의 손을 잡아 연필로 유도했다. 그러나 후미히코는 입을 꼭 다문 채 강씨에게 저항한다.

긴박한 공기가 흐른다. 레이나도 굳은 표정으로 자기 아들을 지켜보고 있었다.

후미히코는 어른들의 힘에 굴복한 것처럼 연필을 잡았는데, 강씨가 손을 놓자마자 연필을 바닥에 내던지고 황급히 실을 잡았다.

레이나와 레이나의 남편은 몹시 낙담한 표정을 보였다. 레이나의 친척 중에는 아쉽다는 듯 한숨을 쉬는 사람들도 있었다. 강씨는 보란 듯이 머리를 감싼다. 그것을 본 가나에 아줌마가 만족스럽다는 듯 작게 여러 번 고개를 끄덕였다.

"왜 어른들이 이렇게 진지한 거야?"

사토가 다시 다가와 묻는다.

"그게 말이지, 실은 장수를 의미하고 연필은 학자가 되는 걸 의미한대. 학자를 포기하고 장수를 골랐으니 좀 실망한 거지."

다다키가 설명하자 사토는 재미있는 이벤트라며 히죽거렸다. 가족이 아닌 입장에서 보면 코미디처럼 보인다는 것을 사실 다다키도 잘 알고 있었다.

다다키네 가족은 후미히코가 실을 잡아서 내심 안심했는지 긴장이 풀린 표정이었다. 가나에 아줌마도 눈가며 입가가 느슨해져 있었다.

장수를 상징하는 실을 고른 후미히코보다 더 훌륭한 미래를 암시하는 물건을 히데아키가 잡아주기만을, 온 가족이 열망하고 있을 터였다. 학자가 된다는 연필이라든지 예술가가 된다는 노트라든지.

다다키 역시 지금까지의 패배를 어떻게든 만회하고 싶었다.

호스티스였던 레이나와 재회하는 어색한 경험을 했다. 레이나는 같은 재일교포 중에서도 자기 같은 놈보다 생긴 것도 훨씬 낫고, 엘리트인 남성과 선을 보고 결혼했다. 자신은 레이나의 적수가 안 되는 평범한 여자밖에 소개받지 못했다.

돌잔치를 하며 비교해보니 모든 것이 레이나에 비해 못한 것만 같았다. 마지막 희망은 히데아키의 미래였다. 아들의 미래가 확 트이길 바랐다.

그런데 당사자인 히데아키는 물건을 잡을 생각이 전혀 없어 보인다. 눈앞의 물건에 눈길조차 주지 않는다.

주변의 어른들은 히데아키만 쳐다본다. 시간이 쉴 새 없이 흘러가고 있었다. 마나도 다다키도 마른 침을 삼키며 아들이 움직이기만을 조용히 기다렸다.

5분, 10분…….

점점 무거운 침묵이 흐른다. 히데아키는 두려움에 떨며 가만히 앉아만 있다.

기다리다 치진 가나에 아줌마가 엄마가 어떻게 좀 해보라며 마나를 추궁한다.

"히데아키, 뭐가 좋아? 연필? 공책? 돈?"

마나가 히데아키의 머리를 쓰다듬다가 팔을 끌어 물건을 잡도록 재촉했다.

그때 히데아키가 물건은 다 제쳐두고 마나의 가슴을 꽉 쥐었다.

마나의 얼굴이 빨개진다. 히데아키의 손을 가슴에서 떼어내려고 하자, 이번에는 마나의 가슴에 얼굴을 묻는다.

"누가 네 아들 아니랄까 봐, 짜식 가슴을 좋아하네. 분명히 어른이 되면 너처럼 야한 사람이 될 거야."

사토가 웃음을 참으며 귓속말을 했다.

레이나를 보니 입술에 엷은 웃음을 띠고 이쪽을 바라보고 있다. 다다키는 쥐구멍에라도 들어가고 싶은 심정이다.

"아이고, 가슴을 좋아하다니 그 아버지에 그 아들이네."

다다키의 어머니가 한탄하듯 토로하자 웃음이 터져 나온다. 긴장된 공기도 한층 풀렸다.

히데아키는 어른들이 갑자기 깔깔대고 웃으니 놀랐는지 작은 소리로 울기 시작했다. 마나는 신경질적인 목소리로 "히데아키야" 하며 등을 두드리고는 테이블로 시선을 돌리도록 몇 번이곤 유도했다.

그러나 히데아키는 좀처럼 울음을 멈추지 않는다. 이제 울음은 흐느낌으로 변해간다. 초조한 마나의 표정이 점점 험악해진다. 히데아키는 계속해서 싫다고 고개를 저었다.

보다 못한 다다키가 다가가 아들을 안았다. 자신과 닮은 아들이 애처로워 견딜 수 없었다. 아들내미가 건강하게 잘 자라주기만 하면 된다는 생각이 머리를 스쳤다.

히데아키의 머리를 부드럽게 쓰다듬으며 이제 집으로 가자고 온화한 목소리로 말했다.

곤란에 처한 히데아키를 그대로 구경거리로 만들어서 두고 볼 수만은 없었다. 마치 자신이 웃음거리가 된 것 같았다.

"파파, 아직 안 끝났잖아."

불만으로 가득한 표정의 마나가 다다키를 가로막는다.

"그만해!"

평소와는 달리 버럭 화를 내자 마나는 화들짝 놀란다.

다다키의 말 한마디에 돌잔치의 흥은 박살이 났지만 전혀 신경이 쓰이지 않았다.

다다키는 레이나 일가 쪽을 보고 가볍게 머리를 숙인 후, 술렁이는 자기 가족과 친척들에게도 머리를 숙였다. 그리고 시무룩한 표정의 마나를 두고 돌잔치 도중에 히데아키만 데리고 밖으로 나왔다.

곧장 택시 정류장으로 가서 줄을 섰다. 마나가 황급히 뛰어나와 다다키 옆에 선다. 샐쭉 토라진 마나는 아무 말도 하지 않았다. 그래도 같이 택시에 오른다.

히데아키는 다다키에게 안긴 채 꾸벅꾸벅 졸고 있다.

아들의 잠든 얼굴을 들여다본다. 택시 밖으로 스쳐 지나가는 풍경만 보던 마나가 나지막한 목소리로 미안하다고 말한다.

다다키는 말없이 고개만 끄덕인다. 마나는 다다키의 표정을 살피려고 애쓴다.

"파파가 좋아할 것 같아서 속옷을 새로 샀는데."

마나는 택시 운전수에게 들리지 않게 다다키에게 귓속말로 속삭였다.

"그러니까 오늘, 그거, 알았지?"

달콤한 목소리로 속삭인 후 귀에서 입을 떼고 치아를 드러내고 환하게 웃었다.

마나의 입이 바닷속에서 다다키의 손가락을 물어뜯은 곰치의 입처럼 보였다. 오늘 본 여전히 매력 넘치고 아름다운 레이나의 모습이 떠올라 온몸의 힘이 쭉 빠지는 것 같았다.

그때, 뭐가 불편한지 히데아키가 몸을 뒤척였다. 깜짝 놀라 아들을 다시 안았다. 히데아키가 사랑스럽다. 세상에서 가장 소중한 존재다. 오른쪽 뺨으로 아들의 뺨을 비빈다. 왼쪽 뺨에 마나의 시선이 느껴진다. 다다키는 아내와 눈을 맞추고 힘없는 미소를 지어 보였다.

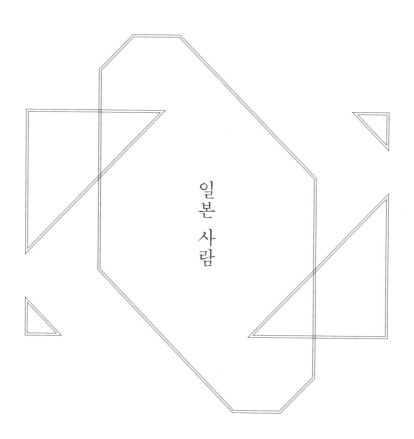

일
본

사
람

"어머니, 간 좀 봐주세요."

에리카는 배에 스테인리스 믹싱볼을 딱 붙여 안고는 오픈 키친과 연결된 거실로 나가 도미코에게 물었다.

믹싱볼 안에는 진한 녹색의 시금치 두 단이 들어 있었다. 참기름을 넣었더니 반짝반짝 윤이 난다.

소파에 앉아 대형 티브이를 보던 도미코는 시선만 믹싱볼로 향한다.

"나물 양념은 순오한테 물어보렴. 앞으로 제사는 맏며느리인 순오가 맡을 거니까."

"네, 알겠습니다."

에리카는 부엌으로 돌아가 설거지를 하던 순오에게 다가갔다.

"나 말고 어머니한테 물어보라니까."

시어머니가 하는 소리를 들었는지 순오는 에리카가 물어보기도 전에 재빨리 대답했다.

"저어……."

에리카는 다시 도미코에게 말을 걸었다.

"그럼 그냥 네 맘대로 해. 네 입맛에 맞게 해봐."

도미코도 순오가 대답하는 소리를 들었나 보다. 순오가 시어머니 들으라는 듯 소리를 낮추지 않았기 때문이다.

에리카는 작게 한숨을 내쉬었다.

순오는 등을 꼿꼿하게 펴고 설거지만 하고 있다. 그 빈틈없는 뒷모습은 더 이상 말하고 싶지 않다는 순오만의 의사표현처럼 느껴졌다.

제사 음식이 거의 준비되었다. 시금치나물은 물이 생기기 쉽다며 맨마지막에 무쳐야 한다고 도미코가 당부했다.

에리카는 볼에서 시금치 줄기를 손으로 집어 입안에 넣고 씹었다.

맛이 좀 싱거운 것 같다. 한국 요리 교실에서 배운 대로 조미료를 넣었는데……. 소금, 후추, 그리고 약간의 설탕과 깨소금. 참기름은 살짝만 넣었다. 이럴 땐 소금을 더 넣어야 할까, 후추를 더 넣어야 할까? 차라리 간장을 넣으면 고소한 맛도 추가되고 전체적으로 맛이 좀 또렷해질 것 같다. 나물을 할 때는 간장을 안 쓰는 집도 있다고 요리 교실 선생님한테 들었는데 어차피 자신에게 맡겨졌으니 괜찮겠다 싶었다. 에리카는 티스푼 반쯤 되는 간장을 추가했다. 시금치를 단숨에 무쳤다. 시어머니 도미코가 콩나물을 그렇게 무치는 것을 보았다. 참기름 때문에 손가락이 미끈미끈하다.

에리카가 김씨네 집안 며느리가 된 지 이제 갓 2주째다. 새로 지은 이 집에 온 것도 처음이었다. 다시 한번 시금치나물 맛을 본다. 그저 그렇다. 신경이 쓰여 간을 좀 봐달라고 두 사람을 번갈아 봤는데, 도미코도 순오도 말을 걸 만한 분위기가 아니었다.

순오는 요란한 소리를 내며 난폭하게 조리기구를 썼고 있었고, 도미코는 리모컨을 꼭 쥐고 티브이에 빠져 있었다. 화면에는 오락 방송이 흐르고 있다.

오늘은 에리카가 처음 치르는 시댁 제사였다. 남편 설명에 따르면 제사란 조상들을 기리는 의식으로, 돌아가신 분들에게는 제사가 효도라고 한다. 돌아가신 분을 떠올리고 그분들이 주신 사랑과 은혜를 다시 생각하는 하루라고 했다.

"실제로는 할아버지, 할머니 외엔 얼굴도 모르는 조상님들이어서 '조상님을 모신다'는 기분이 들지 않기도 해. 하지만 가족과 친척들이 한 집에 모여 식사를 하고 화목을 다지는 아주 중요한 날이야. 그러니까 가서 요리 준비 좀 잘 부탁할게."

유키가야오쓰카의 시댁으로 오는 차 안에서 남편은 머리를 조아리며 간청했다.

에리카는 애당초 제사를 준비하며 남편 가족들과 조금이나마 친해져야겠다고 마음먹고 있었다. 그래서 남편이 머리까지 숙이며 부탁하는 것이 조금 과장된 퍼포먼스가 아닌가 싶었다.

"괜찮아. 나도 빨리 집안 행사에 익숙해져야지."

에리카는 웃는 얼굴로 대답했다.

한국에서는 제사를 음력으로 지낸다고 한다. 이미 달력은 9월도 종반인데 오늘이 한국에선 음력으로 8월 15일 추석이라고 한다.

남편이 말하길 정월, 추석, 그리고 4대 위까지 각각 돌아가신 날에 친척 일동이 모여 제사를 지낸다고 한다.

남편네 집은 추석 차례를 밤에 지내고 제사는 원래 오밤중에 지내는 건데 집집마다 유연하게 대응하고 있다고도 한다.

고집스러움과 유연함.

짬뽕이구나.

에리카가 시댁을 볼 때 느끼는 순수한 감정이다.

예를 들어 설날 차례는 양력을 고집하며, 그날은 또 오전 중에 지낸다고 한다.

이름에도 일관성이 없다.

에리카의 남편은 김오덕이다. 아주버니는 김형기, 형님은 박순오, 아가씨는 김영인. 그런데 시아버지는 일본 이름을 쓴다. 가네무라 도쿠지라는 이름이다. 시어머니는 가네무라 도미코라는 이름을 쓴다. 조카는 한자로 김수인이라고 쓰는데, 일본식으로 김슈토라고 부른다.

가족 사이에도 아버지네 어머니네 하다가 갑자기 마마, 파파라는 등여러 호칭이 오갔다.

어디 그뿐인가. 현관 명패에는 김(가네무라)이라고 적혀 있다.

"다녀왔습니다."

영인의 밝은 목소리가 차갑게 식은 분위기를 부드럽게 바꾼다.

영인은 가방을 부엌 식탁 위에 대충 던져두고 묵직한 엉덩이를 의자 위에 내려놓는다.

"어머, 에리카 언니, 언제 왔어요? 몸은 좀 어때요?"

에리카에게 웃는 얼굴을 보인다.

영인은 언제 봐도 밝고 명랑해서 시누이라기보다 친구처럼 느껴진다.

"영인아, 엄마가 오늘 제사라고 했잖아."

도미코가 훈계하듯 말했다.

"앗! 그랬지. 벌써 요리도 다 됐네. 미안해, 엄마. 준비 못 도와줘서. 그래서 이렇게 참기름 냄새가 엄청난 거구나. 새집에도 또 냄새가 배겠네."

영인은 어깨를 들었다 놓는다.

"그건 그렇고 데이트는 어땠어?"

도미코가 티브이 전원을 끄고 소파에서 일어나 부엌 식탁으로 온다.

새로 산 식탁은 오동통한 모녀가 앉아도 충분할 정도로 여유가 있고 중후했다.

여름에 새로 지은 이 집에는 고급 가구들이 여기저기 대충 놓여 있다. 좀 전까지 도미코가 앉아 있던 소파도 이탈리아제라고 남편 오덕에게 들었다. 모두 순오가 골랐다고 한다.

"음, 사람은 괜찮은데 좀 과묵했어. 영화 보고 밥도 먹었는데 대화는 별로 없었어."

이마에 맺힌 땀을 손등으로 닦으며 대답한다. 파운데이션이 땀으로 번져 있다. 바람이 불어와 조금 시원해졌지만 늦더위가 계속되고 있었다. 블라우스 겨드랑이 쪽이 땀으로 젖어 있다. 모처럼 입은 실크 블라우스가 엉망이다.

영인은 맞선 상대와 첫 데이트를 한 것 같다. 그녀는 재일교포 맞선 전문가라는 중매쟁이 아줌마의 소개로 열심히 선을 보고 있다고 한다.

"그래서 다음 약속은 잡았어?"

도미코는 목소리 톤을 떨어뜨리고 묻는다.

"그게, 다시 연락하겠대."

영인의 통통한 볼살이 약간 일그러진 것처럼 보인다.

"그래, 그럼 다행이네."

도미코가 안도한 듯하다.

"근데 엄마, 아버지랑 오빠들은? 슈토도 안 보이네."

"제사 음식 하는데 남자들이 있으면 거추장스럽기만 하지. 그래서 영화라도 보고 오라고 했어. 슈토랑 같이 〈울트라맨〉 보러 갔어. 오덕이도 간만에 보고 싶다며 같이 갔지. 아버지는 골프 연습장."

"아이고, 남자들은 속 편하고 좋겠네. 이놈의 재일교포 집안은 언제까지 남존여비할 건지. 근데 엄마, 요즘 서울에선 제사도 다 호텔에서 해. 그리고 이대 다니는 친구가 그러는데 요즘은 설날에나 친척들이 모이지 다른 날은 안 모인대. 요리도 배달시키고. 기독교인 집들도 많아서 제사 자체를 안 지낸다고 하던데. 그것도 벌써 10년 전이야. 내가 한국에서 대학 다닐 때 이미 그랬다고. 지금 한국은 더 간소화됐을걸. 그런데 대체 우리 집은 언제까지 이럴 거냐고. 변화가 없잖아. 그렇다고 정식도 아니고 제사 자체도 그냥 우리집 식으로 지내는 거면서."

수돗물 소리가 멈추고 설거지를 하던 순오가 뒤를 돌아본다.

"그래요, 어머니. 영인 아가씨 말이 맞아요. 제사는 요리 개수를 좀 줄이든가, 제사 올리는 날짜를 좀 줄이든가, 그렇게 해요. 저희 집은 설날이랑 추석에만 지내요. 요즘 세상에 일 년에 대여섯 번 제사 지내는 집이 어디 있어요? 동서도 곧 배가 부를 텐데. 그러면 도울 수도 없잖아요. 영인 아가씨도 얼마 안 있다가 시집갈 텐데. 일손도 부족하고요. 그리고 아까 어머니도 앞으로는 맏며느리가 제사를 맡게 된다고 하셨잖아요. 저는 제사를 간소화시킬 생각입니다."

순오는 지금까지 쌓인 것을 한꺼번에 풀어놓는다.

에리카는 자기 이야기가 나오자 얼굴이 굳었다.

"그렇다고 해도 우리집은 너희 집이랑은 다르잖니? 그 뭐야, 우리는 양반이란다. 간단하게 하고 싶어도 그럴 수가 없다고. 조상님한테 죄스러

워서. 우리 집안 대를 이을 슈토한테도 제사 지내는 법을 알려줘야 할 거
아니니."

도미코는 느긋하게 대답한다.

오덕도 가끔 우리 집안은 양반이라고 하던데, 한국 사회에서 양반은
조상 때부터 좋은 집안이라는 의미라고 한다. 김씨 집안 사람들, 특히 도
미코는 그것을 매우 자랑스럽게 여기는 눈치다.

순오는 입술을 꼭 다문다.

침묵이 흐른다.

순오는 눈을 내리깔고 고개를 좌우로 흔든 후, 다시 설거지를 시작했다.

"애, 순오야, 식기세척기 써. 그것도 네가 새로 산 거잖아."

도미코가 순오의 등 뒤에서 소리쳤지만 순오는 아무 대답도 하지 않
았다.

형님인 순오와 시어머니인 도미코의 관계가 삐걱거리기 시작한 것은
합가가 구체적으로 결정된 후부터라고 오덕한테 들었다.

집을 설계하는 단계에서 시어머니와 며느리가 부엌을 공용으로 쓸 수
있게 해야 한다고 주장한 도미코에게 순오가 강하게 반대했다고 한다. 순
오는 부엌을 따로따로 만들자고 제안했다. 식기세척기 하나를 두고도 의
견 차이가 심했다고 한다. 도미코는 그릇은 손으로 씻어야 한다고 주장하
며 식기세척기 따위는 필요 없다고 우겼다.

오덕의 집안은 경제적으로 풍요로웠는데 도쿠지가 제 손으로 열심히
일구어 온 재산이었다. 도미코는 젊었을 때 한 고생이 몸에 배어, 곧 죽어
도 사치는 못 하는 성격이라고 한다.

결국 부엌은 공용이 되었다. 다만 오픈 키친으로 만들었고 식기세척기
를 사는 것으로 마무리 지었다. 그러나 그 후에도 이탈리아제 고급 가구

를 사 온 순오를 도미코가 나무랐고, 커튼을 주문할 때도 두 사람 사이에 불꽃이 튀었다고 한다.

장남 일가가 시부모와 합가한 지 아직 한 달이 조금 지났을 뿐이다. 아주버니 부부는 집을 새로 짓게 되면 부모님과 함께 살기로 이미 결혼 전부터 약속해두었다고 한다. 요즘 세상에 장남 부부가 시부모와 함께 살다니, 그것도 부유한 집에선 더더욱 흔하지 않은 일이다.

합가 후부터는 어쩔 수 없이 도미코와 순오가 휴전하기로 했다는데 아무리 봐도 두 사람 사이에는 긴박한 공기가 흐르고 있었다.

에리카는 믹싱볼을 안고 부엌과 거실 딱 중간 지점에 서 있었다.

영인이 에리카 쪽으로 다가와 볼에서 나물을 집어 입안에 넣는다.

"맛도 깔끔하고 평소보다 더 맛있어요."

입을 오물거리며 에리카에게만 들리는 나긋한 목소리로 말했다.

그제야 에리카는 긴장이 풀려 시금치나물을 보존 용기에 담은 후 대형 냉장고 안에 넣었다.

냉장고 안은 다양한 식재료로 가득 차 있었다.

제사에 쓰는 생선은 굴비로 정해져 있다고 한다. 일부러 생선가게에 가서 주문을 해둔 것이다. 닭고기는 통째로 굽고, 소고기는 꼬치에 끼워 구웠다.

제사에서 중요한 요리는 부침개와 전이다.

전은 이탈리아 요리인 피카타Piccata와 비슷했다. 채소와 고기, 생선 등에 밀가루를 뿌리고 달걀을 입힌다. 그리고 참기름을 바른 프라이팬 위에서 구웠다.

동태, 가리비, 새우, 소고기, 표고버섯, 고구마로 전을 만들었다. 3~5센티쯤 되는 원형 또는 사각형으로 두께 1.5센티 정도로 부쳐낸다. 새우는 꼬리가 위로 가게 해야 해서 시간이 좀 걸렸다. 부추는 부침개에 쓰는데 부침개를 할 때는 계란 노른자만 써서 구웠다.

도미코의 지도를 받으며 내내 달걀을 깨고 프라이팬에 참기름을 발랐다. 땀을 뚝뚝 흘려가며 부침개와 전을 부쳤다. 도미코, 순오, 에리카, 여자 셋이서 전을 다 부치기까지는 세 시간이나 걸렸다. 달걀을 몇 개나 깼는지 기억이 나지 않을 정도였다.

참기름은 업소용이었다. 도대체 얼마나 많은 양의 기름이 들어갔는지 알 수 없었다. 이탈리아 요리를 배울 때도 올리브 오일을 많이 쓴다고 배웠지만 아무리 그래도 이 정도는 아니었다.

김씨네 집안 여자들이 모두 풍만한 이유가 이 참기름 때문이 아닐까?

아까도 잡채라는 요리를 만들었는데 가늘게 썬 당근, 양파, 표고버섯, 소고기, 잡채면 등을 일일이 프라이팬에서 볶은 후, 큰 그릇에 모두 담아 한꺼번에 무쳤다. 무칠 때 또 엄청난 양의 참기름을 들이부었다.

완성된 부침개와 전, 그리고 잡채는 문을 열어둔 북향의 시원한 욕실에 두고 식혔다. 그 탓에 욕실은 발 디딜 틈도 없다. 집안 여기저기서 참기름 냄새가 났다.

제사 요리에는 기본적으로 마늘과 고추를 일절 쓰지 않는다고 해서 에리카는 놀랐다. 조상님들이 싫어하신다고 한다. '한국 요리' 하면 마늘과 고춧가루가 제일 먼저 떠오르는데 실제로 본 한국 요리는 참기름 범벅이었다.

공기 중에도 참기름 입자가 떠다니는 것 같아서 에리카는 아까부터 속이 울렁거렸다. 임신 4개월이다. 입덧은 거의 없었는데 참기름 냄새가 위장을 자극한다.

도미코에게 좀 쉬어도 되겠느냐고 물어볼 엄두가 나지 않는다. 임신 덕분에 겨우 결혼 허락을 받을 수 있었다. 그러나 도미코에게 에리카의 임신은 조금도 반가운 소식이 아니었다.

에리카는 잠깐 화장실에 다녀오겠다며 일어나서 부엌을 나왔다.

복도로 나가는 거실 문 앞에 사이드보드가 놓여 있다. 거기 액자가 몇 개 나란히 줄지어 있었다.

에리카는 사이드보드 앞에서 발길을 멈춘다. 대부분이 김씨 집안의 첫 손자인 슈토의 사진이었다. 갓난아이 때부터 유치원에 입학한 최근 사진까지 총망라되어 있다.

슈토의 웃는 얼굴 옆에는 무척 오래된 흑백 사진이 한 장 놓여 있다. 한복을 입은 커플이다. 날씬하고 가냘픈 여자가 불안한 표정을 하고 서 있다. 자세히 보니 도미코의 젊었을 때 같다. 남자는 도쿠지가 젊었을 때 모습이 틀림없다. 도쿠지와 도미코의 결혼사진 같다.

에리카는 슬쩍 도미코를 본다. 마침 도미코도 에리카 쪽으로 시선을 둔다. 눈이 마주치자 조금 어색해진다. 에리카는 얼른 눈을 피했다.

"순오 언니는 좀 화려하지 않아요?"

어느 샌가 영인이 다가와 에리카에게 속삭인다.

영인이 가리킨 곳, 도쿠지와 도미코 사진 옆의 은으로 된 우아한 액자 안에는 순오 부부 사진이 들어 있다.

진한 핑크색 한복을 입고 당당하게 서 있는 순오, 그 옆에 양복을 차려 입은 아주버니가 수줍은 듯 미소 짓고 있다.

"피로연 때예요?"

사진을 직접 보니 제대로 결혼식을 올리고 많은 사람들로부터 축복을 받으며 결혼한 순오가 부럽다는 생각이 든다.

"네, 맞아요. 드레스에서 한복으로 갈아입었을 때 사진이에요. 피로연은 데이코쿠 호텔에서 손님을 150명쯤 불러 호화롭게 치렀어요. 저는 하와이에서 결혼식을 올리고 싶어요. 한국 친구도 불러서."

영인이 황홀한 표정을 짓는다. 서른이 넘었는데도 아직 꿈꾸는 소녀 같다. 영인은 마땅한 결혼상대가 없어서 고민인 모양이다. 성격 좋은 영인에게 어서 좋은 사람이 나타나기를 바라본다.

"근데 오덕이 오빠랑 에리카 언니처럼 식은 안 올리고 호적만 올리는 것도 요즘 사람답게 세련되고 쿨하고 멋있어요. 아니, 그것보다 일단 연애결혼이란 게 부럽다."

에리카가 물끄러미 사진만 보고 있는 게 안쓰러웠는지 영인이 위로하듯 말을 건넸다.

혼인신고는 바빠서 아직 못했어요, 그렇게 대답하려고 했는데 말문이 막혀 바로 거실을 나왔다. 그 말을 꺼내면 아직 자신이 김씨 집안 사람으로 인정받지 못한 것처럼 느껴질까 봐 두려웠다.

오덕과는 미슈쿠에 있는 와인바에서 처음 알게 되었다. 회사 동료인 시호가 자주 가는 와인바에서 와인 모임이 있으니 같이 가자고 했다. 에리카는 부모와 함께 살면서 외자계열 컨설팅 회사에서 비서로 일하고 있었다.

시호는 와인 세미나에 다닌 경험도 있을 만큼 와인을 무척 좋아했다. 시호에 의하면 그 와인 모임은 미국 오리건주의 와인을 중심으로 테이스팅한다고 했다.

에리카는 오리건주 와인 맛은 어떤지 궁금해서 참가한 것이다. 오리건주는 어릴 때 아버지 일로 따라가서 살아본 적이 있는 그리운 곳이었다.

"이 사람이 기무니[1]. 무슨 일을 하는지는 모르겠는데 그냥 부자야."

시호가 소개해주었다. 그녀는 이 와인바의 단골로 매달 열리는 와인 모임에 늘 참석한다고 한다. 기무니 역시 언제나 와인 모임에 나오는 멤버 중 한 명이라고 한다.

시호와 에리카는 좀 늦게 도착했는데 모 개그맨과 같은 애칭을 가진 그 남자는 이미 술에 취한 상태였다. 나이는 삼십 대 중반으로 에리카와 비슷하다고 한다.

"뭘 그렇게 소개를 대충 해? 에휴, 됐다. 안녕하세요?"

기무니는 와인잔을 한 손에 들고 보는 사람의 가슴이 저려오는 쓸쓸한 표정을 순간 내비쳤다.

에리카는 자신도 모르게 동요했다.

"아, 안녕하세요? 다나카 에리카입니다."

"김오덕."

"네?"

기무니. 에리카는 그의 성이 당연히 기무라라고 예상했다. 예상외의 대답에 되물었다.

"김오덕. 코리안."

기무니는 에리카의 눈을 똑바로 쳐다본다.

"아, 그렇군요."

뭐라고 대답해야 좋을지 몰라 일단 맞장구를 쳤다.

"기무니랑 에리카는 잘 맞을걸. 에리카는 외국에 오래 살았어."

---

1 코미디언 기무라 유이치의 애칭이다. 일본에선 주로 '기무라'라는 성을 가진 남자를 편하게 '기무니'라고 부른다. '니'는 오빠라는 의미다. 최근에는 '김'씨 성을 가진 사람도 '기무니'라고 한다. '김'을 일본어로 '기무'라고 발음하기 때문이다.

시호가 끼어들었다.

"그래? 잘 맞을 거 같아? 그건 뭐, 거처가 불분명한, 정체성이 불안정하다는 의미에서 재일교포 3세하고 귀국 자녀한테는 공통점이 있다는 뜻이냐?"

오덕의 말투가 갑작스레 따지듯 변한다.

"뭐 그렇다는 거지. 예전에 에리카가 자기는 고등학교 2학년 때까지 미국에서 살아서 일본 사회에 위화감을 느낀다고 했거든. 아무튼 둘이서 잘해봐."

시호는 에리카와 오덕을 남기고 다른 단골손님 쪽으로 자리를 옮겼다. 더 이상 상대하고 싶지 않다는 투였다.

오덕은 에리카를 똑바로 쳐다본다. 강렬한 시선이다. 에리카는 속마음까지 모두 들킬 것 같아 왠지 불안해졌다.

"안이하지, 저런 발언은. 당신 같은 경우엔 말야, 당신 자신이 이 사회에 대해 위화감을 가지고 있겠지만 내 경우엔 말야, 나는 이미 이곳에 익숙하거든. 그런데 저 사람들이 나한테서 제멋대로 위화감을 느끼는 거지. 아휴, 됐다. 이런 말 해봤자지."

에리카는 입을 다물고 있었다. 어떻게 대답해야 좋을지 판단이 서지 않았다.

"그건 그렇고 당신은 미국 어디서 살았는데? 와인 어때? 피노 누아르. 마실만 할 거야."

오덕은 빈 잔에 와인을 따라 에리카에게 건넨다.

에리카는 와인을 마시기 전부터 들떠 있었다. 복잡한 사정을 가진 눈앞의 남자에게 마음을 빼앗겨버린 것이다. 오덕에 대해 더 알고 싶어졌다.

에리카는 와인을 지나치게 잘 아는 잡학사전 같은 남자는 질색이었다.

그런데 이상한 일이었다. 오덕의 입에서 '피노 누아르'라든가 '피노 그리'라는 단어가 나와도 기분이 상하지 않았다.

오덕은 진심으로 와인을 좋아하고 흥미로운 대상에 대해 자연스레 관심을 갖고 즐기는 것처럼 보였다. 미소를 지으며 와인에 대해 설명하는 모습에서도 그것을 느낄 수 있었다. 에리카는 그런 오덕을 보며 흐뭇해했다.

그 후 몇 번 연락을 받아 데이트했다.

오덕은 자신의 직업에 관한 이야기는 별로 하지 않았다. 집안일을 돕고 있다고만 했는데 시호가 소개했듯 구체적으로 무슨 일을 하는지는 전혀 알 수 없었다. 레스토랑을 몇 곳 운영한다고 했는데 씀씀이가 꽤 컸다.

반년쯤 사귀었을 때, 오덕이 술을 마시고 고백했다.

"나는 어차피 차남이야. 아버지 회사를 물려받는 건 우리 형이지. 우리 집은 말야, 실은 모텔을 몇 곳 가지고 있어. 어디 가서 큰 소리로 말하기는 좀 그렇지. 아버지 땐 어쨌든 먹고살기가 힘들었으니까 그렇다 쳐도. 나는 좋은 와인 리스트가 있는 레스토랑 하나만 차려줬으면 좋겠다."

그러고 나서 이렇게 말을 이었다.

"에리카한테는 미안한데, 나 너랑은 결혼 못 해. 형도 선보고 재일교포랑 결혼했고 동생도 재일교포만 열심히 찾고 있어. 나도 선을 여러 번 봤고. 그러니까 미리 얘기해두는데 결혼을 바란다면 나는 아니야."

에리카는 혼란스러웠다. 생각지도 않은 말이었다.

오덕의 감정을 의심해본 적은 없었다. 자신이 멋진 연애를 하고 있다는 자각도 있었다.

결혼을 생각하지 않았다면 그건 거짓말이다. 실은 결혼도 염두에 두고 있었다.

오덕에겐 비밀로 하고 이제 막 한국 요리 교실에 다니기 시작한 시점이었다. 원래 요리를 좋아해서 다양한 요리 교실에 다녔는데, 한국 요리는 특히 열심히 배웠다. 집에서도 몇 가지 만들어 보았다.

오덕도 말로 표현하지 않았을 뿐 당연히 자신과의 결혼을 생각하고 있을 거라고 믿었다. 그러기를 바랐다.

"지금까지 나를 가지고 논 거야? 나를 사랑하지 않는다는 거야?"

가슴이 쿵쾅댔다. 절로 목소리가 떨려왔다.

"그건 아니야. 너를 사랑해. 그런데 일본 사람이랑은 절대로 결혼할 수 없어."

미국에서 오래 산 에리카는 일본에 살면서 자신만 다른 세상에 있는 양 괴리감을 느꼈다. 그리고 매일처럼 그런 감정을 느끼며 살아간다는 점에서 오덕과는 깊이 이해하는 사이라고 믿어 의심치 않았다.

미국에서 살았을 때, 에리카는 자신이 일본인이라는 사실을 항상 의식해야만 했다. 일본에 살았다면 자신이 일본인이란 사실이 너무나 당연한 까닭에 딱히 의식하거나 신경 쓰지도 않았을 것이다. 그래서 일본 사회 속에서 한국인임을 인지하며 살아온 오덕과는 닮은 점이 있다고 생각했다. 그런데 서로 닮았다고 혼자서 착각한 것일까?

"일본인이라서 안 된다니, 요즘 세상에 그런 시대착오적인 집이 어디 있어? 그런 거짓말을 나보고 믿으라고? 나는 당신이 한국인인 거, 아무렇지도 않다고."

"나도 마찬가지야. 네가 일본 사람이란 거 아무렇지도 않아. 이건 내가 아니라 우리 부모님 문제지. 에리카가 아무리 좋은 사람이라도 일본 사람은 우리집 며느리가 될 수 없어. 우리집은 양반이라 어쩔 수 없어. 결혼 문제로 앞으로 널 힘들게 할지 몰라. 그래서 미리 그 사실을 털어놓는 거야."

에리카 가족은 유대감이 강하고 사이가 좋았다. 시집 간 언니도 자주 집에 놀러 왔고, 근처에 사는 오빠 부부도 툭하면 아이들과 함께 찾아왔다.

오덕도 자신의 가족들처럼 가족애가 강하다고 생각했다. 오덕의 가족이 되고 싶었다. 그러나 그것은 이룰 수 없는 꿈인 것 같았다.

아무리 대화를 나눠 봐도 출구는 보이지 않았다. 결혼할 수 없다고 생각하니 더 애틋했다. 에리카는 이별이라는 선택지는 고려하지 않았다.

오덕도 같은 마음 같았다. 결혼할 수 없다고 선언했지, 헤어지겠다고는 하지 않았다.

"선을 보면 볼수록 너 아닌 여자는 상상할 수도 없어."

일 년이 지나 오덕은 진심을 담아 그렇게 말했다.

에리카는 오덕이 선을 봤다는 사실에 상처를 받았다. 오덕의 얘기를 듣고 더 이상은 참을 수 없다는 생각이 들었다.

"아이라도 만들까?"

에리카는 오덕에게 제안했다.

이 상황에서 결혼하기 위한 방책은 임신뿐이었다.

오덕은 말없이 고개만 끄덕였다.

에리카는 금세 임신했다. 초음파 영상으로 콩알보다 작은 아기를 확인하고 그제야 결혼을 허락받을 수 있게 되었다며 안도했다.

그런데 그런 기정사실이 생겼음에도 오덕의 식구들은 호락호락하지 않았다. 특히 어머니인 도미코의 반대가 심했다.

오덕의 여동생 영인까지 나서서 도미코를 설득했다. 결국 장남이 아니니 포기하겠다며 에리카와의 결혼을 허락해주었다. 그것이 2주 전의 일이다. 오덕과 에리카는 일주일 전부터 함께 살기 시작했다.

에리카의 부모는 딸의 임신에 놀라움을 감추지 못했지만 오덕과의 결혼은 반대하지 않았다. 오히려 30대 중반이 지난 막내딸이 결혼하게 되었다며 드디어 마음을 놓았다고 반가워했다. 친언니도 시댁과 잘 지냈고, 올케와 에리카 부모의 관계도 양호했다. 그래서 에리카의 부모는 남자 쪽이 결혼에 난색을 표하자 심각하게 걱정했고, 결혼식을 올리지 않는다는 것을 알고는 낙담했다.

와인과 참기름.

오덕의 구성요소는 복잡하다.

가족 행사인 제사에 참가한다. 그것도 오덕의 가족으로 인정받을 수 있는 기회라고 생각하니 의욕이 샘솟았다. 제사에 참가하는 것을 오덕이네 식구로 인정받을 수 있는 기회로 여겼다. 이 집에 도착하기 전까지는 의욕이 충만했다.

하지만 아침부터 지금까지 쉴 새 없이 요리를 만들고 있다 보니 문득 불길한 마음이 들었다. 점심으로는 간단하게 삼각김밥을 먹었을 뿐이다. 편하게 앉아서 먹을 새도 없었다.

탕국만 세 종류를 끓였다. 육탕, 어탕, 소탕.

손님도 아니고 예쁨 받는 며느리도 아니지만 그렇다고 이렇게 하루 종일 중노동을 시키리라곤 생각지도 못했다. 임신 중이라 조금쯤 신경을 써주리라 생각했던 자신은 얼마나 어리석었던가.

그나마 장남의 아내, 맏며느리 순옥보다는 나은 편이었다. 순옥은 이틀 전부터 장을 보고 내내 도미코와 함께 제사 준비를 했다고 한다.

한국 가정에서 며느리란 일손에 지나지 않는다는 생각마저 들었다. 일 잘하는 며느리라는 인상을 남기고 점수를 따고 싶은 마음도 없지 않았지만 점수는커녕 이 집에서는 여자들이 죽기 살기로 일하는 것이 당연해 보였다.

전혀 다른 문화를 가진 집안에서 자란 오덕과 과연 잘살 수 있을까. 앞으로도 제사 때마다 이런 수모를 감내해야 할까?

그런 생각이 하나둘 솟아났다.

세면장에서 손을 박박 씻었다. 손이야 금세 깨끗해졌지만 온몸에 밴 참기름 냄새까지는 씻어낼 수 없었다. 뱃속의 아이도 느끼고 있을 것이다. 얼굴을 들고 거울에 비친 자신을 바라본다. 아직 부르지 않은 배에 손을 가져다 댄다. 강경책을 택해 이 집안 며느리가 된 행동은 잘못된 것이었을까? 손으로 수돗물을 받아 입안을 헹궜다. 다시 얼굴을 들자 거울 저편으로 아이다 미쓰오[2]의 시가 한눈에 들어온다. 세면장 벽에 걸린 일일달력이었다. 지은 지 얼마 되지 않은 심플하고 깔끔한 세면장과는 어울리지 않는 달력이다.

'타인의 잣대와 나의 잣대는 서로 재는 법이 다를 뿐이야.'

머릿속에서 반복된다.

숨을 크게 들이쉰다. 거울을 보고 미소 짓는다. 그 얼굴 그대로 고정시킨 채 거실로 돌아왔다.

"자, 이제 시작할까?"

여섯 시가 지나자 시아버지, 도쿠지가 가늘고 긴 반쪽짜리 종이를 손에 들고 나타나 작은 붓으로 글을 쓰기 시작한다. 어려운 한자를 거침없이 써내려간다.

"저건 지방이라고 하는데 4대 조상까지 부부 계명을 쓰는 거예요. 그리고 그 앞에 요리를 놓아요. 원래는 기일에 부부 단위로 제사를 지내는데 설과 추석에만 다 함께 모시는 거고요."

2　相田みつを(1924~1991). 일본에서 가장 대중화된 시인으로, 화선지에 짧은 시를 써서 판매했다. 짧고 외우기 쉬운 시로 인기를 얻었고, 그가 낸 시집 판매량은 누계 1,000만 부에 달한다고 한다.

영인이 조곤조곤 설명해준다. 형기와 오덕이 큰 상을 가져와 거실 한 쪽에 펼친다. 오덕이 익숙한 손놀림으로 바삐 움직이는 것을 보고 조금 외로운 기분이 들었다. 아까부터 자신에게 눈길조차 주지 않는다. 아기가 뱃속에 있는데 하루 종일 서 있었다. 그런 사실을 모르는 것도 아닐 텐데 그는 아직까지 따뜻한 말 한마디가 없다. 이 집에선 사랑하는 남편도 타인처럼 느껴진다. 오덕은 서둘러 소파를 이동시키고, 거실에 넓은 공간을 만들었다. 거실이 넓어지자 신이 난 슈토가 한 손에 울트라맨 인형을 쥐고 뛰어다녔다.

커다란 상 앞에 1인용 작은 상도 펼쳤다.

"자, 그럼 음식을 가져와야지. 제사 때 쓰는 그릇 좀 꺼내 봐."

도미코가 재촉하자 순오는 의자 위에 올라가 선반 맨 윗단을 열었다.

"영인 아가씨, 에리카 씨, 좀 도와줘요. 제가 꺼낸 그릇 좀 받아서 행주로 깨끗하게 닦아주세요."

순오의 지시대로 영인과 함께 식탁 위에 식기를 올려놓고 닦기 시작한다. 영인이 제기는 우에노에서 샀다고 한다. 모두 스테인리스 재질로 뚜껑이 있는 국그릇과 밥그릇, 그리고 크기가 각기 다른 원형 제기가 마련되어 있었다.

"아아, 매번 귀찮아 죽겠어. 그냥 일반 그릇 좀 쓰면 안 돼? 식기세척기에 넣을 수도 없고 너무 불편하잖아. 겹쳐 넣을 수도 없어서 자리만 차지하고."

영인이 부엌에 있는 도미코를 보고 들으라는 듯 말했다.

"애, 제대로 안 하면 하나 마나야. 조상님 볼 면목 없게시리."

도미코는 굴비를 생선 그릴에 넣으며 대답했다.

"엄마만 신경이 쓰이는 거지, 조상님은 그릇 같은 거 신경도 안 쓸걸.

아까도 말했지만 엄마는 너무 융통성이 없어."

"잘 들어 영인아, 제대로 하는 게 중요한 거야. 그래야 너도 시집간 집에서 제사 지낼 때 실수를 안 하지."

"나는 제사 안 지내는 집으로 시집갈 건데."

혼잣말하듯 영인이 말했다.

"아가씨, 선봐서 결혼하는 집은 다 제사 지내요. 저도 제사 없는 집으로 시집가고 싶었어요."

제기를 다 꺼낸 순오가 나지막이 말했다. 도미코는 듣지 못한 것 같다.

"별수 없네요. 그럼 저는 장남 말고 차남한테 시집갈래요. 근데 나한테 그런 걸 고를 권리가 있을까? 에리카 언니, 언니는 다행이다. 오덕이 오빠가 장남이 아니라서."

목소리를 낮추고 영인이 말했다. 에리카는 일단 고개를 끄덕이기로 했다.

다행이라니? 그런 생각은 추호도 들지 않았다. 실은 이 집에 시집온 것 자체를 후회하기 시작했기 때문이다.

"시끄럽다. 수다 그만 떨고 손을 움직여. 음식 좀 빨리빨리 담아봐."

도미코의 목소리에 영인이 입술을 쭉 내민다. 순오는 입을 다물었다. 에리카는 안절부절못하고 죄송하다며 연신 머리를 조아린다.

"먼저 부침개와 전을 올려볼까? 내가 욕실 가서 가져올게."

도미코는 잘 구워진 생선과 오븐에서 꺼낸 닭고기를 제기 위에 올린다. 다음으로 세 종류의 탕국을 데웠다.

오전부터 만든 요리를 분담해서 스테인리스 그릇 위에 담아간다.

영인은 부침개와 전을 몇 겹으로 쌓아 올린다. 그릇 위의 전과 부침개는 모두 홀수여야 한다고 했다.

에리카는 쌓여가는 부침개와 전을 보고 동화책《꼬마 검둥이 삼보》의 핫케이크를 떠올렸다. 겹겹으로 쌓인 핫케이크 그림과 눈앞의 부침개는 꼭 닮았다.

멍하니 바라보고 있는데 영인이 옆구리를 콕 찌른다.

"에리카 언니, 맨 위에 새우를 올리세요. 새우 꼬리가 위로 올라가게 세워주세요."

"앗, 미안해요."

시키는 대로 20센티쯤 쌓아올린 전 맨 위에 새우전을 올려놓았다. 애써 꼬리를 세워 굽는 것은 이래서였구나.

그러나 그렇게 일일이 공들인 요리치곤 참 볼품없다고 에리카는 생각했다. 뭐랄까, 좀 촌스러운 요리였다.

"숙모, 제가 할게요."

슈토가 쟁반을 들고 에리카에게 다가왔다.

슈토는 영인을 고모라고 부르고, 에리카를 숙모라고 부른다. 일본어로는 둘 다 '오바상(아주머니)'이다. 그런데 한국에서는 개개인의 속성과 관계에 따라 호칭이 달라진다. 일본에서는 혈연관계건 모르는 사람이건 여자에게는 보통 '오바상'이라고 부른다.

각기 다른 호칭으로 불러야 한다니 번거롭게만 보인다. 같은 형제간에도 영인은 형기를 '오빠'라고 부르고, 오덕은 형기를 '형'이라고 부른다.

"슈토야, 무거우니까 숙모가 들고 갈게."

에리카는 슈토에게서 쟁반을 받아 들었다. 그리고 부침개와 전을 담은 그릇을 쟁반 위에 올려 들고 가려고 하자, 도미코가 황급히 달려와 손사래 친다.

"안 돼, 안 돼, 안 되지. 여자가 음식을 들고 가면 안 돼. 여자는 만들기만 하는 거야. 음식을 가져가는 건 남자 일이야."

한바탕 혼이 난 후 쟁반을 빼앗겼다. 그리고 도미코는 그 쟁반을 슈토에게 주었다.

"그치, 남자 일이지? 할머니."

슈토가 콧구멍에 바람을 넣고 득의양양하게 웃고는 뒤뚱거리며 부침개와 전이 놓인 쟁반을 들고 갔다.

"죄송합니다."

오늘은 도대체 몇 번인지 셀 수도 없을 만큼 내내 머리를 조아렸다.

"어쩔 수 없지. 일본 사람이니까. 앞으로 잘하면 돼."

나무라는 듯 격려하는 듯 애매한 말투였다. 가만히 있자 도미코가 나는 말이지, 하며 작은 한숨을 내쉰다.

"나는 말이지. 이 집으로 시집와서 죽기 살기로 이 집 음식을 배우고, 제사 지내는 법을 처음부터 배웠어."

"네, 잘하겠습니다."

도미코는 크게 고개를 끄덕였다.

"제사에서 여자는 음식을 만들기만 하는 거야. 옛날에는 제사를 지내는 방에도 못 들어갔다니까."

도미코의 설명대로 이 집에서는 세 살짜리 슈토가 에리카보다 지위가 높아 보였다.

"자, 빨리 담아야지. 그리고 과일도 좀 깎아야겠네. 영인아, 에리카한테 과일 깎는 법 좀 알려줘."

영인을 따라 과일을 깎아 담았다. 윗부분만 모자처럼 뚝 잘라내는 특이한 방식이다.

"영인 아가씨, 한국에서는 아직도 여자들이 이렇게 힘들게 살아요?"

"에리카 언니처럼 미국에서 살던 사람한테는 믿을 수 없는 일이죠? 뭐, 특히 재일교포 집안은 있는 대로 고집을 부리면서 전통을 지키겠다고 했다가, 또 어떤 때는 일본식으로 제멋대로 바꾸기도 해요. 그래서 너무 귀찮아요."

"영인 아가씨는 한국에서 대학까지 나왔으니 어느 집안에 시집가도 괜찮겠어요."

"뭐 그렇긴 한데."

영인의 목소리가 낮아졌다.

"사실 한국엔 가고 싶지 않았어요. 고등학교까지 일본에서 나왔거든요. 오빠도 일본 대학을 갔고요. 그런데 어머니가 저한테만 한국에 꼭 가라고 성화였어요. 한국인이랑 결혼을 하려면 한국에 있는 명문여대를 나와야 한다고요. 일본 일류 대학 입시에서 떨어진 것도 있고 해서. 근데 저는 미국이나 캐나다로 유학가고 싶었어요."

그렇게 말하며 영인은 과일을 놓은 접시를 확인했다.

"앗, 깜박했네. 대추랑 밤도 담아야지."

영인이 잠시 자리를 비운다.

그러자 요리를 들고 가던 오덕이 쟁반을 들고 에리카 곁으로 다가왔다.

"미안해. 일이 좀 많지?"

오덕이 속삭인다. 에리카는 오덕이 든 쟁반에 과일 담은 그릇을 올려놓으며 얼굴도 안 보고 괜찮다고 대답했다.

오덕은 잠시 에리카의 안색을 살피는가 싶더니 금세 다시 과일을 들고 가버렸다.

영인이 대추와 밤을 들고 왔다.

"대추는 자손 번영의 의미가 있다고 해요. 밤은 조상님과 자손과의 강한 연대를 의미한대요. 그리고 감은 몸을 잘라내는 것 같은 고통을 경험하고 다양한 것을 배우지 않으면 결실을 맺을 수 없다는 의미가 있대요. 추석 제사는 이 대추, 밤, 감 세 가지를 빼놓을 수 없지요. 물론 이건 다 엄마한테 들은 거예요. 귀에 못이 박힐 만큼요."

영인은 눈을 감고 입꼬리를 내린 채 지긋지긋하다는 듯 고개를 흔들었다.

에리카는 이런 전통의례와는 비교적 거리를 둔 집에서 자랐다. 설날에 먹는 오세치 요리³도 백화점에서 사오는 집이었다. 요 몇 년 일본 요리를 배운 에리카가 오세치 요리를 직접 만들면 부모님은 매우 기뻐하시며 칭찬해주셨다.

결혼하기 전에는 격식과 체면치레를 강조하는 오덕의 집안이 신선하게 느껴졌고 약간 동경하는 감정도 있었다. 그러나 실제로 그런 집안의 일원이 되자 곧 그것이 얼마나 귀찮고 복잡한 일인지를 몸소 겪게 되었다.

남자들 손으로 요리를 모두 내갔다. 식탁 쪽에서 차례상 모습이 보인다. 큰 상 위에는 요리가 네 줄로 늘어서 있다.

맨 앞줄에는 과일. 왼쪽부터 대추, 밤, 감, 사과, 배. 오른쪽 끝에는 가을에 빠뜨릴 수 없다는 송편이라는 만두처럼 생긴 한국 떡이 놓여 있다.

둘째 줄에는 굴비구이, 통닭구이, 소고기 꼬치. 삶은 문어 등이 자리를 잡았다.

세 번째 줄에는 고기, 생선, 채소로 된 탕 세 종, 그리고 잡채가 놓여 있었다.

---

3 정월에 먹는 찬합에 든 요리를 '오세치 요리'라고 부른다. 무병장수를 기원하는 의미에서 까만 다시마, 허리가 휜 새우 등을 재료로 만든다. 집에서 직접 만들기도 하지만 최근에는 백화점, 마트 등에서 구입하는 가정도 늘고 있다.

맨 안쪽 끝줄에는 어렵게 부쳐낸 부침개와 전들. 왼쪽부터 고기, 흰살 생선, 채소전. 그 옆에 부추전. 모두 높게 쌓여 있었다.

맨 끝줄 중앙에 정사각형 종이가 붙어 있고, 지방도 붙어 있었다.

큰 상 앞에는 작은 상이 놓여 있고, 그 상 위에 불 붙은 향이 연기를 뿜어낸다. 국과 밥도 놓여 있고, 스테인리스로 된 젓가락과 수저도 보인다.

향은 불단[4]에서 가져온 것이다. 불가사의하게도 이 집안에는 불단이 있어서, 매일 아침 공물을 바친다. 돌아가신 분들을 위해 한국식으로 제사도 지내고 일본식으로 불단까지 모신다니 참 기묘하다. 일본과 한국 양쪽 모두 들여놓고 일부러 일을 복잡하게 만들어서 귀찮은 일을 늘리자는 뜻일까?

"자, 시작합시다."

가장인 도쿠지가 시작을 알리자 남자들이 상 앞으로 모여들었다.

먼저 도쿠지가 작은 상 앞에 허리를 굽히고 잔을 양손으로 든다. 장남 형기가 술을 세 번에 나눠 잔에 따랐다. 형기가 손에 들고 있는 술은 한국 전통주가 아니고 금가루가 들어 있는 사케였다.

도쿠지는 향 위에서 잔을 양손으로 들고 시계 방향으로 세 번, 또 반대 방향으로도 돌렸다.

잔을 상 위에 놓은 후 도쿠지가 일어났다.

"큰절합시다."

도쿠지의 목소리에 상 앞에 있던 형기, 오덕, 슈토가 도쿠지와 함께 정중한 태도로 일제히 양손을 이마에 붙인 후 무릎을 꿇고 절을 올렸다.

식탁 옆에 서 있던 도미코, 영인, 순옥도 똑같이 양손을 머리 쪽에 붙

---

4 일본의 가정들은 돌아가신 조상의 신주를 모시는 작은 불단을 모시고 산다. 불단이라는 이름이지만, 부처님 대신 조상을 모시는 것이 특징이다.

이고 그 자리에서 절을 올렸다.

에리카도 서둘러 흉내를 낸다.

무릎을 꿇고 앉아 3초쯤 지나 고개를 들었는데 아직 모두들 고개를 숙이고 있어서 에리카도 얼른 시선을 바닥으로 떨어뜨렸다.

5초쯤 더 지난 후, 옆에 있던 영인이 일어나는 기척이 들리고 모두 동시에 일어났다. 에리카도 일어났다. 이번에는 주위와 같은 타이밍이었다.

형기는 작은 상 위에 있는 밥 중앙에 수저를 꽂는다. 그리고 젓가락으로 상을 두 번 톡톡 쳐서 소리를 냈다. 그러고는 큰 상 위의 굴비에 젓가락을 대고 작은 접시에 살점을 약간 덜어낸다.

다음으로 오덕이가 젓가락을 들어 요리를 몇 종류 접시에 던 후, 슈토와 교대한다. 슈토는 익숙한 듯하다. 접시에 부침개를 덜고 젓가락을 작은 상 위에 올려놓는다.

모두 가족 서열 순으로 정해져 있는 것 같다. 가장, 장남, 차남, 장남의 아들.

도쿠지가 좀 전에 부은 술을 바닥에 놓인 큰 용기에 버렸다. 그리고 잔을 형기에게 넘기자 이번에는 형기가 든 잔에 오덕이 술을 따른다. 형기는 잔을 향 위에서 돌린다.

그 후에 젓가락을 들고 남자들이 교대로 또 요리를 담았다.

이 의식이 진행되는 동안 도미코, 영인, 순오, 에리카는 부엌 식탁에 서서 앉지도 못하고 가만히 바라만 봐야 했다.

슈토도 잔을 손에 들고 어른들을 따라한 후 세 번째 요리를 덜고 젓가락을 일단 놓았다.

그리고 여기서 전원이 두 번째 큰절을 올렸다.

에리카는 정성스레 제사를 올리는 김씨네 집안 사람들 한 사람 한 사람에게 강한 위화감을 느꼈다. 연극배우처럼 신묘한 얼굴의 오덕에게는 더욱 큰 괴리감을 느낀다.

두 번째 큰절을 올린 후, 도쿠지가 탕국을 새것으로 바꿨다.

장남인 형기부터 순서대로 밥을 푸고, 다시 요리를 조금씩 던다. 서열순으로 한 바퀴 돌자 도쿠지가 말했다.

"자, 마지막으로 한번 큰절을 올려야지."

남자들은 당당한 표정을 지으며 한 번 더 절을 했다.

절이 끝나자 도쿠지는 일어나서 지방을 떼어냈다. 그리고 조상님을 위해 덜어낸 요리, 큰 통에 버린 술과 지방을 들고 거실을 나갔다.

"세 번 큰절을 올렸으니 이걸로 제사는 끝이에요. 아버지는 술과 요리를 버리고 지방을 태우려고 정원으로 간 거고요. 제사가 끝나면 지방은 태워버려야 한대요. 그리고 조상님이 드신 음식과 술은 밖에 버리고, 남은 건 산 사람이 먹고요."

영인이 에리카에게 귓속말로 가르쳐주었다.

남자들이 요리를 차례차례 상에서 식탁으로 가져오기 시작했다.

"음식을 다시 데워야지. 에리카, 이리 좀 오거라."

도미코가 부침개와 전을 담은 접시를 들고 가스레인지 쪽으로 걸어갔다. 에리카도 따라갔다.

"참기름 좀 붓고, 이것 좀 다시 데워."

에리카는 가스레인지 꼭지를 비틀었다.

또 참기름을 넣으라니. 이미 충분하지 않은가.

프라이팬에 참기름을 약간만 두르고 전을 하나씩 올렸다.

"얘야, 그걸론 어림도 없어. 더 넣어야지."

옆에서 보던 도미코가 다그쳤다. 도미코는 업소용 참기름 병을 들고

와 프라이팬 위의 전들 사이사이에 참기름을 부었다.

덕분에 전은 튀기는 쪽에 가까웠다. 참기름의 강한 냄새가 에리카의 코를 자극한다. 에리카는 숨을 멈춘 채 전을 데웠다.

전이 어느 정도 따뜻해지자, 접시에 담아 식탁으로 가져갔다.

제사 음식으로 가득한 식탁은 그릇이 다닥다닥 붙어 있어 비좁게 느껴졌다. 제사상에 올리지 않은 배추김치가 추가되니 이제야 식탁이 좀 화려해진다.

제사에서는 화려한 음식은 피한다고 한다. 그러고 보니 사과도 파란색이었다.

김씨네 집안 식구들이 식탁을 둘러싸고 앉는다.

대체 몇 시간 만에 의자에 앉아보는 것일까? 에리카는 식탁 밑으로 손을 넣어 종아리를 주물렀다.

"며늘아기야, 처음이니까 말해두는 건데, 옛날에는 남자, 여자가 같은 식탁에서 밥도 못 먹었어. 며느리들은 부엌에서 기다렸다가 남은 음식이 있으면 그걸 먹었지. 요즘 며느리들은 행복한 줄 알아야 해. 이렇게 남자들이랑 같은 식탁에서 밥도 먹고. 내가 시집왔을 땐 상상도 못 할 일이었단다."

에리카는 도미코에게 "네" 하고 대답하면서 순오 쪽을 슬쩍 보았다. 순오는 모른 척 하고 앉아만 있다.

오늘 아침부터 순오는 에리카에게 차가운 태도로 일관했다. 에리카를 싫어해서 그런 게 아닌가 걱정이 되었는데 반나절쯤 지나니 다른 이유가 있다는 게 분명해졌다.

문제는 에리카가 아니었다. 시어머니 도미코와 사이가 안 좋은데도 같이 제사상을 차리는 스트레스로 인해 순오는 내내 기분이 나빠 보였다.

이런 말도 안 되는 소리를 온종일 듣고 있어야 한다니 그럴 만도 했다.

"됐어, 얼른 먹자고. 자, 수고들 했어."

도쿠지가 그렇게 말하고 젓가락을 들었다. 식탁 위에는 병맥주가 놓여 있었고 각자 컵에 맥주를 따랐지만 건배는 하지 않았다. 임신 중인 에리카와 유치원생 슈토는 보리차를 마셨다.

옆에 앉은 오덕이 에리카에게 음식을 덜어 주었다. 참기름으로 번득이는 동태전이 에리카의 앞접시 위에 얹힌다.

"중요한 일이 있는데 여기서 정해도 되겠니? 중요한 일이니까 가족이 함께 정했으면 한다."

도미코가 딱히 누구랄 것도 없이 식구들 모두가 들으라는 듯 말했다.

"아, 시원하다!"

영인이 맥주를 먼저 꿀꺽 들이킨다.

"엄마, 중요한 얘기가 뭔데?"

"영인아, 여자가 아버지랑 오빠보다 먼저 술을 먹으면 어떡해?"

"미안, 미안."

영인이 장난치듯 양손을 얼굴 앞에서 포개며 미안하다는 포즈를 취한다.

"그래서 네가 시집을 못……."

"그것보다 뭔데? 중요한 얘기가?"

영인이 도미코의 입을 막았다.

"거실 옆 화장실과 세면장을 누가 청소하느냐가 문제야."

도미코가 대답하자 순오의 얼굴이 굳는다.

"어머니, 집도 새로 지었겠다, 청소는 업자한테 맡겨도 되잖아요. 회사

경비로 처리하면 되고."

형기가 맥주잔을 든 채 귀찮은 듯 대답했다.

"그러면 벌 받아. 위층 화장실은 순오가, 방 옆의 화장실은 내가 하기로 했어. 청소는 1층을 내가 담당하고, 2층은 순오가 맡기로 했고. 암암리에 그렇게 정해진 거지 뭐. 근데 다들 쓰는 거실 옆 화장실과 세면장은 누가 청소할지 아직 결론을 못 냈단다."

"어머니, 세면장에 어머니가 좋아하시는 달력을 거셨잖아요. 어머니 영역인 거죠. 그러니까 청소도 어머니가 하셔야 하는 거 아닌가요?"

순오가 담담하게 말한다.

"그래? 그럼 달력 그거 떼어버리지 뭐."

도미코가 금세 반박한다. 도미코와 순오는 서로 쳐다보지도 않는다.

주변 사람들은 두 사람의 대화에 끼어들 생각도 없이 묵묵히 맥주만 마시며 연신 젓가락만 움직인다. 슈토는 티브이를 보면서 밥에 시금치나 물을 넣어 비비고 있다. 눈이 풀린 게 졸려 보였다.

"그래? 그럼 내가 하지 뭐."

"너는 시집가면 이 집안 사람이 아니잖아. 그러니까 됐어. 일단 선에만 집중해. 선봐서 시집 잘 가는 거, 그것만 생각하라고."

영인의 활기찬 표정에 그늘이 드리워진다. 영인은 바닥만 쳐다본다.

에리카는 옆에 있는 오덕을 본다. 오덕도 에리카를 쳐다본다. 서로 눈이 마주친다. 둘은 가볍게 고개를 끄덕였다.

관계없는 사람은 입 다물고 있는 게 좋아. 오덕의 눈이 그렇게 말하고 있는 게 분명했다.

"그럼 가끔 에리카가 와서 하면 되겠네."

오덕이 갑작스러운 제안을 했다.

에리카는 어언이 벙벙했다. 모든 게 농담 같다.

슈토를 빼고 가족 모두가 에리카 얼굴을 쳐다봤다. 에리카는 얼굴이 일그러지는 것을 간신히 참으며 쓴웃음을 지었다.

"얘는, 무슨 소리야? 네가 장남도 아니고 같이 사는 것도 아닌데 그런 걸 왜 에리카한테 맡겨?"

도미코가 에리카의 얼굴을 살피는 척 하며 말한다.

"오빠, 엄마 말이 맞아. 새언니는 임신도 했는데."

영인이 어떻게든 무마시키려고 했다.

"뭐얼 괜찮다니까. 이 사람 입덧도 없고 건강해. 내가 장담해. 덕분에 자주 오면 에리카도 엄마랑 금세 친해질 거야. 우리집 식구들이랑 잘 지내고 싶다고 노래를 불렀다니까. 덕분에 잘됐지 뭐."

오덕은 그렇게 말한 후, 에리카를 보고 "그렇지?" 하며 동의를 구했다.

에리카는 긴가민가해서 허벅지를 꼬집어봤다. 그렇게라도 하지 않으면 이게 무슨 장난이냐며 시무룩해질 것 같았다. 실은 오덕의 허벅지를 꼬집어주고 싶었다.

"아, 네, 그러면 되겠네요."

에리카는 억지로 미소를 지어 본다. 그렇지만 화가 치밀어 뒷목이 뜨거워진다.

"그럼, 동서한테 부탁하시면 되겠네요. 배가 나오기 전까지만 부탁하도록 하죠."

순오가 태연한 표정으로 말한다.

"그래? 그럼 그렇게 해야겠다. 너도 형기도 괜찮다면 말이다."

도쿠지는 관심 없다는 듯 고개를 끄덕였고, 형기는 안심한 듯한 얼굴로 세 번이나 고개를 끄덕였다.

"그럼 그렇게 하기로 하고 저는 슈토를 재우고 올게요."

슈토는 숟가락을 든 채 졸고 있었다. 당장이라도 의자에서 떨어질 것 같다.

순오가 일어나 슈토를 안고 방으로 들어갔다.

에리카는 갑자기 속이 울렁거리는 걸 느낀다. 김씨네 집안 식구들과 잘 지내기를 바란 것은 진심이었다. 오덕에게도 그런 말을 한 적이 있다. 하지만 그것은 어디까지나 제사상을 차려보기 전의 일이다. 제사를 경험한 후 이 집안과 친해지기는 글렀다는 생각을 하고 있었다. 그래서 가능한 한 만나지 말아야겠다고 작정한 참이었다.

지금까지 에리카가 어떤 사람이었느냐면 생각한 것을 명확하게 표현하는 성격이었다. 미국에서 오래 산 에리카는 의사표현이 서툰 일본인의 애매모호한 성격을 좋아하지 않았다.

하지만 오늘은 왜 이렇게 소심한 걸까.

청소하기 싫다는 말을 왜 하지 못하는 것일까.

오덕을 사랑해서?

이 집안 식구가 되고 싶어서?

뱃속의 아이 때문에?

에리카는 눈앞에 많은 음식을 두고도 젓가락을 들지 않았다. 참기름으로 범벅이 된 음식 따위 일절 손대고 싶지 않았다.

전화벨이 울리자 도미코가 수화기를 든다.

"아, 네네, 알겠습니다."

"네? 지금부터요? 예, 알겠습니다. 기다릴게요."

수화기를 놓고 도미코는 눈을 감은 후, 고개를 좌우로 흔들었다.

"영인아, 가나에 아줌마가 택시로 오신대."

도미코의 목소리가 어두웠다.

"아니, 왜?"

영인이 불안한 표정이 된다.

"근처에 온 김에 새로운 맞선 상대 사진을 주고 가겠다네."

도미코는 눈을 내리깔고 말했다.

"오늘 데이트한 윤씨가 나를 거절했다는 거야?"

"뭐 그런 거 같아. 영인아, 그런 거 신경 쓸 거 없어. 윤씨는 장남이고, 제주도 출신이야. 그래서 나도 맘에 안 들었고, 아버지도……."

도미코의 말이 끝나기도 전에 영인은 자리를 떴다. 그리고 문을 쾅 닫고 거실을 나갔다.

"내버려 두게."

도쿠지가 도미코를 막았다.

어느새 분위기가 어두워진다. 다들 말없이 식사만 한다. 에리카는 소 탕에만 손을 댔다.

"어머니, 오늘 시금치나물 참 맛있네요."

오덕이 분위기를 전환하려고 애써 밝게 말했다.

"그건 내가 한 거 아니다."

도미코는 가시 돋친 듯 말했다. 더 이상 아무도 말을 하지 않았다.

인터폰이 울리고 도미코가 자리를 뜨자 그제야 긴장도 풀렸다.

"후우, 힘들다. 고부갈등 장난 아니네. 영인이도 안 됐다."

오덕이 머리를 긁적인다.

"어쩔 수 없지. 제각기 사정이 있는 거니까. 그건 그렇고 애야, 화장실 청소 잘 부탁한다. 가끔 와서 도미코 말 상대도 좀 해줘."

도쿠지의 말에 에리카는 가볍게 고개를 끄덕인다. 그럴 수밖에 없었다.

"고마워요, 제수씨."

형기까지 거드니 결국 청소를 도맡을 수밖에 없겠다고 자포자기하게 된다. 옆에 앉은 오덕의 흐뭇한 표정을 보니 증오가 불타오른다.

"얘야."

식사가 끝날 무렵, 도미코가 거실로 와서 에리카를 부른다.

"음식 좀 반찬통에 조금씩 담아서 다다미방으로 가져오너라. 그리고 녹차도 좀 내오고."

에리카는 시키는 대로 플라스틱 반찬통에 제사 음식을 담고 녹차를 만들어 다다미방으로 가져가려고 했다.

갑자기 오덕이 벌떡 일어나 "내가 가져갈게" 하며 에리카가 들고 있던 녹차가 담긴 쟁반을 빼앗으며 말했다.

"피곤하지? 잠깐이라도 쉬어. 엄마 없을 때 잠깐 앉아 있어."

에리카는 그 말을 듣고 오덕에게 쟁반을 건넸다. 그리고 식탁 의자로 돌아가 눈앞에 놓인 수많은 음식들을 그저 바라만 본다. 도쿠지와 형기는 이미 다 먹고 소파에 앉아 있었다.

앞으로 몇 번을 더 보게 될지 모를 요리들을 눈앞에 두니 점점 숨이 막혀왔다.

에리카는 식사가 끝난 도쿠지와 형기의 그릇을 치우려고 일어섰다.

오덕과 에리카가 사는 센조쿠이케의 아파트까지는 차로 10분 거리였다. 집으로 가는 차 안은 참기름 냄새로 가득 차 있다. 오덕과 에리카의 옷에 배인 냄새가 어느새 차 안으로까지 번진 것이다. 조수석의 에리카는 손을 뻗어 대시보드 위에 있는 방향제를 자신의 코앞에 들이댄다. 인공적인 라벤더 향이 오히려 속을 더 울렁거리게 만든다.

"뭐 하는 거야?"

운전 중인 오덕이 묻는다.

"아무것도 아니야. 그냥 무슨 향인지 궁금해서."

"근데 내일 바빠?"

"아니. 딱히 일정은 없는데. 무슨 일 있어?"

에리카는 방향제를 원래 장소로 돌려두었다.

임신 사실을 알게 된 후 퇴직서를 제출했다. 현재 남은 유급 휴가를 사용 중이다. 회사에는 앞으로 출근할 일이 없을 것이다.

혹시 내일이라도 혼인신고를 하러 가자는 걸까. 더 기쁠 줄 알았는데 왜 그런지 조금도 기쁘지 않았다.

"저기, 아까 우리집에 온 그 아줌마가 이케가미에 사는데 말야. 내일 엄마가 만나러 간다는데 같이 좀 가줄래?"

이게 대체 무슨 소리인가. 에리카가 재일교포 중매쟁이 아줌마네 집까지 가야 할 이유는 없었다.

"거길 내가 왜 가야 해? 그것도 어머니랑 같이?"

"그 아줌마네 집에 내일 한복 가게 사람이 온대. 결혼하는 아가씨 하나가 그 집으로 한복 맞추러 온다는데, 에리카도 같이 가서 한복 하나 해 입고 와. 아까 녹차 가져갔을 때 어머니가 그러라고 하시더라고."

"갑자기 내 한복은 왜?"

"우리가 결혼식도 못 올렸잖아. 그래서 사진이라도 찍어두라네, 엄마가 말야. 엄마가 에리카한테 한복 한 벌 해주고 싶대."

"정말, 어머니가?"

에리카가 되묻자 오덕은 크게 고개를 끄덕였다.

가슴이 벅찼다. 자신의 배를 내려다보고 양손을 살짝 올려놓는다.

오덕이 핸들을 쥔 채 한 손을 에리카의 무릎 위에 올리고 톡톡 두드린다.

"오늘 정말 고마웠어. 나는 에리카가 자랑스러워. 아까 어머니도 오늘 에리카가 일하는 거 보고 금방 한복 한 벌 해줘야겠다고 하잖아. 청소 건도 있고."

에리카는 얼굴을 들고 기분이 좋아 보이는 오덕의 옆얼굴을 바라본다.

심호흡을 한 번 했다.

참기름 냄새가 코로 들어온다.

이 냄새에 익숙해져 아무렇지도 않게 될 날이 올까.

무릎에 얹어진 오덕의 손을 양손으로 잡는다. 이 손을 계속 잡고 있을 수밖에 없을 것이다.

다음 날 오덕이 시키는 대로 아침 11시에 이케가미역에서 도미코와 만났다.

도미코는 말수가 적고 차가웠다. 에리카는 도미코가 자신을 가족으로 인정한 줄 알았는데 이런 차가운 태도를 대하고 보니 불안한 마음이 들었다.

가나에(김)라는 팻말이 붙은 오래된 집으로 들어갔다.

현관 옆 응접실로 안내되었다.

영인이 폐를 끼치고 있다는 이 중매쟁이 할머니는 에리카가 생각했던 것보다 훨씬 나이가 많아 보였다. 면으로 된 펑퍼짐한 원피스를 입고 있는데 족히 80세는 되어 보였다.

오른쪽 다리를 절고 있었지만, 안경 속 눈빛은 날카롭고 보라색 머리가 강렬한 인상을 남긴다. 안경테에는 루비가 박혀 있었는데, 할머니의 허름한 옷차림이나 오래되어 낡은 집과는 어울리지 않았다.

오덕에 따르면 할머니가 돈 욕심이 많고 악착스럽다는데 집안 인테리어나 옷에는 돈을 쓰지 않고 저금만 하나 보다.

할머니 옆에 앉아 있던 한복집 여자는 한 오십 대쯤으로 보였다. 서비스업에 오래 종사했는지 태도가 상냥했다.

"선생님, 여기가 오덕이 아내예요."

도미코가 소개하자 에리카는 머리를 숙였다.

아까부터 도미코는 자신을 낮추고 매파를 '선생님'이라고 부르고 있었다. 예전에 다니던 요리 교실 선생님에게 한국어의 '선생님'에 대한 의미를 배운 적이 있다. 중매쟁이 할머니를 선생님이라고 부르다니, 최상급 칭찬처럼 들린다. 딸내미 혼인을 좌지우지하는 사람인지라 그럴 수밖에 없어 보였다.

할머니는 안경테를 한 손으로 올리며 에리카를 위에서부터 아래까지 훑어본다. 그 무례한 태도에 몹시 화가 났지만, 겉으로는 티 내지 않고 참았다.

"어, 이 아가씨군."

무뚝뚝한 말투는 더욱 불쾌했다.

"오덕이한테는 아가씨를 여러 명 소개했는데, 결국……. 근데 이 아가씨는 누구 소갠가?"

"네? 저는 친구 소개로."

도미코 앞에서 피하고 싶은 화제였지만, 일단 예의 바르게 대답했다.

"그래? 그럼 혹시 결혼 안 한 형제는 없어?"

매파의 질문이 이어진다.

"오빠도 언니도 벌써 했어요."

"그래. 아가씨 한국 출생지는 어딘가?"

"네?"

무슨 소리를 하는 건지 알 수 없었다.

"고향 말이야. 고향."

고향이라는 단어는 잘 쓰지 않아 좀 당황스러웠다. 또, 그런 것까지 모두 대답해야 할 이유도 없었다.

"고향이요? 저는 원래 고향이 도쿄인데요."

"선생님, 오덕이는 연애결혼이에요. 이 아가씨, 일본 사람이에요."

도미코가 매파에게 사실을 고했다.

일본 사람, 일본 사람, 일본 사람.

지겹게 들은 단어다. 도미코가 일본 사람이란 단어를 쓸 때의 그 거리감. 너는 다른 사람이야……. 그래서 너는 영원히 가족의 일원이 될 수 없다고 못 박는 것처럼 들렸다.

일본인이 뭐 어때서? 게다가 여기는 일본이 아닌가.

흔들리는 마음을 필사적으로 다잡는다. 숨을 멈추고 마음을 단단히 먹으며 표정 관리를 했다.

할머니는 에리카를 뚫어져라 쳐다보다가 "그렇군" 하고 혼잣말을 한 후 더 이상 질문하지 않았다.

에리카가 한복 치수를 재는 동안 매파와 도미코는 영인의 맞선에 관해서만 이야기를 주고받았다.

도미코가 에리카에게 한복을 선물하는 것은 분명 이 할머니한테 점수를 따기 위한 것일 것이다. 할머니가 한복 가게로부터 소개비를 받고 있다고 어제 오덕한테 들었다.

결국, 자신은 영인의 혼담을 위해 도미코에게 이용당하고 있는 건지 모른다. 좋게 구슬려 화장실 청소를 떠맡긴 일이 떠올라 갑자기 우울해졌다.

"근데 너희들 식은 어디서 올렸니?"

도중에 매파가 다시 에리카에게 물었다. 식은 '아직'이라고 에리카가 대답하려고 하자, 도미코가 급히 입을 막는다.

"애가 생겨서 식은 안 올렸어요. 그래서 사진이라도 찍어둘까 해서요. 한복은 배가 나와도 티가 안 나잖아요."

"그래도 그렇지. 가족끼리 간단한 피로연이라도 해야지. 사돈네는 새색시 모습이 얼마나 보고 싶으시겠어. 자네도 딸이 있으니까 그 심정 알 거 아닌가."

도미코는 "네" 하고 작은 목소리로 말했다.

부모님 얼굴이 떠올라 새삼 슬픔이 북받쳐 오른다.

치수를 다 재고, 옷감 샘플 중에서 마음에 드는 것을 골랐다. 에리카는 각도에 따라 파란색으로도, 초록색으로도 보이는 광택이 있는 실크를 선택했다. 도미코도 찬성했다.

어떤 옷이 될지 가슴이 두근거렸다. 기분이 조금 나아졌다. 한복을 입고 찍은 사진을 현상해서 부모님께도 선물로 드려야겠다고 생각했다.

"이제 가볼게요. 영인이 건 잘 좀 부탁드려요."

도미코가 큰 몸을 접어서 머리를 깊이 숙이기에 에리카도 어쩔 수 없이 형식적인 인사를 했다.

"걱정 말고 나를 믿게."

매파는 엷은 미소를 짓는다. 기분 탓인지도 모르겠지만 그 미소가 의외로 자상해 보였다.

현관에서 신발을 신고 있을 때 매파가 "그리고 말야" 하며 도미코를 붙잡는다.

"어제 제사 음식 고마웠어. 아주 잘 먹었다네. 그리고 시금치나물만 간장으로 간을 했더군. 콩나물하고 고사리에는 간장이 안 들어 있었는데."

에리카는 간장이란 단어를 듣고 동요하여 도미코의 얼굴을 살폈다.

"아니요. 저희는 간장 안 쓰는데. 아, 어제는 며느리가 시금치를 무쳤어요."

도미코는 표정을 알 수 없는 얼굴로 말했다.

"그랬군. 근데 아주 맛있었어. 그렇게 이것저것 점점 변하는 거지. 자네도 고생 많이 했으니까 이제 며느리들에게 맡기고 좀 편히 살게나."

도미코는 잠깐 바닥을 쳐다보더니 이내 얼굴을 들었다.

"네, 그렇게 할게요. 그런데 선생님, 하나 더 부탁 드려도 될까요?"

"말해보게."

"선생님이 힘을 좀 써주셔서, 두 달 안에 일요일로 해서 도쿄 브랜드 호텔 작은 연회장 하나 잡아주시겠어요?"

에리카는 자기도 모르게 눈을 동그랗게 뜨고 도미코를 보았다. 도미코는 그런 에리카를 못 본 척하고 매파만 보고 있다. 웃는 얼굴도 아니고 그렇다고 딱딱한 표정도 아니었다.

"나한테 맡겨만 주게. 내가 알아서 할 테니. 그러면 혼례 의상도 필요할 텐데. 한국식으로 하면 허리를 안 묶어도 되니까 편할 거야. 마침 치수도 쟀으니 그것도 한 벌 더 지어놓을게. 오덕이는 치수를 안 쟀으니까 양복으로 하게나. 너무 형식적으로 안 해도 되겠지?"

매파는 만족스러운지 고개를 끄덕였다.

가나에 할머니 집 현관을 나왔다.

도미코는 아무 말도 없이 씁쓸한 표정으로 성큼성큼 걸어간다. 에리카는 도미코에게 말을 해야 할지 고민하며 종종걸음으로 재빨리 따라갔다.

머리를 굴려봤지만 적당한 말이 떠오르지 않았다.

도미코는 에리카에겐 이해하기 어려운 사람이었다.

매파는 한복처럼 호텔로부터도 소개비 같은 것을 챙기게 될까? 그래서 그런 걸까? 영인이 혼담 때문에 자신을 이용해서 할머니한테 잘 보이려고 한 것일까? 그런 거라면 화가 난다. 그래도 혹시나 가엾다는 생각에 피로연을 열어줄 마음이 생긴 거라면 솔직히 기뻤다.

늦더위도 조금쯤 사그라들고 건조한 바람이 뺨을 간지럽혔다. 하늘에는 구름 한 점 없다. 그러나 에리카는 여전히 침울했다.

체격이 좋은 도미코는 온몸을 흔들며 빠른 걸음으로 걸어가다가 주택가에서 문득 발걸음을 멈췄다. 에리카도 멈춰 섰다.

"애야."

도미코는 발밑에 드리워진 자기 그림자를 보며 말을 시작했다.

에리카는 네, 하고 도미코의 뒷머리에 대고 대답한다. 머리 가마 부분이 휑하다.

"나도 일본 사람이었어."

도미코는 얼굴을 들고 뒤돌아 본 후 진지한 눈으로 에리카를 바라본다.

"내가 일본 사람이었던 건 아들들도 영인이도 몰라. 결혼하고 한국 국적으로 바꿨으니까. 부모님은 나랑 인연을 끊으셨어. 친구들도 다 떨어져 나갔지. 나는 말야, 이 집으로 시집와서, 그래⋯⋯ 말도 못하게 시집살이를 했다. 재일교포 1세인 시부모님을 모시고 살았으니까. 양반이라기에 그런가 보다 했단다."

갑작스러운 고백이었다. 에리카도 도미코의 얼굴을 진지하게 쳐다보았다.

마음속에 드리운 어두운 그림자가 서서히 걷히고 이번에는 시야가 흐려진다. 고개를 끄덕이거나 대답이라도 한마디 하면 눈에서 바로 눈물이 뚝뚝 떨어질 것 같았다.

도미코와 에리카는 잠시 묵묵히 서로를 바라만 보았다. 도미코의 눈동자가 흔들리는 것처럼 보인 순간, 에리카에게서 눈을 떼고 역을 향해 걷기 시작했다.

에리카의 눈에는 지방이 두툼하게 붙은 도미코의 넓은 등짝이 당당하게 보였다.

도미코는 김씨네 집안 사람이 되기 위해 전력 질주해왔을 것이다. 그래서 더욱 완고하게 한국의 전통을 지켜내려는 것일 게다. 영인을 한국 대학에 보낸 것도 그런 도미코의 강한 의사 표시가 아니었을까.

그리고 자신이 일본인이었기 때문에 에리카와 오덕의 결혼을 더 강력하게 반대한 것인지도 모른다.

에리카는 혼례 사진 속의 가녀린 도미코를 떠올린다.

40년 동안이나 참기름을 온몸으로 뒤집어쓰며 도미코는 도쿠지의 아내이자, 김씨 집안의 며느리, 그리고 한국인이 된 것이다.

도미코가 혼례 때 한복을 입은 것처럼, 자신도 오덕과 나란히 서서 사진을 찍게 될 것이다. 그 사진이 시댁 거실의 사이드보드 위에 장식되어 있는 모습을 상상해본다.

에리카는 배에 손을 얹은 후 살포시 미소 지었다.

그리고 성큼성큼 앞서가는 도미코 뒤를 부리나케 쫓아갔다.

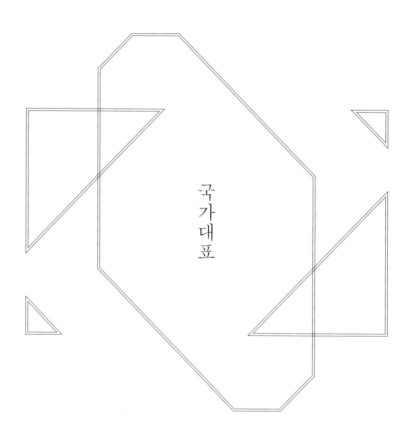

국가대표

다케루의 집에 다카노 쇼타가 오기로 약속되어 있다.

어젯밤 쇼타로부터 전화를 받은 것은 다케루의 어머니 세쓰코였다. 세쓰코는 아들 친구가 찾아온다는 반가운 소식에 자기 약속을 일부러 취소했다.

다케루가 학교를 자주 쉬게 되자 세쓰코의 표정은 점점 어두워졌다. 아침이 되면 문밖에서 다케루의 방을 힐끗 엿보고는 "오늘도 못 일어나겠니?" "학교엔 갈 수 있겠어?" 하며 호랑이 굴에라도 들어가듯 조심스러운 태도로 말을 걸었다. 그런데 오늘 세쓰코는 당장이라도 콧노래를 흥얼거릴 것 같았다.

"쇼타도 야구부였던가?"

등 뒤에서 세쓰코가 밝은 목소리로 묻는다. 다케루는 현관에 앉아 새로 산 스니커즈의 끈을 묶고 있었다.

"어, 응, 맞아."

나비 모양으로 묶어보려 했는데 제대로 되지 않았다. 한 달 전에 다친 손목은 이미 완치되었다.

"쇼타도 배가 고플지 모르겠구나. 저녁 시간 전인데, 뭐라도 만들어 둘까?"

"됐어. 아무것도 안 먹을 거야."

다시 묶으려니 신경질이 났다.

"그럼 과일이나 좀 깎을까?"

"됐다니까 그러네."

거칠게 말하고 신발 끈을 다시 묶었다.

"비가 올 것 같아. 우산 가져가야 할 거야."

세쓰코의 말을 무시하듯 일어나 현관문을 민다.

올려다보니 세쓰코 말대로 구름이 두텁다. 10월이 시작된 직후의 하늘은 금방이라도 비를 뿌릴 것만 같았다. 뒤늦게 발생한 태풍이 다가오고 있었다.

피부에 쩍쩍 달라붙는 뜨거운 공기가 불쾌해서 다케루의 발걸음이 빨라진다. 티셔츠가 땀에 젖어 몸에 달라붙었다.

지유가오카역 개찰구에서 쇼타를 기다렸다. 저녁녘의 전철역 앞은 혼잡했다. 습한 공기가 행인들의 열기로 뜨겁게 데워져 더 무겁고 답답하게 느껴졌다.

오늘이 무슨 요일일까? 아마 목요일일 것이다. 학교를 쉰 지 사흘쯤 지나자 요일 감각이 둔해진다.

교복을 입고 큰 에나멜 가방을 어깨에 걸친 쇼타가 개찰구로 모습을 드러냈다. 실내에서 운동하는 다케루와 달리 쇼타는 검게 탄 피부가 흰

셔츠와 잘 어울렸다.

쇼타와는 올해 같은 반이 된 후 4월부터 짝꿍이 되었다. 입회한 동아리가 다르다 보니 그렇게까지 친하게 지낼 기회는 없었지만, 가끔 이런저런 대화를 나누는 사이였다.

다케루를 보고 쇼타는 손을 흔들며 미소 지었다. 쇼타 주변만 공기가 가벼워지는 것 같은 환한 웃음이다. 운동부인데도 섬세한 얼굴에 높게 솟은 콧대가 쿨한 인상을 준다. 웃지 않을 때는 사람을 거부하는 것 같은 냉랭한 분위기가 감돌아 말을 걸기 쉽지 않은데, 쇼타는 웃고 있을 때가 더 많았다.

"다케루, 너 감기 다 나았어? 다 나은 거 같은데."

"그럭저럭."

다케루는 대충 대답하고 쇼타로부터 시선을 돌린다.

감기 따위는 걸리지 않았다.

평소처럼 수업을 마치고 야구부에 가서 운동까지 하고 온 쇼타가 눈부시다.

"그것보다 과제가 내일까지라며? 오늘 다 할 수 있겠어?"

다케루는 터벅터벅 걸으며 쇼타의 가죽구두를 보고 말했다. 오래 신었는지 코가 닳아 까만 가죽이 허옇게 변해 있었다.

"정보 쌤, 나가 죽으라고!"

그렇게 말한 쇼타와 눈이 마주치자 둘은 똑같은 타이밍에 웃었다.

'정보'는 컴퓨터를 사용하는 수업이었다. 짝과 협력해서 리포트를 하나 써내는 과제가 제출되었다. 모두 인터넷으로 검색하고 조사해야 하는 과제다.

다케루는 개인용 컴퓨터를 가지고 있었고, 학교도 쉬고 있었기 때문에 집에서 혼자 과제를 마무리할 생각이었다. 그런데 사흘 연속으로 학교를 쉬었더니 쇼타가 과제를 하자며 오늘 집으로 찾아온 것이다.

과제는 아직 절반 정도가 남아 있었다. 남은 부분을 쇼타와 함께 하기로 했다.

다케루는 스포츠 추천 입시로 고등학교에 진학했다. 한 달 전, 오른쪽 손목을 삔 후 동아리를 쉬고 있다. 손목은 벌써 나았지만 다시 동아리에 나가고 싶은 마음이 들지 않았다.

현관문을 열어준 세쓰코에게 쇼타는 곧장 "안녕하세요?" 하며 머리를 숙였다.

"어머나, 예의 바르기도 하지. 역시 고교야구 선수답구나. 자, 어서 들어와. 어서."

세쓰코는 반갑게 슬리퍼를 꺼내주었다. 화장도 정성 들여 했다.

왜 이렇게 바람이 잔뜩 든 것일까?

다케루는 친구들을 집으로 자주 초대하지 않았다. 학교를 자주 쉬게 되면서 펜싱부 부원들과도 연락이 끊겼고, 밖에 나갈 일도 거의 없었다. 그래도 그렇지 쇼타가 찾아왔다고 흥이 난 세쓰코를 보니 왠지 배알이 꼴렸다.

"아래층에서 주스라도 마실래?"

세쓰코가 쇼타에게 미소 짓는다.

"괜찮다니까, 엄마. 주스는 방으로 갖다 줘."

다케루는 차갑게 대답하고 계단을 오른다. 쇼타는 세쓰코에게 가볍게 목례를 한 후, 다케루 뒤를 따라 올라갔다.

"너희 집 되게 넓구나. 현관이 내 방보다 더 넓은데. 그리고 어머니가 미인이시네."

"그래? 그냥 아줌마잖아. 좀 있으면 쉰이야."

"진짜? 우리 엄마랑 똑같은 나이네. 우리 엄마는 너희 엄마보다 훨씬 늙어 보여. 머리도 하얗고."

쇼타는 다케루의 방을 둘러보고, 구석에 있던 펜싱 마스크에서 시선을 멈췄다.

"펜싱은 언제부터 시작한 거야?"

"여섯 살 때부터."

벌써 12년이나 되었다. 그렇게 생각하니 좀 놀랍다. 여덟 살 위인 형 마사루가 하는 것을 보고 부러워서 시작한 펜싱이었다. 마사루가 다니던 펜싱 클럽에 같이 다녔다.

"엄청나네. 여섯 살 때부터라니. 영재교육이잖아. 부럽다."

"너는 야구, 언제부터?"

"나? 나는 옛날부터 야구 좋아했지. 쉬는 시간마다 야구를 했는데 소년 야구팀에도 못 들어갔어. 거기 들어가면 부모가 맨날 따라 다녀야 하잖아. 우리 엄마는 주말에도 일하시거든. 그래서 초등학교 때는 못하고 중학생 돼서 야구부에 들어갔고 그때부터 시작했지, 본격적으로는."

고등학교는 요코하마에 있는 사립학교다. 대학 부속 남고로 스포츠 엘리트를 양성하기로 유명했다. 쇼타는 스포츠 특례가 아니라 일반 입시로 들어온 게 분명했다. 다케루와 달리 성적도 우수한 편이었다.

교복 셔츠가 몇 개 안 되는지 쇼타의 셔츠 컬러 부분이 누렇게 찌들어 있었다.

"우리집은 가난해서 컴퓨터 같은 거 없어."

과제를 시작했을 때 쇼타가 비굴한 기색도 없이 아무렇지도 않게 턱 하니 고백한 것이 떠올랐다.

"여름에 보니까 야구부 진짜 세더라. 고시엔[1] 놓쳐서 안됐어."

"너야말로 전국대회 4강에 들었잖아."

그 말에 살짝 가슴이 아파온다.

"뭐야, 방에 티브이도 있어?"

쇼타는 액정 티브이에 시선을 멈춘다.

"쇼타, 우리 과제 빨리 끝내고 게임이라도 한판 할래?"

쇼타는 옆으로 고개를 젓는다.

"나는 게임 같은 거 해본 적 없어."

"그럼 녹화해둔 영화라도 볼래?"

다케루는 쇼타가 조금이라도 더 오래 머무르길 바랐다. 그만큼 친구와의 대화에 굶주려 있었다.

"그게 좋겠다. 자 빨리빨리 하고 끝내자."

컴퓨터를 기동시킨다. '정보' 과목 과제는 올림픽에 대해 아무거나 좋으니 조사하라는 내용이었다. 왜 하필이면 올림픽인지 마음이 내키지 않는다. 반 학생들 절반 이상이 지난 베이징 올림픽이나 다음 런던 올림픽에 대해 조사했다.

다케루는 베이징 올림픽만큼은 피하고 싶었다. 그래서 다케루는 2016년 리우데자네이루 올림픽에 대해 조사하자고 제안했다.

형 마사루가 펜싱을 시작했을 때부터 같은 팀원이자 라이벌이었던 선수가 베이징 올림픽에서 은메달을 땄고, 연일 언론에 보도되었다.

그 자리는 어쩌면 마사루의 자리였을지도 모른다.

---

1 甲子園. 한신 고시엔구장을 줄여서 '고시엔'이라고 부른다. 전국고교야구대회가 열리는 장소다. 전국고교야구대회라는 단어 대신 '고시엔'으로 대처하는 경우가 많다. 고시엔에서 좋은 성적을 거두는 것은 프로야구 선수가 되는 지름길이다.

마사루가 메달을 딴 선수보다 더 월등했던 적도 있다. 그러나 마사루는 한국 국적이어서 일본 국가대표가 될 수 없었다.

베이징 올림픽이 열리기 1년 전에 귀화 신청을 했지만 서류 부족으로 통과하지 못했다. 어머니 세쓰코의 한국 호적 관련 서류가 부족했기 때문이다.

그렇다고 마사루가 한국 대표가 된 것도 아니었다. 왜냐하면 한국은 펜싱 강국으로 국내에 유망주가 많았다. 따라서 재일교포가 국가대표가 되는 일은 여간해서는 일어나지 않는다고 했다.

애당초 국적이 한국이라고 해봤자 마사루도 다케루도 일본에서 태어나 일본 교육을 받고 자랐다.

다케루에게 조국에 대한 애국심 같은 것은 손톱만큼도 없었다. 한일 경기가 열리면 꼭 일본을 응원했다. 한국어는 전혀 하지 못했고, 한국 성인 '조'가 아니라 '도요카와'라는 일본 성을 썼다. 부모는 마사루가 태어난 후 아이가 일본에서 무사히 살아가기를 바라는 마음으로 일본 이름을 쓰게 되었다고 한다. 주변에도 한국인이란 사실을 감춘 채 살고 있었다.

마사루는 귀화가 거부된 후 부모를 원망하는 말은 한마디도 하지 않았다. 대학을 졸업하고 대기업에 취직해서 회사 펜싱부에 들어가 펜싱을 계속하고 있다.

마사루는 베이징 올림픽 펜싱 시합, 그러니까 라이벌이 메달을 딴 시합을 녹화해두고 몇 번이곤 묵묵히 돌려 보았다. 그때 마사루의 표정은 감정을 꾹 누르고 있는 것처럼 보였다.

그 후로도 마사루와 다케루 형제는 계속 귀화 신청을 하고 있는데 허가는 아직 떨어지지 않고 있다. 신청서를 처음 제출한 해로부터 벌써 4년이 지나 있었다.

이후에도 몇 번이곤 불려가 새로운 서류를 요청받았다. 두 달 전에도 부모님, 마사루와 함께 법무국에 다녀왔다.

어머니 쪽 친척 중에 범죄자가 있는 것이 걸림돌이 된 듯하다. 얼마나 기다리면 일본 국적을 얻을 수 있을지 다케루는 가늠할 수 없었다.

즉, 이 상태로는 아무리 열심히 펜싱을 해봤자 다케루가 일본 국가대표가 되는 일은 일어나지 않을 것이다. 올림픽에도 세계선수권 대회에도 영영 나갈 수 없을지 모른다.

다케루가 가고자 했던 길은 처음부터 막다른 길이었던 것이다.

다케루는 펜싱을 계속하는 것이 바보처럼 느껴져 연습에도 집중할 수 없었다. 집중력이 부족했던 탓인지 잘못 내리쳐서 손목을 삐게 되었다.

그런데 막상 펜싱을 쉬어보니 펜싱 말고 할 만한 게 아무것도 없다는 걸 알게 되었다. 공부를 좋아하는 것도 아니었다. 다케루는 점점 학교에 가기 싫어졌고 가끔씩 거짓말을 하며 학교를 쉬는 날이 많아졌다.

"2016년이 되면 우리 세대가 올림픽에 나가게 될 텐데, 야구는 정식 경기도 아니라서."

쇼타가 검색한 화면을 보면서 안타까운 듯 말했다.

"WBC가 있잖아."

"그건 그런데 무엇보다 고시엔에 나가서 주목을 받고 프로구단에 들어가는 게 먼저지. 게다가 나는 후보 선수야. 언제 이 신세를 면할지."

"너, 포지션이 뭐였지?"

"쇼트. 경쟁률이 높아."

쇼타의 표정이 조금 그늘진 것처럼 보인다.

"그것보다 말야."

쇼타가 다시 환하게 표정을 바꾼다.

"너야말로 이대로만 하면 조만간 올림픽에 나가는 거 아니야?"

"어, 뭐, 그렇지."

적당히 받아쳤다. 올림픽은커녕 펜싱을 그만둘지도 모른다고는 말할 수 없었다.

컴퓨터를 보며 과제를 하고 있을 때 노크 소리가 들렸다. 문이 반쯤 열리고 쟁반을 든 세쓰코가 미소를 지으며 방을 들여다본다. 쟁반 위에는 주스가 든 컵이 놓여 있다.

다케루는 방 입구에서 쟁반을 받아 쇼타와 얘기할 게 있다며 세쓰코를 내쫓았다.

과제는 얼마 남지 않았다. 올림픽 개최를 둘러싸고 후보지가 어디였는지 정리했다. 지금까지 조사한 내용에 대한 감상 등을 추가하면 끝이었다.

"우리도 올림픽에 나가기 위해 노력하겠다, 뭐 그런 감상이면 될까?"

쇼타가 끄덕이자 다케루는 주스를 마시며 컴퓨터 키보드를 두드려 과제를 마무리했다. 쇼타가 함께 있어서 '올림픽에 나가기 위해 노력하겠다'는 솔직한 소망을 입력할 수 있었다.

"이 주스, 엄청 맛있다. 맛은 오렌지인데 색깔이 빨갛네?"

쇼타가 주스를 단번에 들이킨다.

"이거 블러드 오렌지야. 이탈리아산 오렌지 주스래. 한 잔 더 마실래? 그리고 혹시 배고프면 피자 어때? 기가 미트 시킬까?"

"좋지. 배고파 죽는 줄 알았어. 고맙다."

다케루가 휴대폰으로 세쓰코에게 '주스 한 잔 더, 그리고 피자, 그걸로'라고 문자를 보냈다.

얼마 후, 세쓰코가 계단을 올라오는 가벼운 발걸음 소리가 들렸다. 방 입구에서 "가져 왔어" 하고 밝은 목소리로 말하며 주스를 통째로 다케루에게 건네준다.

"진짜 피자 먹을 거야? 야키소바² 같이 간단한 거면 엄마가 만들어 줄게."

"피자가 좋다니까!"

다케루는 주스 통을 낚아챈다.

"그래? 그럼 피자 시킬게."

세쓰코는 쇼타를 향해 미소 지었다.

쇼타는 죄송하다고 말하며 머리를 긁적였다. 세쓰코는 괜찮다며 또 한 번 미소 짓는다.

다케루는 엄마가 있으면 불편하다면서 빨리 내려가라고 세쓰코를 밀고 문을 닫았다.

이건 다케루가 특별히 좋아하는 주스다. 냉장고에 없으면 세쓰코에게 화를 내기도 했다. 세쓰코는 1리터짜리 한 통에 700엔이나 한다며 못마땅해 하다가도 이내 블러드 오렌지 주스로 냉장고를 가득 채워두었다.

쇼타가 다케루를 똑바로 쳐다본다. 다케루는 머리를 긁적이며 엄마들이란 참 귀찮은 존재라며 한숨을 쉬었다. 동의를 기대했지만 쇼타는 아무 대답도 하지 않았다. 동의하는 표정조차 보이지 않았다. 다케루는 멋쩍어서 종이팩을 열고 쇼타의 잔에 주스를 따랐다.

"너희 집 참 대단하다. 이런 고급 주스가 있고, 서로 집에 있는데도 부모님이랑 문자로 얘기하고."

쇼타는 다케루의 얼굴을 똑바로 쳐다본다.

"너, 혹시 외아들이야?"

---

2 돼지고기, 양배추, 양파, 당근 등과 면을 볶은 요리다. 우스타 소스로 간을 한다.

다케루는 쇼타의 눈빛을 피했다. 자신이 갑자기 쓸모없는 한심한 인간이 된 것처럼 느껴진다.

"형이 하나 있는데 지금은 회사 기숙사에 살아. 지금은 나 혼자야."

마스크 옆에 있는 펜싱용 검을 보며 대답했다. 마사루한테 받은 시합용이다. 플뢰레라는 종류의 검이었다. 펜싱에는 플뢰레fleuret, 에페epee, 사브르sabre 세 종류의 검이 있다. 검에 따라 경기 종목도 달라진다. 다케루도 형 마사루도 모두 플뢰레 종목의 선수였다.

"녹화나 보자."

다케루는 리모컨으로 티브이를 켰다. 하드 디스크에 녹화된 방송 리스트를 불러온다.

"와아, 많이도 녹화해놨네."

화면에 뜬 녹화 리스트를 보고 쇼타가 감탄한다.

다케루가 리모컨을 눌러 과거 방송까지 펼치자 쇼타가 "잠깐만!" 하고 외쳤다.

"저거 작년 월드컵이야?"

"다른 건 다 지웠는데 축구랑 스포츠 방송은 좀 남아 있어. 월드컵 시합은 일단 전부 녹화해뒀지."

일본 시합을 골라 리모컨을 누른다. 화면에는 축구 경기장이 비춰진다. 부부젤라 소리가 울려 퍼진다.

"이 카메룬 시합은 언제 봐도 황홀해."

"저기,"

쇼타 얼굴에 희색이 돈다.

"혹시 괜찮다면 다른 시합 보고 싶은 게 있는데."

"그래" 하고 흔쾌히 대답한 후 다시 리모컨으로 녹화 리스트를 열었다.

"어디 시합?"

"북한 대 브라질 시합."

"뭐, 북한전?"

예상 밖의 일이라 리모컨을 움직이던 손이 저절로 멈췄다.

"우리집이 쓰루미인데 가와사키 프론탈레³ 서포터야. 그래서 정대세 선수를 응원하거든. 해외로 갔지만 근성이 있는 선수지."

쇼타는 변명하듯 설명했다.

다케루는 별로 보고 싶지 않았지만 그러자며 리모컨을 눌렀다. 쇼타는 흰 치아를 드러내고 고맙다며 미소 지었다.

북한 시합은 본 적이 없었다.

J리그 선수였던 재일교포 3세, 정대세가 북한 국가대표로 나온 것은 알고 있었다. 알고 있었기에 북한 대표 시합을 보는 걸 망설이고 있었다.

그렇지만 한국과 북한의 해외 시합 결과가 신경 쓰였다. 시합이란 시합을 모두 녹화해둔 것은 한국과 북한의 시합을 저장해두고 싶은 소소한 의지의 발로였다.

시합이 시작되기 전에 북한과 브라질 양국 국가가 흘러 나왔다.

관중석에서 국가를 부르는 한복 입은 여성들의 모습도 화면에 비춰진다. 북한 선수들 얼굴이 순서대로 나온다. 정대세가 눈물을 뚝뚝 흘리며 북한 국가를 부르는 모습이 클로즈업된다.

다케루는 가슴이 먹먹해졌다. 정대세의 입장에 공감하는 것도 아닌데, 가슴이 뜨거워져 안절부절못하는 감정을 애써 억눌렀다.

쇼타는 정대세를 보며 눈물을 찔끔거리고 있었다. 아마 자신과는 아

---

3 가나가와현 가와사키시를 홈타운으로 삼고 있는 축구 클럽으로 1955년에 창립된 후지쓰 축구
부가 그 전신이다.

무 관계도 없으니 저렇게 속 편하게 감동할 수 있는 것일 게다.

다케루의 시선을 느낀 쇼타는 쑥스러운 듯 웃는다.

"내가 너무 단순해서 이런 거에 좀 약해. 근데 한국 국적이었는데 스스로 북한 선수가 되는 길을 택했다니 각오가 대단하다, 정대세."

"월드컵에 그만큼 나가고 싶었던 거 아니야? 그래서 북한 국가대표로 나간 거잖아. 일본 국가대표로 나갈 수준이 안 되니까 귀화도 포기한 거 아니냐?"

경솔하게 던진다. 쇼타는 찬성할 수 없다는 얼굴로 다케루를 응시한다.

"그래? 뭔가 이것저것 다 짊어진 사람처럼 보이는데."

쇼타는 화면에 시선을 돌려 정대세의 모습을 바라본다. 쇼타의 표정이 딱딱하다. 얘기는 거기서 끊겼다. 둘 다 조용히 티브이만 보고 있었다.

피자가 도착했나 보다. 벨 소리가 났다. 다케루는 피자를 가지고 오겠다며 방을 나가 가볍게 한숨을 쉬었다.

방으로 돌아오니 이미 시합이 시작되어 있었다. 피자를 먹으며 조용히 시합을 관전했다.

전반 10분쯤, 정대세가 드리블로 가져온 공이 골대를 빗나갔다.

"으아, 아까워! 여기까지 정대세가 가져왔는데."

쇼타가 중얼거렸다.

브라질을 상대로 북한이 건투 중이다. 시합은 긴박감이 있었다. 숨을 멈추고 시합만 지켜봤다.

그때 세쓰코가 과일을 가지고 올라온 것 같았다. 문틈으로 방 안쪽을 살핀다. 시합을 보느라 다케루는 일어나지도 않고 가져오라고 했다.

세쓰코는 방으로 들어와 시합을 보고 있는 다케루와 쇼타를 보고 과제는 끝났냐며 온화한 표정으로 묻더니, 둘이 보는 시합이 북한 경기인

걸 알고는 표정이 약간 굳어버렸다.

"피자 잘 먹었습니다."

쇼타가 머리를 숙이자, 세쓰코는 굳은 표정을 풀고 웃었다. 그러고는 거봉도 먹으라고 말하고, 조금 더 같이 있고 싶다는 아쉬운 표정으로 방을 뒤로 하고 나갔다. 쇼타는 방을 나서는 세쓰코에게 가볍게 눈인사를 했다.

전반전은 0대 0으로 종료됐다. 공을 쥐고 논 것은 브라질이었는데 북한도 끈기 있는 방어력을 보였다.

"꽤 하는데."

다케루가 솔직하게 말했다.

"이거, 당연히 북한에서도 방영했겠지? 아마 저쪽 사람들도 기뻐했을 거야."

쇼타가 혼잣말하듯 말했다.

"후반전은 포도 먹으면서 보자."

다케루는 거봉이 든 접시를 앞에 놓는다. 그러고 나서 리모컨으로 하프 타임을 건너뛰고, 후반 시합으로 돌린다.

"가을 시합 끝나면 이제 야구부 그만두려고."

담담하게 말한 쇼타는 거봉 두 알을 입안에 털어 넣었다. 심각한 이야기인데 심각함이 전혀 묻어나지 않았다.

"대학 가서도 야구 계속할 거 아니었어?"

다케루는 거봉을 먹으려던 손을 멈추고 물었다. 쇼타는 거봉을 씹어 삼키고는 "실은" 하고 입 주변에 묻은 과즙을 손으로 훔쳤다.

"우리 엄마 위가 안 좋아서 입원하셨어. 나도 지금 야구할 때가 아니야. 학비도 너무 많이 들고. 아르바이트 해야지 이러고 있을 수만은 없지. 돈을 좀 벌어야 해서 야구부에도 못 나갈 것 같아."

쇼타는 차분하게 이야기하며 "맛있으니까 더 먹을게" 하고 거봉 접시로 손을 뻗었다. 웃는 얼굴이 아니라 무표정했다.

"아버지는?"

"한심한 자식이라 도움이 안 돼."

냉랭하게 말하는 쇼타의 목소리는 아까보다 더 낮아져 있었다.

"그렇구나."

뭐가 그렇다는 건지 알 수 없었지만, 그렇게 말할 수밖에 없었다. 그때 화면에서 환성이 터져 나왔다. 브라질이 골을 넣은 것이다.

"아! 젠장, 먹었잖아!"

쇼타가 목소리를 높였다.

다케루는 자기도 모르는 사이에 주먹을 쥐고 정대세를 응원하고 있었다. 쇼타와 함께 정대세뿐만 아니라 북한팀을 응원하고 있었던 것이다.

15분쯤 지나, 다시 브라질이 골을 넣었다. 다케루와 쇼타는 동시에 큰 한숨을 내쉬었다.

그 후 브라질의 공격은 계속되었고 이제 남은 시간은 겨우 1분이었다.

정대세가 롱패스를 헤딩으로 받았다. 북한 선수가 드리블로 공을 몰고 가 왼쪽 다리로 골을 넣었다.

"한 점 넣었다. 가자!"

다케루가 환호성을 질렀다. 옆에서 신이 난 쇼타와 하이터치를 했다.

다시 골키퍼의 롱패스를 정대세가 받아 그대로 미들 슛을 날렸다. 하지만 공은 골대에서 한참 먼 곳에 떨어졌다. 다케루와 쇼타는 동시에 외마디 비명을 지르며 머리를 감싸 안았다.

눈 깜짝할 사이에 시합이 끝났다. 2대 1로 브라질이 이겼다. 힘이 쭉 빠진다.

"결과를 알고 본 건데도 아깝네."

쇼타가 억울한 듯 말했다.

"근데 참 잘했다. 좋은 시합이었어."

다케루가 말하자 쇼타는 작게 고개를 끄덕였다.

"일본전도 볼래?"

다케루는 리모컨을 쥐었다.

"아니야, 이제 가봐야겠어. 너무 늦었어."

집에서 나와 조금 걷다가 쇼타는 뒤를 돌아보고 고개를 꾸벅 숙였다. 다케루도 뒤돌아본다. 다케루와 쇼타를 배웅한 세쓰코가 여전히 문 앞에 서 있었다. 엄지손톱 정도의 크기였는데 손을 크게 흔드는 모습이 보였다. 다케루는 빨리 가자며 쇼타의 팔을 잡아끌었다.

밖은 이미 어둑어둑했다. 비는 아직 뿌리지 않고 있었다. 쇼타와 나란히 역까지 걸어갔다.

"다케루, 내일도 학교 안 올 거야?"

"모르겠어."

"펜싱 연습은 언제부터 할 건데?"

"음, 그러게, 조만간."

"무슨 일이 있었는지 모르겠지만 펜싱 그만두면 안 돼. 너라면 올림픽에 나갈 수 있을 거야."

쇼타는 진지한 표정으로 다케루를 응시한다. 쇼타의 시선이 두려워 바로 눈을 피했다.

"축구 경기 고마워. 우리집에서는 볼 수가 없었거든. 북한 시합은."

"왜?"

옆을 보자 쇼타는 눈을 내리깐다.

"나, 혼혈이야. 우리 엄마는 조선 국적을 가진 재일교포야. 아빠는 일본인."

"뭐, 정말이야?"

"응. 이것저것 잘 안 맞아서 부모님 사이가 나빠."

쇼타는 바닥을 본 채 살짝 웃었다. 다케루는 자신도 재일교포라고 말하고 싶었지만 차마 입이 떨어지지 않았다.

"그렇구나."

그게 최선이었다. 그리고 둘은 묵묵히 완만한 경사가 진 언덕을 내려갔다.

"과제 제출 좀 잘 부탁할게."

개찰구 앞에 멈춰 선다.

"어, 내가 제출할게. 잘 가."

개찰구 안으로 들어가려는 쇼타를 다케루가 "야, 쇼타" 하며 불러 세운다. 쇼타가 뒤돌아본다.

"전화번호 알려줄 테니까 앞으로 우리집에 전화하지 말고 문자 해."

쇼타도 흔쾌히 그러자고 한다. 서로 전화번호를 교환했다.

"너도 빨리, 감, 기, 나아."

쇼타는 장난치듯 웃었다. 다케루도 어느새 쓴웃음을 지으며 "그래" 하고 대답했다.

쇼타는 손을 흔들며 개찰구를 통과한다. 다케루는 전철을 타기 위해 계단을 올라가는 쇼타의 뒷모습이 보이지 않을 때까지 개찰구 앞에 서 있었다.

펜싱이 즐거워서 견딜 수 없던 초등학생 시절이 떠오른다. 누구보다 강해지기 위해 방과 후 매일 펜싱 클럽에 다니던 중학생 시절도 떠오른다. 방구석에서 뒹굴고 있는 검이 무작정 그리워졌다.

플뢰레 경기 중인 자신을 상상한다. 롱프르Rompre, 마르쉬Marche, 그리고 팡데부Fendez-vous로 맘껏 공격한다.

자연스럽게 발걸음이 빨라진다. 도중에 굵은 빗방울이 떨어지기 시작했다. 얼굴이 점점 젖어드는데도 아무렇지 않았다. 숨을 헐떡이며 현관문을 열었다.

"그래도 생각보다는 덜 젖었네. 근데 걔는 참 좋은 애 같던데. 요즘 애들 같지 않고……."

세쓰코가 따라와 혼자 중얼대기 시작한다.

숨을 헐떡이며 스니커즈를 벗고 "엄마" 하며 세쓰코의 말을 끊었다. '엄마'라고 오랜만에 불린 세쓰코는 당황스러운 표정을 짓는다.

"내일 펜싱부 갈 거니까 도시락 두 개!"

그렇게 말하고 계단을 올라갔다. 세쓰코는 잠시 후 "반찬은 고기랑 계란말이면 되겠지?" 하고 신이 난 목소리로 묻는다.

"아무거나. 귀찮게 왜 자꾸 물어봐."

등을 돌린 채 대답했지만 입가에는 절로 옅은 미소가 번졌다.

다케루는 입을 일자로 닫고 단숨에 계단을 달려 올라갔다.

다음 날 다케루는 나흘 만에 학교에 갔다. 밤새 태풍이 지나갔다. 그 탓에 하늘은 높고 맑게 개어 있었다. 다케루의 기분도 드높은 오늘의 하늘처럼 개어 있었다.

자리에 앉자마자 쇼타가 친근하게 다가와 "야, 다케루" 하고 불렀다. 다케루는 "어" 하고 곧바로 딴 곳을 보는 척했다. 조금 멋쩍었기 때문이다.

점심시간이 되어 다케루가 에나멜 가방에서 도시락을 꺼내려고 하자 쇼타는 자리를 뜨려고 일어섰다. 같이 점심을 먹으며 얘기라도 나누고 싶었던 다케루는 서둘러 쇼타를 붙잡았다.

"야, 우리 같이 점심 먹을래?"

"아니, 나는 학교 식당에서 카레 사 먹으려고 했는데."

쇼타의 어머니가 입원했다고 한 말이 떠올랐다. 도시락을 싸 왔을 리가 없었다.

"나 오늘 도시락이 두 개야. 맨날 배고파서 펜싱부 가기 전에 먹을 것도 가져오거든. 오늘도 두 개 가져왔어. 오늘은 도중에 안 까먹어서 지금 도시락이 두 개 있는데, 어차피 똑같은 도시락이니까 하나 안 먹을래?"

"너 그러다가 이따가 배고프면?"

"그럼 빵 사서 먹으면 되지."

쇼타는 잠시 생각하는 척 하더니 언제나처럼 흰 치아를 드러내고 미소 지으며 "그럼, 잘 먹을게. 고마워" 하고 도시락을 받았다.

쇼타와 나란히 앉아 도시락 뚜껑을 열었다. 다케루의 도시락에는 스키야키처럼 졸인 소고기와 우엉볶음이 들어 있었고 삶은 브로콜리가 얹혀 있었다.

쇼타에게 건네준 도시락에는 돈가스가 들어 있었다. 그리고 계란말이와 체리 토마토, 오이절임이 들어 있었다. 다케루의 밥 위에는 미리 깨소금이, 쇼타의 밥 위에는 후리카케[4]가 뿌려져 있었다.

세쓰코가 귀찮았을 텐데도 아들을 위해 다른 반찬을 넣어준 것이다. 상하지 말라고 넣어둔 보냉제도 보인다. 평소라면 눈치도 못 챘을 세쓰코

---

4 건조된 매실절임(우메보시), 잘게 썬 김, 깨소금 등 밥 위에 뿌려 먹게 만든 플레이크를 말한다.

의 꼼꼼함에서 어머니의 사랑을 느꼈다.

"우와, 끝내주게 맛있네."

쇼타는 계란말이를 입에 넣고 한마디 하고는 허겁지겁 도시락을 먹어 치웠다.

쌀 한 톨 남기지 않고 싹싹 먹어준 것이 고마웠다.

"잘 먹었어. 너희 엄마, 요리도 잘하시네."

쇼타는 빈 도시락통을 다케루에게 건넸다.

"우리집 아줌마? 그렇지도 않아."

"아줌마가 뭐냐?"

쇼타는 툭 내뱉고는 얼굴을 찌푸린다.

"너희 엄마, 너무 멋있고 좋으시던데."

"응?"

"아니, 아무것도 아냐. 자판기에서 우유 사 올게. 뭐 사례까지는 아니지만 네 것도 사 올게."

쇼타는 붙임성 있게 웃으며 교실을 나갔다. 다케루는 남은 도시락을 마저 먹었다.

소고기를 입안에 넣었다. 감칠맛이 난다. 고기를 씹으면서 이제 '아줌마'라고 부르는 건 그만둬야겠다고 다짐했다.

방과 후 펜싱부실로 갔다. 아직 아무도 없었다. 흰 재킷도 바지도 마스크도 모두 땀에 푹 절어 코를 찌르는 땀 냄새가 난다. 그런데 그 냄새가 오히려 편안하고 정겹게 느껴졌다. 가슴이 뛴다. 물건에 불과한 유니폼과 마스크가 냄새와 영접하여 새 생명을 얻은 것처럼 느껴진다. 그들은 다케루를 따뜻하게 맞아주었지만, 벽 쪽 선반 위에 놓인 마스크는 지금까지 어디서 뭘 하고 있었느냐고 야단치는 것 같았다. 한 달 만에 다시 잡은 연습용 검이 무겁게 느껴진다. 오래 쉰 탓인지 몸이 생각처럼 움직여주지 않는다. 그러나 땀으로 범벅이 될 때까지 운동을 하고 나니, 이루 말할 수 없는 상쾌함과 뿌듯함이 몰려왔다.

다케루는 진심으로 펜싱을 좋아했다. 플뢰레 검을 손에 들고 "아레!^{Arrêt}"란 소리를 들으면 상대방을 무찌를 생각만이 머릿속을 지배했다. 방어하다가 틈을 보고 공격한다. 1대 1의 싸움에서 매 순간마다 모든 열정을 쏟아부었다.

펜싱부 연습이 끝나고 곧장 집으로 향했다. 현관에 다케루와 같은 사이즈의 가죽신발이 놓여 있었다. 발뒤꿈치가 꺾인 다케루의 로퍼와 달리, 사회인의 발에 신겨 있던 그 구두는 반짝반짝 광이 났다. 형 마사루가 의외로 꼼꼼한 성격임을 떠올린다.

거실에서 세쓰코의 높은 웃음소리가 새어나온다. 무엇이 그렇게 재미있는지 세쓰코는 예전부터 마사루의 말이라면 끔뻑 죽었다. 지나칠 정도의 리액션도 따라붙었다. 요란하게 웃고, 때로는 감격해 했다.

마사루는 2개월 만에 집에 왔다. 다케루가 손목을 다치기 전, 귀화 신청 면담 자리에서 만난 이후 처음이다. 금요일이라 퇴근하고 잠깐 들른 것 같다. 누구 생일도 아닌데, 짐이라도 가지러 온 걸까? 여하튼 마사루가 있으면 세쓰코의 관심이 마사루에게 쏠리기 때문에 다케루는 오히려 마음이 가벼웠다.

지금도 세쓰코는 다케루가 집에 왔는데 쳐다보지도 않는다. 평소라면 문을 열자마자 현관으로 뛰어나왔을 것이다.

그런데 평소에는 귀찮기만 한 세쓰코가 자신을 보고 아무런 반응도 보이지 않으니 서운했다. 오랜만에 펜싱부에 갔다 와서 세쓰코가 자신을 크게 반겨줄 거라고 예측한 탓도 있다.

다케루는 빼꼼히 거실을 훔쳐본다. 소파에 나란히 사이좋게 앉아 있는 마사루와 세쓰코의 뒷모습이 눈에 들어와 얼른 시선을 떨궜다.

"어머, 벌써 왔니?"

세쓰코가 뒤돌아보고 마치 지금 알았다는 듯 말을 건다.

"이제 왔어? 어때? 손목은 좀 나았어? 오랜만에 운동하러 갔다며?"

마사루는 세쓰코로부터 잠시 펜싱부를 쉬고 있단 사실을 들었나 보다.

"그럭저럭."

다케루는 퉁명스럽게 대답했다.

"조급해하지 마. 천천히 다시 시작해도 돼. 감은 금세 돌아올 거야."

마사루는 나이 많은 형다운 말투로 말했다.

"마사루는 뭐 할 생각인데?"

세쓰코가 마사루에게 애교 섞인 말투로 질문하는 걸 보고 괜히 화가 나 2층으로 올라가려고 했다.

"다케루, 도시락통 꺼내놓고 가야지."

세쓰코가 시키는 대로 거실과 이어진 오픈 키친으로 갔다.

도시락통 두 개를 가방에서 꺼내 싱크대 위에 놓았다.

얼굴을 들자 세쓰코와 마사루가 노트북을 눈앞에 두고 얼굴을 맞대고 있다. 평소 다케루가 쓰던 컴퓨터다.

"왜 내 컴퓨터를 맘대로 가져왔어?"

다케루는 가시 돋친 목소리로 물었다.

"마사루한테 이것저것 좀 배웠어. 잠깐인데 좀 어때?"

"내 방에 맘대로 들어가지 말랬잖아."

다케루는 화가 난 표정으로 거실을 나가려고 했다.

"왜 그렇게 화를 내?"

마사루가 끼어들며 말했다.

"뭐가?"

퉁명스럽게 대답하며 나가려고 문을 열었다.

어차피 마사루처럼 잘난 아들도 아니니까.

"야, 다케루, 형 얘기 좀 듣고 가."

뒤를 돌아보자 마사루가 명랑한 웃음을 지으며 다케루를 보고 있다. 웬일인지 더 불쾌해진다.

"나? 지금 해야 돼?"

"잠깐이면 돼."

"그래, 잠깐 앉아서 주스라도 마셔."

세쓰코까지 잡아끈다. 한시라도 빨리 방에 올라가고 싶었던 다케루는 어쩔 수 없이 발을 질질 끌며 소파에 앉았다. 운동 후의 피로가 급속도로 몰려와 몸이 무겁게 느껴졌다. 소파에 파묻혀버릴 것만 같다.

"블러드 오렌지는 없어?"

시무룩한 표정이 된다.

"미안해. 아까 마사루 준 게 다야. 사러 갈 시간이 없었어. 오늘은 자몽 주스가 있는데."

다케루는 "흥" 하고 콧소리를 내고는 주스를 마셨다.

세쓰코가 여러 번 미안하다며 다케루 옆에 앉는다. 다케루는 세쓰코가 무슨 말을 하든 무시했다.

"실은 말야."

마사루가 긴장한 표정으로 말을 시작했다.

"엄마랑 다케루한테 말해두려고."

"응? 나한테도?"

의외였는지 세쓰코 목소리가 한 톤 높아진다.

다케루는 아랑곳하지 않고 크게 트림을 했다. 세쓰코가 눈썹을 약간 찌푸린 것처럼 보였다.

"뭐야? 뜸 좀 그만 들이고 빨리 얘기해."

다케루가 재촉하듯 빠르게 내뱉었다.

"야, 너, 왜 그래? 진정 좀 해. 그게, 귀화 신청 말인데."

마사루는 집안의 아킬레스건을 태연하게 입에 올렸다. 다케루라면 결코 귀화와 관련된 이야기는 화제로 삼지 못했을 것이다.

다케루는 마사루의 얼굴을 똑바로 쳐다보았다.

"미안해, 마사루야. 엄마 때문에 시간이 걸려서. 그렇지만 행정서사 선생님도 내년에는 어떻게든 될 거라고 하셨어."

몇 번을 들었을지 모를 세쓰코의 똑같은 변명이 좀 지긋지긋하다 싶어 다시 주스를 마셨다. 블러드 오렌지와 비교하면 산미가 강한 자몽 주스는 원래 별로 좋아하지 않았는데, 오늘따라 더 맛없게 느껴졌다.

"아니, 엄마 그 얘기가 아니야. 귀화 신청 취소하려고 해."

다케루는 침을 꿀꺽 삼켰다. 마사루는 대체 왜 저런 바보 같은 소리를 하는 걸까?

"왜? 조금만 있으면 허가가 난다니까 그러네."

세쓰코가 다급하게 덧붙였다.

"알고 있어. 근데 나는 그냥 이대로가 좋아."

다케루는 입안에 가득한 주스를 꿀꺽 삼키며 소파에서 일어섰다.

"이제 얘기 끝난 거지? 형이야 어쨌든 나는 귀화할 거야" 하고 내뱉으며 소파에서 멀어져 간다.

"마사루야, 왜? 엄마한테 더 자세히 얘기해줘. 왜 그렇게 마음이 변한 거니?"

세쓰코는 다케루에겐 신경 쓰지 않고 마사루에게 질문을 퍼붓는다.

계단을 올라가는 발걸음이 아까보다 무겁다. 양다리에 납을 잔뜩 달고 걷는 것 같다.

방으로 들어가자 마사루가 준 검이 맨 처음 눈에 들어왔다.

경기용 플뢰레 검. 이 검은 마사루가 시합 때 애용한 것이다. 해외 원정을 갈 때는 혼자만 색이 다른 여권을 들고 선수단 중에서도 건투했다.

마사루의 검을 들어본다. 다케루의 손에는 좀처럼 익숙해지지 않는다.

이대로 한국 국적을 유지한다면 일본 국가대표 선수로 출전할 권리가 생기지 않을 것이다. 한국인 커뮤니티와는 선을 긋고 일본인인 것처럼 살아왔는데 여권 색이 다르기 때문에, 해외에서 일본으로 입국할 때마다 재입국 허가를 받아야만 했다.

귀화를 거부하는 것은 무엇보다도 자신이 태어나 성장한 나라의 국가대표가 되어 펜싱을 할 수 없다는 걸 의미한다.

그런데 마사루는 왜 한국 국적으로 살아가기를 선택한 것일까?

"다케루, 잠깐 괜찮아?"

마사루의 목소리와 함께 노크 소리가 들린다. 이내 문이 열렸다.

"그 검으로 내가 전국체전에서 우승했지."

마사루가 다케루의 손을 물끄러미 바라보며 미소 짓는다.

"근데 형, 나는 이해할 수 없어."

"매사 너무 민감하게 받아들이지 마. 좀 앉자."

마사루는 다케루의 침대에 걸터앉는다. 다케루도 어쩔 수 없이 따라 앉는다.

"형은 억울하지도 않아?"

마사루와 나란히 앉았다. 눈을 마주치지 않으려고 손에 든 검만 만지작거렸다.

"펜싱은 기사도잖아."

마사루는 대체 무슨 소리를 하려는 걸까?

"기사도 정신의 기본은 상대방을 존중하고 정정당당하게 싸우는 거 아니냐?"

다케루는 "뭐 그렇다고 치자" 하고 대답했다.

"근데, 나는 내가 가짜 이름을 쓸 때마다 시합은 고사하고 정정당당함과는 거리가 먼 것 같다는 의구심이 들어. 그래서 앞으로는 그냥 본명으로 살아가려고 해."

"왜 갑자기 이제 와서?"

다케루는 일본 이름과 기사도 정신을 연관 지어 고민한 적은 없었다. 이것과 그것은 별개다. 왜 마사루는 그런 생각을 하게 된 걸까?

"회사 동료 중에 한국 이름으로 당당하게 살아가는 놈이 하나 있는데, 그런 생각이 들더라. 자기를 숨기고 살아가는 게 과연 좋은 건가 싶은."

마사루는 다케루가 가진 검을 낚아채더니 침대에서 일어나 자세를 취한다.

올해 처음 아시안컵에서 우승 골을 넣었고, 일본으로 귀화했지만 한국 이름을 쓰는 이충성 선수가 뇌리를 스쳤다. 그러자 다케루는 머릿속이 점점 혼란스러워졌다.

태어나서부터 한국 이름만 쓰고 살아온 것과 일본 이름으로 살아온 것은 전혀 다른 것이다.

태어나서 지금까지 써온 '도요카와 다케루'라는 일본 이름을 앞으로도 쓰고 싶고 일본 국적도 취득하고 싶다. 그러나 동시에 당당하게 한국 이름으로 살아가는 이충성 선수가 부럽게도 느껴졌다.

검을 내리치는 동작을 취한 후 마사루는 "그리고 말이야" 하고 다케루를 돌아보며 말을 이어갔다.

"해외로 원정 시합을 나갔을 때, 내가 한국인이란 사실을 들켜버렸어. 이제 와서 귀화해봤자 내 출신을 감출 수는 없을 거야. 그렇다면 그냥 있는 그대로 살아볼까 해. 실은 해외 시합에 나갈 때마다 얼마나 조마조마했는지 몰라."

다케루는 조용히 듣고만 있었다. 마사루의 말대로다. 귀화 허가가 나오지 않는 한 결국 한국 여권을 들고 국제 대회에 참가해야 할 것이다.

다케루는 초등학교 4학년 때 하와이로 가족여행을 갔다. 태어나서 첫 해외여행이었다. 그때 처음 한글이 적힌 여권에 자신의 사진이 붙어 있는 것을 보고 말할 수 없을 정도로 이질감을 느꼈다.

그리고 호놀룰루 공항에서 현지 투어 담당자가 "조 선생님"을 불러댔을 때, 자기 가족을 부르는 거라고는 생각지도 못했다. 그리고 '조 선생님'으로 불리는 것이 마냥 불쾌했다. 제발 '조 선생님'인 것을 숨기고 싶었다. 혹시나 아는 사람이라도 있을까 봐 불안해서 주위를 두리번거렸다.

마사루는 한숨을 내쉬고는 그리고, 하고 말을 내뱉었다.

"한국에서 온 진짜 한국 사람들은 우리를 교포라고 경멸하듯 부르고 일본 사람 취급을 하지. 후우, 하긴 그럴 수밖에 없지. 우린 한국말도 못하고 군대에 가는 것도 아니니까."

"그러니까 우리들은 결국 어느 쪽에도 발붙일 곳이 없다는 거지?"

"그래, 맞아. 소외감을 느끼지. 그래서 나는 나를 위해 펜싱을 하기로 정했어. 펜싱을 하는 의미에 대해서도 다시 생각하게 되었고."

"펜싱을 하는 의미?"

다케루는 마사루를 바라보았다.

"물론 첫 번째는 자기 자신을 위해서지. 그럼 두 번째는 무얼까? 자기 외에 다른 누구를 위해서 이렇게 열심히 훈련을 하는 걸까? 나라를 위해서? 그런 거라면 원래 일본인으로 태어난 사람이 하면 되겠지. 올림픽과 세계선수권에 일본 국가대표로 나가지는 못해도 주변에 있는 부원들, 회사 팀원들을 위해 정열을 쏟아붓는 것도 그렇게 나쁘진 않은 것 같아. 그러니까 올림픽에 나간 선수에게 진 게 아니다, 요즘은 그런 생각을 하게 되었어. 그리고."

마사루는 거기서 잠시 말을 끊었다.

"그리고?"

"내가 귀화하면 엄마 아빠의 삶을 부정하는 것 같아."

"그게 왜?"

"올림픽이든 월드컵이든 한일전 때 우리가 일본을 응원하는 걸 알면서도 엄마랑 아빠가 조용히 한국을 응원하고 있는 거 알고 있었니?"

"어어."

고개를 끄덕이고 보니, 모르는 바도 아니었다. 틀림없었다. 그래서 한일전은 부모님과 함께 보고 싶지 않았다. 부모와 자식 간에 미묘한 긴장감이 흘러, 일본을 응원하기가 꺼려졌기 때문이다. 어릴 때부터 피부로 느껴온 현실이다.

"아빠도 엄마도 지금까지 귀화 안 하고 살아오신 건 한국인으로 살아가는 길을 선택한 거잖아. 일본 이름을 쓰며 살아가는 건 어디까지나 편의상의 문제고, 우리를 위해서지. 그런데 마음속으론 둘 다 한국인으로서 자부심이 있으실 거야. 그래서 이번 귀화 신청도 우리 둘만 하라고 하셨잖아. 엄마 아빠는 앞으로도 한국 국적으로 살아가실 게 분명해."

무슨 대답을 하면 좋을까. 다케루는 언제나 한국 국적이어서 생기는 단점만 생각하고 귀화만을 꿈꿔왔다. 부모님 기분 같은 것은 상상도 해 보지 않았다.

"지금 성급하게 귀화할 필요는 없다고 봐. 나중에 또 어떻게 될지 모르겠고, 혹시 귀화를 할지도 모르겠지만, 엄마 아빠가 서운해할 것 같아서 지금은 그런 선택 안 할래."

그렇다, 마사루는 늘 부모님을 생각하는 모범적인 아들이었다.

다케루는 어릴 때부터 마사루의 등만 보고 좇아왔다. 동경하는 형이었다. 그러나 더 이상 마사루의 등만 보고 따라갈 수는 없을 것 같다. 한시라도 빨리 일본 국적을 취득하고 싶은 마음에는 조금도 변함이 없었다.

"형은 형 좋을 대로 해. 그래도 나는."

"알고 있어. 너는 빨리 귀화하면 돼. 올림픽에 나갈 수 있게 열심히 해."

마사루는 방을 나가려다 뒤돌아봤다.

"그 검, 운이 좋은 검이야. 베이징 올림픽 메달리스트한테도 이긴 검이라고."

문이 '탕' 하고 닫혔다.

다케루는 침대에 앉은 채로 손에 든 검을 잠시 노려보았다.

마사루가 집에 와 있는 덕분인지 주말 내내 세쓰코도 아버지 요스케도 기분이 좋아 보였다. 요스케는 평소에는 말이 없는 편이다. 다케루도 집에서는 말을 잘 하지 않아 대화를 나누는 일은 거의 없다. 그런데 마사루가 있으면 요스케도 수다스러워진다. 덕분에 집안에 활기가 넘쳤다.

다케루 앞에서 더 이상 귀화 이야기를 꺼내지 않았지만, 귀화하지 않겠다는 마사루의 선택이 두 사람을 기쁘게 만든 건지도 모른다. 다케루는 마사루의 생각을 조금은 이해할 것 같기도 했다. 하지만 그런 자신의 감정을 어떻게 소화해야 할지 몰랐고, 또 그런 자신의 생각을 어떻게 표현해야 좋을지도 몰라서 울적했다.

월요일 아침, 언제나처럼 세쓰코가 다케루를 깨우러 방으로 들어왔다.

"일어나, 아침이야."

다케루의 울적한 기분을 알아챈 것일까. 세쓰코의 목소리가 불안하게 들린다.

"너, 안 일어나도 되니? 벌써 일곱 시 반이야."

목소리가 점점 가까워진다.

"알았어, 시끄러워. 알았다니까."

다케루는 이불 안에서 나올 생각도 없이 대답했다.

"어서 일어나. 빨리 준비해야지. 도시락도 두 개 싸놨어."

세쓰코는 작은 목소리로 다케루의 눈치를 살피며 이불을 가볍게 톡톡 두드렸다.

"귀찮다니까. 왜 그래?"

다케루는 이불을 머리끝까지 끌어 올리며 몸을 움츠렸다.

"지금 일어날 거니까 빨리 나가."

낮은 목소리로 으르렁댔다.

세쓰코가 내뱉는 한숨 소리가 들려왔다. 다케루는 세쓰코가 방에서 나간 기색이 느껴지자 간신히 이불에서 얼굴을 내밀었다.

마사루와 대화한 후, 주말 내내 정신이 사나웠다.

학교에 가봤자 펜싱 연습이 제대로 될 리 없었다. 그래서 오늘은 좀 쉬고 싶었다.

아차, 그때 쇼타의 얼굴이 떠올랐다.

다케루는 이불을 박차고 침대에서 벌떡 일어났다.

점심시간이 되었다. 도시락 두 개 중 하나를 쇼타에게 건넸다.

미안하게 됐다며 다케루를 똑바로 쳐다보고 눈웃음치는 쇼타에게 괜찮다고 대답한다. 음침한 구석이라곤 조금도 없는 쇼타의 정직한 두 눈을 보고 귀화에 대해 한번 상담해보고 싶어졌다.

쇼타라면 다케루의 고민을 알아줄지도 모른다.

"너, 국적은 일본이지?"

다케루는 도시락 뚜껑을 덮으며 가능한 한 아무렇지도 않다는 말투로 물었다.

"어? 응, 나 일본 국적인데 왜?"

"어, 아니, 친구 녀석 하나가 귀화하려고 하는데 너희 어머니는 귀화하실 생각 없으시대?"

상담을 할 작정이었는데 친해진 지 얼마 안 된 쇼타에게 아직은 자신의 모든 것을 보여줄 용기가 생기지 않아서 친구 얘기라며 둘러댔다.

막 밥을 뜨려던 쇼타는 젓가락을 멈추고 다케루의 얼굴을 지그시 들여다본다. 다케루는 심장이 쿵쿵거리는 소리가 들릴까 봐 두려워 얼른 쇼타의 손으로 시선을 돌린다. 거짓말이 다 들통 난 것 같았지만 간신히 태연함을 가장하고 표정을 일그러뜨리지 않기 위해 애썼다.

"귀화."

쇼타는 다시 젓가락을 움직인다. 밥을 입안에 넣고 삼켰다.

"우리 외삼촌, 그러니까 우리 엄마의 오빠가 북한에 계셔. 옛날에 귀환 사업인가 뭔가를 했는데 그때 재일교포들이 다 같이 북한에 갔대. 외삼촌도 그런 분위기에 휩쓸려 북한에 가게 되었나 봐. 북한에 있는 오빠 걱정이 되니까 우리 엄마가 쉽게 귀화를 못 하셔. 그래서 엄마는 그냥 조선 국적이야. 우리 부모님이 부부싸움을 하는 이유 중 하나지."

쇼타는 간단하게 설명했다. 쇼타의 가족은 다케루가 상상하는 것 이상으로 복잡한 문제를 안고 있는 것 같았다.

"그렇구나."

다케루는 뭐라고 대답하면 좋을지 몰랐다. 별생각 없이 귀화 얘기를 꺼낸 것을 후회했다.

"이 계란말이, 간장으로 간했구나? 어쩜 이렇게 간이 딱 맞을까. 나는 설탕 넣은 것보다 이렇게 짭짤한 계란말이가 더 좋더라."

더 이상 귀화 얘기를 하고 싶지 않은지 쇼타는 화제를 바꾼다. 젓가락으로 계란말이를 덥석 집어 든다. 그리고 나서 무거운 공기까지 삼켜버리겠다는 듯 입안 가득 계란말이를 욱여넣었다.

다케루는 가져온 도시락을 매일 쇼타와 함께 먹었다. 쇼타는 매번 우유로 보답했다. 둘 다 귀화에 관한 얘기는 더 이상 화제에 올리지 않았다.

쇼타와 점심을 먹고 나면 펜싱을 하고 싶은 마음이 불끈 솟아올랐다. 더 잘하고 싶은 마음이 앞섰다. 시합에서 한 번이라도 더 이기기 위해 더 열심히 집중했다. 덕분에 다케루는 순조롭게 원래의 컨디션을 되찾고 있었다.

야구부는 간토 대회 토너먼트에 도전했는데 안타깝게도 결승을 남겨두고 패했다. 아쉽게도 쇼타는 마지막까지 후보 선수였다.

관동 대회에서 탈락한 다음 날, 쇼타는 학교에 오지 않았다. 감기에라도 걸렸나 싶었지만 다케루는 직접 얼굴을 보고 위로하고 싶다는 생각에 일부러 문자를 보내지 않았다. 사실은 가을 시합이 끝나면 야구를 그만두 겠다고 말한 쇼타에게 어떤 문자를 보내야 할지 마음이 무거웠다.

중간고사 기간 중에도 쇼타는 학교에 오지 않았다. 벌써 일주일째다. 다케루는 자신도 이유 없이 쉬고 있었던 것을 떠올리며 쇼타의 마음을 헤아려 봤다. 얼마 동안은 그냥 두는 것이 좋겠다는 결론을 내렸다. 쇼타가 다시 학교에 나올 때까지 괜한 연락은 하지 않기로 마음먹었다.

그런데 중간고사가 끝나고 그 다음 주가 되어도 쇼타는 학교에 돌아오지 않았다.

종례 도중에 불안한 마음이 들었다. 담임 선생님이 하는 말을 들으며 넌지시 옆자리를 보고 쇼타를 생각했다.

'어머니 상태가 많이 안 좋으신 걸까?'

"참, 쇼타는 사정이 있어서 자퇴했다."

담임 선생님의 말을 다케루는 믿을 수가 없었다. 쇼타가 야구를 그만 둔다는 사실은 알고 있었지만 설마 학교까지 그만두리라곤 생각지도 못했다. 고교 생활은 이제 얼마 남지 않은 상황이었다. 그동안 쇼타도 추천 입시로 같은 대학교에 함께 진학할 게 분명하다고 믿고 있었다.

종례 후, 휴대전화를 꺼내 쇼타의 연락처를 찾았다. 왜 그만두었는지, 잘 지내는지 묻고 싶었다.

그러나 다케루는 문자를 치기도 전에 휴대전화를 손에서 내려놓았다.

아무 말도 없이 떠난 쇼타에게 이제 와서 어정쩡하게 말을 걸어봤자 무슨 소용이 있을까. 부모님도 있고, 경제적으로도 윤택한 환경의 자신이 쇼타 집안의 복잡한 사정에 대해 묻는 것은 좀 주제 넘는 행위처럼 느껴졌다.

게다가 자신의 상처조차 돌보지 못하는 다케루에게는 쇼타를 생각할 자격도, 여유도 없었다.

펜싱 연습이 끝난 후 두 개째 도시락 뚜껑을 열면서 이제 쇼타와 만나지 못한다고 생각하니 외로움이 물밀듯이 밀려왔다. 쇼타가 칭찬한 세쓰코의 계란말이를 한입 베어 문다. 간장으로 간을 한 짭짤한 계란말이는 밥과 잘 어울렸다.

쇼타가 자퇴한 후, 가슴 한쪽에 작은 구멍들이 송송 뚫린 것 같았다. 다케루는 그 구멍을 메꾸려는 듯 연신 쌀알을 입안에 들이부었다.

하교 후에는 세쓰코와 둘이 마주 앉아 저녁을 먹었다. 회사를 경영하는 요스케는 늘 밤늦게 집으로 들어왔다.

"이 야키니쿠 소스말인데 신오쿠보에서 사왔어."

어쩐지 고기 맛이 평소와 다르다.

"신오쿠보에 사람이 엄청나더라. 관광지 같아. 엄마도 오늘 친구들이랑 처음 가봤는데 진짜 깜짝 놀랐어."

세쓰코는 한국 식재료를 파는 슈퍼가 재미있었다는 둥 된장찌개가 정말 맛있었다는 둥 기분이 좋은지 신나게 떠들어댔다.

"어어."

딱히 관심은 없지만 말을 끊기도 귀찮아 대충 대답했다.

"유명한 점쟁이가 있다길래 거기도 갔다 왔다. 근데 예약을 안 해서 점은 못 봤어. 한국 아이돌 굿즈 샵도 여러 개 있던데 어딜 가도 사람이 엄청나더라."

"어, 그래."

대충 한 귀로 흘려들었다.

"근데, 전에 우리집에 놀러온 쇼타랑 닮은 요즘 인기 있는 한류 스타 있잖아. 그래, 근짱! 장근석. 그 근짱 굿즈가 또 엄청나더라. 엄마도 내년

달력 하나 챙겨왔지."

"흠, 그래."

쇼타가 화제에 오르자 가슴이 바늘로 찌르듯 쑤셨다.

"쇼타는 잘 지내?"

다케루는 애매하게 고개를 끄덕였다.

"걔 참 괜찮더라. 또 놀러오면 좋겠는데."

세쓰코의 얘기 하나하나가 다케루의 신경을 자극한다. 밥 먹는데 무슨 말이 이렇게 많을까? 하나가 끝나면 다른 이야기가 또 하나 시작된다.

"쇼타도 그렇게 시간이 많은 애는 아니야."

식사를 반쯤 남기고 젓가락을 놓는다. 도시락을 먹은 지 얼마 되지 않아서인지 금세 배가 불렀다.

"벌써 다 먹은 거야?"

"고기는 맨날 먹는 그 소스가 더 나아."

화가 난듯 말하고 식탁에서 일어났다.

새해가 밝았다. 3학기에 들어서자 펜싱 실력은 점점 늘었다.

감독한테 봄방학에 해외 시합에 나가지 않겠느냐는 타진을 받았다. 부속 대학팀 원정 경기에 따라 가서 실력을 쌓고 오라고도 했다. 특별히 동행시켜주겠다는 것이다.

펜싱협회는 런던 올림픽을 위해 베이징에 이어 플뢰레를 강화하고 있는 중이었다. 올림픽을 앞두고 대학에서도 유망선수를 키울 계획으로 보인다.

다케루는 2주 전에 법무국에 불려가 부모님과 함께 면담을 했다. 귀화 신청을 한 후 벌써 다섯 번째다. 이쯤에서 귀화 허가가 나와도 좋을 법

한데 아직 허가가 떨어지지 않았다. 다케루는 여전히 한국 국적인 상태다. 봄방학까지 허가가 날지 어떨지 여전히 알 수 없는 상황이었다.

이런 상황에서 해외에 간다는 것은 한국 여권을 가지고 간다는 의미다. 그것은 곧 자신이 한국인임을 스스로 또 한 번 인식하는 일이며 주변 사람들에게도 탄로가 날 게 분명했다.

해외에 나가 힘을 겨루고 실력을 쌓고 싶다. 하지만…….

다케루는 영 반가운 소식이 없는 귀화 신청 때문에 분노가 치밀었다. 이 상태로 해외에 나갈 용기도 없었다. 그래도 이런 기회는 자주 오는 것이 아니다. 마음만 초조해진다.

마사루와 상의해볼까? 그러나 마사루는 귀화에 대한 입장이 다케루와는 전혀 다르다.

휴대전화를 들고 잠시 주저한 후, 마음을 굳게 먹고 쇼타에게 문자를 친다.

—오랜만이다. 잘 있지?

그 상태로 화면을 뚫어져라 보고 답장을 기다렸다. 심장 고동 소리가 귀에까지 들릴 정도였다.

금세 답 문자가 왔다.

—잘 있어. 너도 잘 있지?

다케루는 쇼타에게 만나고 싶다는 의사를 표현했다. 몇 번쯤 문자를 주고받은 후 주말에 만나기로 약속했다. 다케루는 쇼타와 만난다는 것만으로도 고민이 절반쯤 해결된 것 같은 편안한 마음이 되었다.

일요일, 다케루는 이케가미역 앞에서 쇼타와 만나기로 했다. 쇼타가 이케가미역 근처 편의점에서 아르바이트를 하고 있다기에 아르바이트가 끝나는 시간을 약속 시간으로 잡았다.

지유가오카에서 도큐 도요코선을 타고 다마가와역에서 내린다. 거기부터는 3량짜리인 다마가와선으로 갈아타고 가마타까지 가면 된다. 가마타에서 다시 이케가미선으로 갈아탔다.

이케가미선을 타고 두 번째 역인 이케가미역에서 내려, 플랫폼 안에 있는 건널목을 건너서 개찰구로 나온다. 역은 매우 오래된 로컬 노선인데, 유명한 절인 이케가미 혼간지와 가까워서인지 역 앞에는 오가는 사람들도, 교통량도 생각보다 많았다.

전철역과 연결된 건물에는 주마다 변경되는 가판대에서 노점상이 물건을 팔고 있었다. 이번 주 상품은 가발인 모양이다. 가발 가판대 맞은편에는 복권 매장이 있고, 그 옆에 작은 편의점이 있었다. 한 번도 들어본 적 없는 이름의 편의점이었다. 편의점은 초라했다.

쇼타가 일하는 편의점이니까 당연히 세븐일레븐이나 패밀리마트, 로손 중 하나라고만 생각했는데 아무리 봐도 이 낯선 편의점이 틀림없는 것 같다. 눈앞에 버스 정류장이 있어 버스가 빈번하게 오가는데도 한산해 보였다.

가게 앞에서 슬쩍 안을 들여다보고 있을 때 등 뒤에서 이름을 부르는 소리가 들렸다. 뒤돌아보니 쇼타가 여전히 흰 치아를 드러내고 미소 짓고 있다.

까까머리가 많이 자란 쇼타가 부쩍 어른처럼 보였다. 햇볕에 탄 구릿빛 피부가 어느새 하얗게 원상태로 돌아와 있었다. 피부가 하얀 쇼타는 좀 예민하고 까다로워 보였다.

"잘 왔어. 나 보려고 이케가미까지 오느라 수고했어."

"뭘 이런 걸 가지고."

"지금은 외할머니 집에서 살고 있어. 엄마가 입원하신 후에 아빠랑은 사이가 나빠져서 가출하고 싶었거든. 그 자식, 자기 마누라가 아픈데 일할 생각도 안 하더라."

아빠라는 단어를 입에 올릴 때 쇼타의 눈빛이 날카롭게 번득였다.

"어머니는 좀 어때?"

"한 번 퇴원하긴 했었는데, 연말에 몸이 다시 안 좋아져서 또 입원하셨어."

쇼타는 대사를 딱딱하게 읽는 배우 같았다.

쇼타가 예전에 어머니는 그냥 위장병이라고만 했는데 실제론 더 무거운 병 같았다. 병에 대한 화제도 피해야겠다 싶었다.

"금방 졸업인데 갑자기 학교를 관둬서 깜짝 놀랐어."

"학비를 외할머니가 내주시니까 미안해서. 엄마 입원비도 있고. 그리고 나도 되도록이면 엄마 보러 자주 병원에 가고 싶거든. 그래서 검정고시 보려고. 언젠가 장학금 받아서 대학도 갈 거야."

"그렇구나."

야구에 대해 물어볼까 하다가 참기로 한다. 쇼타의 상황을 생각하니 가볍게 물을 수가 없었다.

"그런데, 너 펜싱은 어떻게 됐어?"

해맑은 얼굴로 쇼타가 묻는다.

"그럭저럭."

"올림픽이 꿈 아니었나?"

"맞아."

쇼타한테 미안한 마음이 들어 머리를 긁적였다. 화제를 바꾸고 본론을 꺼내려고 했는데 쉽게 나오지 않는다.

"저기, 실은 너하고 상의할 게 있어."

"상의? 그거 내가 해줄 수 있는 거야?"

"여기 주변에 스타벅스 같은 거 없어?"

주변을 둘러본다.

"그럼, 우리 외할머니 집으로 가자. 지난번에 내가 너희 집에 놀러갔으니까 오늘은 네가 오면 어때?"

쇼타가 제안하자마자 휴대전화 진동 소리가 들려왔다. 말머리를 잘린 다케루는 대답도 못 하고 쇼타를 쳐다본다.

쇼타는 청바지 엉덩이에 붙어 있는 주머니에서 전화를 꺼내 착신을 확인한 후, 어, 하고 혼잣말을 한다.

쇼타의 손에 들려 있는 휴대전화 진동이 멈춘다. 휴대전화에는 반쪽짜리 하트 모양의 은색 스트랩이 달려 있다. 예전에 전화번호를 교환했을 때는 달려 있지 않던 스트랩이다.

"안 받아도 돼?"

스트랩을 보며 물었다.

"괜찮아. 아무것도 아냐."

대답하자마자 쇼타의 등을 탁 치는 소리가 났다.

"아프잖아" 하고 쇼타가 뒤를 돌아본다. 등 뒤에 키 작은 여자아이가 서 있었다. 쇼타와 똑같은 스트랩을 건 휴대전화를 한 손에 들고, 밝게 염색한 긴 머리를 손으로 만지작거렸다.

나이는 다케루와 비슷해 보인다. 짧은 스커트와 니하이 삭스 사이로 보이는 가느다란 다리에 일순 동요했다.

"뭐야! 오늘은 안 된다고 했잖아. 근데 너 여기 뭐하러 왔어? 바로 옆에 있으면서 전화한 거야?"

쇼타는 민폐라는 듯 화를 냈지만 말투와는 달리 얼굴은 희색을 띠고 있었다.

"그냥 친구라고 했지만 여자일지도 모르니까 내가 확인해야지. 편의점 앞에서 계속 기다렸어."

"야, 나 남고 다녔다고 했잖아."

"너는 그렇다고 하지만 여자들이 너를 가만 안 둘 것 같잖아."

사랑싸움인가? 더 이상 들어줄 수가 없다.

"엇, 미안해" 하며 쇼타가 다케루 쪽을 본다.

"같이 알바하는 애야."

"안뇽?"

여자아이는 귀엽게 보이려는 듯 손을 볼에 가져다 대고 애교를 잔뜩 부리며 인사했다. 굳이 따져본다면 귀여운 축에 속할 것이다.

"여자친구야?" 하고 묻자 여자아이는 "응!" 하고 크게 고개를 끄덕였다.

"아직 사귄 지 얼마 안 됐어."

쇼타는 별일 아니라는 듯 냉정하게 대답한다. 여자아이는 환한 표정으로 오늘로 2주째 된다고 덧붙이고는 자기가 먼저 고백했다며 쇼타의 팔짱을 낀다.

쇼타는 여자아이가 하는 대로 내버려 둔다. 늘 보던 그 쿨한 얼굴이 아니라 입이 귀에까지 걸려 있는 처음 보는 얼굴이었다. 쇼타가 저런 표정을 짓다니 믿을 수가 없었다. 다케루는 두 사람에게서 눈을 떼고 자기가 신은 스니커즈만 쳐다보았다.

남자고등학교에 다니며 펜싱에만 빠져 살아온 다케루에게 여자친구를 사귈 기회는 없었다. 그런데 엄마가 병원에 입원해 계시는 데다 고등학교도 중퇴한 쇼타에게는 여자친구가 있다. 생각보다 행복해 보이는 모습을 보니, 왜 그런지 조금 맥이 빠졌다.

다케루도 여자친구를 사귀고 싶었다. 쇼타가 마냥 부럽다.

"근데 이름이 뭐야?"

여자아이가 타케루에게 묻는다.

다케루는 얼굴을 들고 "도요카와 다케루"라고 작은 목소리로 중얼거렸다. 그렇다, 자신의 이름은 '조 다케루'가 아니라 틀림없이 '도요카와 다케루'다.

"나는 리리."

리리가 웃는다. 쌀쌀한 날씨에 볼 터치를 한 것처럼 홍조를 띤 얼굴에 보조개가 드러난다.

"야, 너는 이제 집에 가. 나는 다케루랑 할 얘기가 있어."

쇼타가 리리의 팔을 떼어내며 말한다.

리리는 싫다며 볼을 부풀린다. 그리고 다케루를 향해 다시 미소 짓는다.

"다케루야, 나도 같이 가도 되지?"

고양이 같은 목소리로 말하며 다케루를 지그시 바라본다.

가슴이 두근거려 눈을 맞추지도 못하고 리리의 볼만 쳐다본다.

"어, 음, 뭐, 근데" 하고 간신히 대답했다.

리리는 마지막에 말한 '근데'가 들리지 않았는지 아니면 못 들은 척하는 건지 "괜찮다잖아" 하며 쇼타를 올려다본 후, 고맙다며 별안간 다케루를 얼싸안았다.

샴푸 향이 살랑살랑 코를 간지럽힌다. 보드라운 몸의 감촉이 느껴지자 깜짝 놀란 다케루는 자기도 모르게 리리를 밀쳐내고 뒷걸음질 쳤다. 심장이 두근두근 요란하게 고동쳤다.

리리는 아무 일도 없었다는 듯 이번엔 쇼타의 팔짱을 끼면서 "괜찮다잖아, 쇼타" 하고 교태를 부리며 몸을 기댔다.

"너 정말 괜찮아, 다케루?"

쇼타가 의심스러운 눈초리로 말했지만 그런 쇼타도 내심 리리가 함께 있는 편이 더 즐거울 것이 분명했다.

다케루는 고개를 끄덕였다.

오늘은 쇼타에게 귀화 얘기는 꺼내 보지도 못할 것 같다.

쇼타와 리리가 팔짱을 끼고 걸어간다. 다케루는 1미터쯤 뒤에서 따라 걸었다. 리리는 껌을 짝짝 씹으며 가끔 쇼타에게 말을 걸고는 환하게 미소 지었다.

옆에서 보니 얼굴이 희고 보들보들했다. 숨이 멎을 것만 같아 황급히 시선을 돌렸다.

리리와 쇼타는 키스했을까? 사귄 지 2주라니 아직일까? 혹시 생각보다 진도가 더 나간 건 아닐까?

리리의 부드러운 감촉이 떠올라 다케루의 몸이 무턱대고 뜨거워졌다.

"우리 할머니 집인데 같이 살고 있어."

쇼타가 멈춰 섰다. 눈앞에 가나에(김)라고 적힌 명패가 콘크리트 벽 안에 콕 박혀 있다. 명패를 보니 정신이 번쩍 들었다.

일본 성 옆의 괄호 안에 적힌 '김'이라는 성이 재일교포의 상황을 잘 나타내고 있었다. 이런 식으로 따지면 다케루네 집 명패에는 '도요카와(조)'라고 써야 할 것이다. 그렇지만 명패에까지 자신이 한국인임을 드러낼 까닭은 없을 것이다. 온 세상에 재일교포라고 1년 365일 떠들 이유는 없었다.

괄호 안에 '김'자를 넣은 것이 그나마 다행인지도 모른다. 그렇다 쳐도 다케루네 가족은 자신들이 재일교포란 사실을 구태여 드러내 가며 살고 있지는 않았다. 명패에는 어디까지나 '도요카와'라고만 적혀 있었다.

"왜 성이 두 개나 적혀 있는 거야?"

리리가 직선적으로 쇼타에게 물었다.

"우리 외할머니네는 본래 성은 김씨인데, 일본에서는 가나에라는 성을 쓰고 있어. 더 정확하게 말하자면 외할아버지 성이 김씨고 외할머니 성은 이씨지만."

"무슨 소리를 하는 건지 도통 이해를 못 하겠네."

리리는 입에서 껌을 꺼내 은박지로 쌌다.

"뭐 우리집이랑 비슷하네. 우리집 우편함에는 메인으로 고마다라고 적혀 있는데, 괄호 안에는 다른 성이 여러 개 적혀 있거든."

"리리 너, 성이 바뀌었어? 지난주까지는 '사가와 리리'였잖아."

쇼타가 깜짝 놀라 묻는다.

"응, 엄마가 사가와랑 헤어졌어."

어두운 가족사가 계속되자 다케루는 바닥만 보고 있었다.

"근데 다케루라고 했지? 왜 그렇게 표정이 심각해? 별거 아니야. 우리 엄마가 세 번이나 결혼을 했거든. 엄마가 결혼할 때마다 내 성이 바뀌었어. 엄마 전전 남편은 다카하시, 전 남편은 사가와, 엄마 원래 성은 고마다. 그리고 첫 결혼상대인 진짜 우리 아빠 성은 다치바나. 나는 다치바나 리리가 제일 맘에 드는데. 뭔가 연예인 같지 않아? 멋있지?"

리리는 쫑알쫑알 자초지종을 설명한다.

"성이 여러 개면 좀 어때? 괜찮아. 나는 어차피 리리고, 쇼타는 쇼타일 뿐이잖아."

리리는 쇼타를 보며 환하게 웃었다.

"야, 괜찮긴 뭐가 괜찮아? 너희 집이랑은 사정이 다른 거 몰라? 재일교포는 이것저것 복잡하다고."

쇼타의 목소리가 리리를 야단치는 것처럼 들렸다.

다케루도 쇼타의 말에 하마터면 고개를 끄덕일 뻔했다. 깜짝 놀라 동작을 멈췄다. 여기서 동의해버리면 자신이 재일교포란 사실이 발각되고 말 것이다.

"그래? 그건 네가 너무 심각하게만 생각하는 거 아냐?"

재일교포라는 입장에서는 리리처럼 가볍게 생각하고 넘길 수가 없는 일이었다.

"어쨌든 들어와. 할아버지, 할머니는 오늘 결혼식 가셔서 안 계셔."

쇼타가 열쇠로 현관문을 열었다. 1층짜리 단독주택은 아주 오래된 낡은 건물이었다. 현관에 들어서자마자 마늘 냄새, 아니 김치 냄새가 코를 찌른다.

"누구 결혼식?"

리리가 묻는다.

"우리 외할머니가 옛날부터 중매를 해주거든. 오늘도 외할머니가 주선한 커플이 결혼식을 하게 되어서 축하해주러 갔지."

"중매? 와, 재밌겠다! 우리 엄마도 좀 소개해주지. 부자로 꼭 좀 부탁할게."

리리가 천진난만하게 주문했다.

"그건 힘들걸. 할머니는 재일교포 전문이야."

"그게 뭐야? 아까부터 재일교포, 재일교포 그러는데 그게 뭔데?"

리리의 질문에 쇼타는 그런 것도 모르냐며 놀란 표정을 지었다.

"내가 그걸 어떻게 알아? 그게 뭔데?"

"일본에 살고 있는 한반도 출신자를 말하는 거야."

"한국인? 일본에 자주 오는 K-POP 아이돌이나 한류 스타 같은, 그런 한국인?"

"아니라니까. 더 옛날부터 일본에 와서 살고 있는 사람들. 할아버지, 할머니 같은 사람들 말이야. 아주 옛날에 일본에 건너와서 쭉 여기서 살고 있어. 수십만 명쯤 될걸."

"그렇게 많아? 왜? 왜 그렇게 많아? 그럼 쇼타네도 그 재일교포라는 거야? 그래서 여기서 이렇게 고깃집 냄새가 나는 거구나. 쇼타는 한국 사람이야? 나는 몰랐네. 요즘 한국 문화가 유행이잖아. 우와, 멋있다! 엇, 그러고 보니 쇼타, 장근석이랑 닮았네."

리리의 무지함에는 입을 다물 수가 없을 지경이다. 말이 통하지 않는다. 아니, 짐작건대 평범한 여고생들이 아는 한국이란 저 정도가 전부일지도 모른다.

"리리한테는 나중에 다시 천천히 설명해줄게. 일단 들어와."

쇼타는 색 바랜 낡은 슬리퍼를 꺼냈다. 대충 발에 걸치고 먼저 들어간 리리와 쇼타를 따라간다.

좁은 복도를 지나 다다미방으로 들어간다. 바닥은 나뭇결이 닳아 금방이라도 구멍이 날 것 같았다. 벽과 천장, 놓여진 가구도 모두 허름해 보였다. 생활하기 편해 보이지는 않는다. 게다가 집안 공기가 차갑게 식어 있었다. 바깥과 다를 바가 없었다.

"우리집도 낡았지만, 쇼타네도 대단하네. 무슨 고도 경제성장기 시절도 아니고."

리리는 집안을 두리번거린다.

쇼타는 다다미방으로 다케루와 리리를 부른 후, 케케묵은 석유스토브에 불을 붙였다. 다케루는 석유스토브 자체를 난생 처음 봤는데, 기름 냄새가 역겨웠다.

"금세 따뜻해질 거야."

"이렇게 아무도 없을 때 찾아와서 미안해."

"밖에 있는 것보다 낫지?"

쇼타는 어딜 봐도 한국 냄새가 물씬 풍기는 상 앞에 방석을 내놓는다. 비슷한 상을 예전에 야키니쿠집에서 본 적이 있다.

"앉아. 마실 것 좀 가져올게. 찬 거밖에 없을 거야."

"나도 같이 갈래."

리리는 쇼타와 함께 부엌으로 갔다.

다케루는 방을 두루 살피다가 방석 위에 앉는다. 옷장 위에 흑백 사진이 진열되어 있다. 저 사람이 북한에 갔다는 외삼촌인가?

부엌에서 휴대폰 착신 멜로디가 들려왔다. 다케루도 귀에 익은 일본 최신 가요였다. 가수가 누구인지는 생각나지 않았다.

잠시 후 리리가 큰일 났다고 소란을 피운다. 복도를 헐레벌떡 뛰어가는 발소리가 들린 뒤 이내 미닫이문이 난폭하게 닫히는 소리가 들려왔다.

쇼타가 캔 주스 두 개와 쿠키가 그려진 상자를 들고 방으로 들어온다.

"할머니가 받아오신 선물이야. 쿠키는 그냥 그래. 이건 너희 집에서 마셨던 진짜 맛있는 오렌지 주스."

"블러드 오렌지. 맛있지. 고마워."

다케루는 주스 캔을 받는다.

"리리는 급한 볼일이 생겼다고 집에 갔어. 리리 때문에 미안했어."

"뭘. 별거 아니야. 괜찮은 애 같던데."

"좀 맹하긴 한데, 솔직하고 귀여워. 편견도 없고."

리리를 떠올렸는지 쇼타는 흐뭇한 표정이었다.

이럴 때 쑥스러움은 온전히 다케루의 몫이 된다. 다케루는 연애의 기쁨에 달뜬 쇼타에게서 눈을 떼고 도코노마에 둘로 나뉘어 쌓여 있는 사진을 보고 시선을 멈춘다. 다케루의 시선을 눈치 챈 쇼타가 "아아, 저거" 하고 말한다.

"맞선 사진인데 재밌으니까 한번 볼래?"

쇼타는 도코노마로 가서, 맨 위에 올려진 사진첩을 양쪽에서 하나씩 가져와 다케루에게 준다.

다케루는 흥미진진한 표정으로 반절로 접힌 사진첩을 펼쳤다. 사이에는 봉투가 끼어 있었다.

사진 속에는 한복을 입은 여성이 미소 짓고 있다. 배우처럼 아름답다.

"엄청 예쁘네."

"여자는 예쁠수록 금세 결혼 상대를 찾을 수 있대. 남자는 학벌, 직업, 경제력이 우선이지, 웬만해서는 얼굴은 잘 안 봐."

"그럴 줄 알았어."

"맞선이니까 당연히 조건이 먼저지. 그 봉투 열어봐. 신상명세서가 들어 있거든. 한번 봐봐."

쇼타가 시키는 대로 봉투에서 편지지를 꺼내 든다.

한국 이름, 일본 이름, 본적지, 학력 등 다양한 데이터가 적혀 있다. 그 여성의 한국 성은 '김'이었고, 일본 성은 '가네야마'였다.

"이쪽은 남자."

쇼타가 나머지 사진첩을 펼친다. 안경을 쓴 고지식해 보이는 남자가 양복을 입고 이쪽을 노려본다. 남자는 살짝 삼백안三白眼으로 보인다.

"남자는 별론데."

다케루가 그렇게 평하자, 쇼타는 남자 사진 사이에 끼어 있던 봉투를 다케루에게 건넸다. 다케루는 편지지를 꺼내 글자를 따라 읽는다. 아까 본 여자의 신상명세서와 같은 서체로 경력이 적혀 있다.

"할아버지는 할머니가 불러주는 대로 신상명세서를 쓰거든. 다 할아버지가 쓰신 거라 필체가 똑같아. 맞선에 불필요한 정보는 생략하기도 한대. 어떻게든 두 사람을 만나게 하는 게 가장 중요하거든."

"으흠. 그렇구나. 이런저런 방법이 있구나."

신상명세서를 읽는다. 남자의 한국 성은 '조'였다. 일본 성도 다케루와 같은 '도요카와'였다. 다케루는 괜히 불안해져 신상명세서에서 눈을 뗐다. 마침 쇼타와 눈이 마주쳤다.

"맞선이 성사되어야만 보수가 들어오거든. 잘 돼야 먹고살 수가 있으니까. 그래서 우리 외할머니가 악착같이 짝을 찾아주시지."

"그럼 이 사람처럼 도쿄대 나와서 연구소 같은 데 취업하면 맞선에선 승승장구래?"

다케루는 동요하는 기분을 내색하지 않으려고 부자연스러울 정도로 밝은 톤으로 말하며 봉투에 편지지를 집어넣은 후 쇼타에게 건넸다.

"근게 그게 참 웃겨. 이 두 사람이 지금 할머니가 제일 미는 사람들인데, 잘 안 된단 말이야. 할머니도 고군분투 중이셔. 이 남자는 학력은 좋은데, 이상하게도 사진 때문에 계속 거절을 당해. 그래서 아직 한 번도 선을 못 봤대. 이 여자 같은 경우엔 여자 쪽이 계속 거절을 하고 있고. 여하튼 재일교포란 건 불편한 거야. 일본인이랑 결혼하면 그것도 또 문제가 많지. 그렇다 보니 결국 교포들끼리 선을 보는 거고. 그걸 더 선호하는 사람들이 아직도 있으니까. 하긴 뭐, 우리 부모님을 보면 한국인과 일본인의 결혼은 어쨌든 쉽지 않아."

쇼타는 신상명세서가 든 봉투를 각각 사진 속에 끼워 넣은 후, 일어나 도코노마의 원래 자리에 두었다.

"저렇게 많은 사진이 다 맞선용이야? 근데 맞선은 왠지 복잡하고 귀찮을 것 같은데. 게다가 계속 퇴짜 맞으면 스트레스가 엄청날 텐데. 나는 머리도 나쁘고 얼굴도 별로고 키도 작아. 할 줄 아는 거라곤 펜싱밖에 없어. 나 같은 놈은 맞선 시장엔 발도 못 들이겠다."

동요했기 때문인지 다케루는 어쩐지 좀 수다스러워진다. 침착하자고 생각하고 주스 캔을 따서 꿀꺽꿀꺽 마셨다.

차가운 음료를 마시니 오싹하다. 온몸이 꽁꽁 얼어버릴 것 같았다. 냉기를 떨쳐보려고 심호흡을 했다. 시합 전에 바짝 쫄았을 때 자주 쓰는 방법이다.

"성격이 안 맞아서 잘 안 되는 건 어쩔 수 없다 쳐도, 때로는 본적지 때문에 점쟁이가 궁합이 안 좋다고 둘러대서 만나보지도 않고 거절하는 경우도 있는 것 같아. 어른이 되어서도 부모가 시키는 대로만 하는 것도 문제지만."

그렇게 말하며 쇼타는 자리에 앉았다.

"너무들 고지식하다."

"응, 재일교포 사회란 게 고지식한 거 투성이야."

"음, 그렇구나."

마치 남 얘기하듯 대답했다.

"참, 리리도 없는데 할 얘기가 있다고 하지 않았어?"

"예전에 말한 친구. 귀화하려고 한다는 한국 국적의 교포 친구 얘긴데 그 자식이 고민 중인 것 같아서. 소중한 친구라 얘기를 좀 들어줬는데 나는 잘 모르겠더라고. 쇼타는 그 애 마음을 잘 헤아려줄 것 같아서."

"걔는 고민이 뭐래?"

"잘은 모르겠는데 자기를 숨기고 사는 게 싫다나 뭐라나. 뭐랄까, 이것 저것 생각 중인 것 같아. 자기는 대체 누구일까, 그런 생각을 하는 것 같았어. 귀화를 해도 될지 신중하게 고민 중인 것 같고."

쇼타가 잠시 숨을 내쉬더니 "그게 말이야" 하고 말을 시작한다.

"일본 영주권을 가진 한국 국적의 재일교포로 살아갈지 아니면 귀화를 선택해서 일본 국적을 가지고 살아갈지는 개개인의 기분 문제야. 한반도로 돌아갈 생각이 없으면 불편한 외국 국적으로 살아가기보다 귀화해서 일본 국적이 되는 편이 훨씬 낫지. 국적을 바꿨다고 갑자기 뼛속까지 일본인이 되는 것도 아니고. 미국 시민권처럼 생각하면 되는 거야. 그렇지만 일본에 살면서 귀화를 한 후에도 한국식 이름을 쓰려면 용기가 필요하지. 여간 어려운 일이 아니야."

"그럴지도 몰라."

다케루는 자신이 당사자인 걸 들키기 싫어서 들리지도 않게 말했다.

"물론 한국인 또는 조선인으로서의 자존심 같은 것이 있을지도 모르고, 또 그것을 마음의 지주로 삼아 역경을 견뎌내는 사람들도 있다고 보는데."

쇼타는 자기 캔을 소리 나게 땄다.

"그런데?"

"우리 엄마랑 아빠가 하도 싸워대니까 한번은 화가 나서 자포자기 심정으로 일본 국적을 포기하고 조선 국적이 되겠다고 했지. 그때 엄마가 그러셨어. 부모는 자식이 편하게 살기를 원한다고. 억지로 고생할 필요는 없다고."

"그렇지, 맞아."

잔뜩 주눅이 들어 있었던 다케루는 긴장이 좀 풀리는 듯 했다.

쇼타의 말처럼 다케루의 부모도 자신들의 심정과는 별개로 다케루가 편하게 살기만을 바라고 있을 것이다. 그래서 지치지도 않고 귀화 신청을 반복하는 것이다.

"우리 엄마가 그러셨어. 조선인, 한국인이라고 다른 사람들에게 말할 필요가 없다고. 나는 경솔하게 엄마가 한국인이라고 꼭 밝혀왔지. 실은 일본인 아빠에 대한 반항심 때문이기도 했어. 그리고 나는 당당하게 나를 밝히며 살고 싶어. 그렇지만 말이야, 자기 출신을 꼭 밝힐 필요는 없어. 그걸 꼭 밝혀야만 하는 것도 아니고. 밝히지 않는 것이 살아남기 위한 지혜일 때도 있지. 어떤 사람들은 참 강해. 그렇지만 강한 인간은 한 줌밖에 되지 않는다고. 자신의 뿌리를 밝히지 않고 산다고 해서 부끄러워할 필요는 없대."

굳이 밝히지 않는 태도라……. 그것은 바로 다케루의 태도이기도 했다.

"그래, 모두가 다 강한 사람일 수는 없지."

그렇게 말하고 보니 어깨의 짐이 조금 가벼워졌다.

한일전 다음 날 학교에 가면 친구들은 "한국 개짜증 나. 재수 없어. 한류, K-POP, 다 나가 죽어라" 하고 쉽게 말을 내뱉었다. 그러면 다케루도 그렇다고 맞장구를 쳤다. 마음이 좋지는 않았지만 자신의 뿌리를 감추고 픈 마음이 앞섰던 것이다.

쇼타는 상 위의 쿠키 상자를 연다. 먹으라는 듯 상자를 내민다. 다케루는 손을 뻗어 쿠키를 하나 쥔다. 쇼타도 상자에서 쿠키를 꺼냈다.

쿠키를 입안에 넣고 삼킨 후 다케루는 생각했다.

쇼타는 다케루가 재일교포라는 사실을 눈치 챘는지도 모른다. 귀화 이야기는 친구 이야기가 아니라 다케루 자신의 일임을 진작부터 눈치 챘을 것이다.

맞선 보는 사람들의 신상명세서를 보여준 것도 자신이 다케루의 고민을 눈치 채고 이해하고 있다는 것을 에둘러서 알려준 것이 틀림없다. 단지 다케루의 기분을 존중해서 일부러 모른 척 배려해주고 있는 것이다.

쇼타의 마음 씀씀이가 다케루의 마음을 달래준다.

"걔한테는 억지로 커밍아웃할 필요가 없다고 말할게. 너무 고민하지 말고 마음 편하게 귀화하라고 해야겠다."

다케루는 자신에게 말하듯 곱씹으며 말한다.

쇼타가 평소처럼 해맑게 웃으며 그게 좋겠다고 답한다.

"근데 말야. 있잖아, 저기, 할 말이 있는데……."

다케루는 어물쩍거린다.

"뭔데?"

쇼타는 주스를 한 모금 마셨다.

다케루가 깊게 심호흡을 한다.

"리리한테 부탁해서 나도 여자친구 소개해줄 수 있어?"

다케루는 자기 주스 캔을 보며 용기를 내서 말했다.

쇼타는 다케루의 어깨를 톡톡 두드렸다.

"물론이지. 나한테 맡겨."

쇼타는 씩씩하게 말하고는 얄미울 정도로 새하얀 치아를 드러내고 미소 지었다.

다케루는 쑥스러워져 대충 얼버무리고는 잘 부탁한다며 살짝 웃어주었다.

다케루가 현관문을 열고 들어오자마자 세쓰코가 달려 나온다.

"엄마가 아까부터 기다렸어."

"무슨 일 있어, 엄마?" 하고 세쓰코를 바라본다.

쇼타와 대화를 나누고 온 탓인지 마음이 편안해져 세쓰코에게 다정하게 무슨 일이냐고 물었다.

"아까 감독님한테 전화 왔어. 해외 원정 얘기 말이야."

"아, 그거."

"미안하구나, 엄마가. 귀화 수속이 늦어져서 미안해."

세쓰코가 고개를 떨군다.

"괜찮아. 뭘 그런 거 가지고 그래. 근데 나 이번 해외 시합은 안 갈래."

세쓰코가 고개를 든다.

"왜? 한국 여권 가지고 가는 거 싫으니?"

다케루는 조용히 고개를 끄덕인다.

"마사루도 그걸로 꽤나 고민했었어. 마사루는 결국 해외 시합에 나갔지. 다녀온 후에는 마음의 짐을 좀 던 것 같더라."

"형은 나랑 다르게 강인한 사람이잖아. 한국인이란 걸 당당하게 밝힐 수 있는 사람. 귀화도 안 한다고 하잖아. 더군다나 요즘엔 직장 동료한테 그런 조언도 많이 받고 있다면서."

세쓰코는 고개를 흔들었다.

"마사루가 귀화를 안 하는 건 물론 직장 동료 영향도 있지만, 사실은 펜싱 실력 때문이야. 실력이 점점 떨어지는 걸 인정하는 게 억울해서 그렇대. 만일에 귀화를 해도 올림픽 대표가 되지 못할 게 분명하다고 하더라고. 그러니까 그냥 지금 상태로 있고 싶대. 실력이 없어서가 아니라 차라리 재일교포라서 일본 국가대표가 될 수 없었다고 생각하고 싶대. 그리고 이건 너한테는 비밀로 해달라고 했어. 사실은 자기가 연약한 인간이라고 말이야. 하지만 다케루는 앞으로 얼마든지 가능성이 있는 선수래. 그러니까 빨리 귀화했으면 좋겠다고 하더라."

마사루는 귀화하지 않는 이유를 부모님 심정을 고려했기 때문이라고 했는데 어쩌면 엄마의 말마따나 펜싱 실력 때문인지도 모른다. 직장 동료 얘기나 부모님 심정 따위는 아마 대충 둘러댄 것일 것이다.

그런 마사루의 심경을 생각하자니 안타깝고 괴로웠다.

"엄마는 말이지, 아빠랑 얘기한 적이 있어. 마사루 회사 동료처럼 너희 둘을 당당하게 한국 이름으로 키웠으면 좋았을 텐데, 하고 말이야. 그렇게 키웠으면 둘이 커서 지금처럼 고민하지 않아도 됐을 텐데……. 태어났을 때부터 거짓말을 하도록 시킨 게 아닌가 싶고. 그걸로 너무 힘들게 해서 미안하구나."

"이제 와선 어쩔 수 없잖아."

그렇게 말하며 스니커즈를 벗었다.

"엄마도 아빠도 나랑 형을 위해서 일본 이름을 선택한 거잖아. 꼭 한국인이라고 밝힐 필요는 없을 거야. 때로는 필요한 거짓말도 있대. 그리고 우리 미래를 위해 귀화 신청도 했으니까 너무 미안하게만 생각하진 마."

다케루는 담담한 말투로 단숨에 자기 마음을 전했다. 세쓰코는 놀란 얼굴로 다케루의 얼굴을 바라봤다. 세쓰코의 눈동자가 살짝 젖어 있었다.

"내일 도시락에는 계란말이 해줘. 그거 최고야!"

다케루는 세쓰코의 뜨거운 시선에서 벗어나 계단 쪽으로 가려다가 "저기 있잖아" 하며 뒤돌아본다.

"엄마랑 아빠랑 선보고 결혼한 거 맞지?"

세쓰코는 갑작스러운 질문에 수상하다는 얼굴로 천천히 고개를 끄덕인다.

"누구 소개야?"

"그런 걸 왜 물어보니?"

"그냥. 한국인들만 중매해주는 사람이 있다고 하길래."

"이케가미에 가나에 아줌마라는 중매쟁이 할머니가 계셔. 그 할머니한테 소개받았어."

쇼타의 외할머니가 틀림없었다. 쇼타와 이런 인연이었다니 반가운 마음이 들었다.

세쓰코는 아들인 다케루가 봐도 젊었을 때는 엄청난 미인이었을 게 분명하다. 요스케도 용모가 반듯하고, 집안도 부유한 편이다. 두 사람의 맞선은 양쪽 집에 매우 흐뭇한 혼담이었으리라.

"꼭 한국인이랑만 결혼해야 했어?"

세쓰코는 다케루로부터 시선을 떼고 자신의 왼손을 내려다본다. 약지에 낀 백금 반지를 만지작거리며 "그랬지" 하고 나지막한 목소리로 대답했다.

"우리 때는 일본인이랑 결혼하는 것은 어려웠어. 그것보다 그냥 재일 교포끼리 결혼하는 게 당연하다고 생각했지."

세쓰코는 고개를 들고 미소 지었다.

"흐음. 그렇구나."

다케루는 가볍게 고개를 끄덕였다.

"엄마는 아빠랑 결혼해서 다행이었어. 맞선으로 만난 거지만 결혼하고 천천히 연애한 기분이야."

세쓰코는 살짝 얼굴을 붉혔다.

"너희는 괜찮아. 너도 마사루도 좋아하는 사람이랑 자유롭게 연애하길 엄마는 바래."

"당연하지. 나는 연애결혼할 거야. 그리고 올림픽에 꼭 나갈 거라고."

그렇게 선언하고 다케루는 앞만 보고 계단을 올라갔다.

마사루한테 받은 검으로 펜싱 연습을 해야겠다고 마음먹었다.

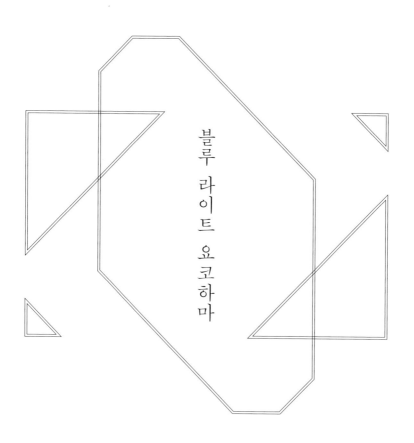

블루 라이트 요코하마

"잘 먹겠습니다."

식구 넷이 제각기 잘 먹겠다고 인사한 후 오야마 일가의 식사가 시작되었다.

길고 좁은 거실 겸 부엌에 6인용 식탁이 떡하니 자리를 잡고 있다. 미오 엄마 눈에 쏙 들어, 매장에 내놓기도 전에 사들인 식탁이다. 집안과 어울리지 않는 이 식탁 때문에 거실이 더 비좁게 느껴졌다.

식탁 위는 너저분했다. 우편물, 신문, 티브이 리모컨 등이 구석에 놓여 있고, 남은 공간에는 반찬들이 빈틈 없이 놓여 있다.

"미오야, 삼촌 결혼한대."

엄마가 먼저 입을 열었다.

열 살 아래 남동생 고타는 티브이를 보고 있었다.

보통 때라면 예의에 어긋난다며 식사 중엔 티브이를 끄라고 할 텐데,

엄마는 고타가 티브이를 봐도 짐짓 못 본 척하며 그냥 놔두고 있다. 덕분에 티브이에 푹 빠진 고타는 아예 젓가락도 놓고 앉아 있다.

"그래? 아재, 잘됐네. 근데 이번엔 어떤 사람이야? 또 그 아줌마 소개야?"

미오는 입안에 고기를 넣고 우물우물 씹으며 물었다. '아재'란 삼촌이나 외삼촌을 일컫는 경상도 말이라는데, 미오네 집에서는 외삼촌을 '아재'라고 불렀다.

오늘 반찬은 미오가 좋아하는 돼지고기 생강구이다. 엄마의 요리는 언제나 조금 짠 편이다. 정신없이 만들다 보니 간을 좀 대충 하는 것 같다.

엄마는 가게에 나가 일도 하고 때로는 아재 집에 가서 청소며 식사를 해주기도 해야 해서 늘 바쁘다. 아재는 미오의 외할아버지, 즉 할배와 둘이서 살고 있다.

"미오야, 입에 음식 넣고 말하는 거 아니다."

엄마는 꼭 이렇게 잔소리를 한다.

"음."

미오는 입을 꼭 다물고 대답했다.

"그래, 가나에 아줌마 소개야. 근데 아재 결혼 때문에 엄마가 미오한테 할 말이 있어."

그래서 고타에게 티브이를 틀어준 거구나. 대화에 끼어들지 않고 조용히 입 다물고 있게 하려고. 꽤나 중요한 이야기인 모양이다.

"아재가 결혼하는데 왜 나랑 상의를 해? 나는 관계없잖아."

고기를 삼키고 나서 그렇게 내뱉고 이번에는 밥을 입에 넣었다.

"음, 그게 할배 얘기야."

아빠는 왜 말할 때마다 우물대는 것일까?

오늘은 테니스부 연습 날이었다. 졸업을 앞둔 중3이 테니스부에서 나간 후, 레귤러regular가 되기 위해 전력을 다해 경기에 임하고 있다. 미오의 실력은 레귤러가 되기엔 좀 평범한 수준이었다. 며칠 후에 있을 시합을 앞두고 스매싱 연습도 제대로 못 했고, 발리도 제대로 되지 않아, 그것만으로도 짜증스러운 하루였는데 옹알대는 아빠 목소리를 들으니 짜증이 두 배로 불어나는 것 같았다.

"할배가 뭐?"

할배의 거무튀튀하고 주름진 얼굴을 떠올린다. 관심 없는 척하려고 일부러 아빠를 보지 않고 대답했다.

미오는 어릴 때부터 외할아버지라는 표준어 대신 '할배'라고 부른다. 그것도 할배 고향인 경상도 사투리다.

"아재랑 결혼할 여자가 아주 참한 아가씨인데, 근데."

엄마는 거기서 "그게 참" 하며 작은 한숨을 내쉰다.

엄마는 아마도 외아재와 결혼한다는 그 아가씨가 별로 맘에 들지 않는 모양이다. 예전에 소개받은 여자도 처음에는 참한 아가씨라고 하더니 얼마 안 있다 줄줄이 흉을 늘어놓았다.

엄마는 다섯 살 아래인 아재 뒷바라지에 여념이 없다. 엄마와 아재의 엄마, 그러니까 미오의 외할머니는 15년쯤 전에 돌아가셨다. 그러니 아재가 아들처럼 여겨지는 것은 어쩔 수 없다지만 아무리 생각해봐도 간섭이 좀 지나친 것 같다.

엄마는 마흔이 넘은 아재의 선 자리까지 따라가곤 했다.

사십 먹은 아이 없다는데, 아재도 아재다. 변호사라는 멀쩡한 직업을 가지고 있고, 성격도 온화하고 행동거지도 반듯한데 여자를 만나면 말 한마디 못 하는 숙맥이다. 전에 만나던 아가씨한테도 여간 휘둘린 게 아니었다. 그래도 아재는 왜 그런지 행복해 보였다.

"저쪽 집안이 결혼할 거면 할배와 따로 사는 게 조건이라는 거야."

엄마가 이번에는 큰 한숨을 내쉬었다.

그도 그럴 것이다. 미오도 며느리가 되는 입장이라면 주저 없이 그렇게 말할 것이다. 요즘 세상에 시부모랑 함께 산다니 있을 수 없는 일이다. 하물며 잔소리 대마왕 할배하고 살아야 한다면 손사래를 칠 게 뻔했다.

할배는 별것도 아닌 일에 "미오야, 사람은 의연해야 돼, 의연! 한국 사람으로서 자부심을 가져야지" 하고 설교를 시작한다. 만날 때마다 인사를 잘하라며 머리를 바닥에 대고 절을 시키는 것도 화딱지가 난다. 혹여 말 대답이라도 한마디 하려고 하면 "어디서? 버르장머리 없게!" 하고 큰소리 친다.

할배는 어린 미오를 '세상에서 하나뿐인 손녀'라며 애지중지했다. 그러나 미오는 점점 머리가 커가면서 한국인의 정체성을 강요하는 할배와는 거리를 두게 되었다. 할배도 고타가 태어난 후에는 미오보다 남손男孫인 고타를 더 아끼게 되었다.

할배에게 부쩍 커버린 미오는 말 붙이기 어려운 존재였지만, 어린 고타는 어르고 달래기가 더 쉬웠을지도 모른다. 다만, 미오는 고타가 태어났을 때 할배가 잔뜩 술을 마시고 한 말을 잊을 수 없다. 한국에서는 딸보다 아들이 더 소중하다고. 우연찮게 그 말을 듣고 상처를 받은 미오는 할배를 그전보다 더 피하게 되었다.

결혼해서 잘 살던 아재 부부가 파탄이 난 이유는 할배와의 동거가 원인이었을 거라고 미오는 확신한다. 분명히 할배는 며느리한테도 고압적인 태도로 대했을 것이다.

재일교포 1세란 남존여비 사상으로 똘똘 뭉친 존재다.

엄마는 숙모가 사치스러운 여자라고 험담을 했지만, 아재는 원래 화려한 타입을 좋아한다.

미오가 봤을 땐 맞선으로 결혼한 부부치고는 사이가 좋은 것처럼 보였다. 외숙모는 비행사 승무원이었다. 촌스러운 구석이라곤 하나도 없는 그녀를 미오는 좋아했다. 그녀도 미오에게 친절하고 자상했다.

"그래서 말인데."

이번엔 아빠가 헛기침을 한다.

"할배를 우리집에 모셔올까 해. 미오는 어떻게 생각하니?"

미오의 표정을 살피며 아빠가 말한다.

"할배 혼자 살 게 할 수는 없지 않니? 가까우니까 따로 살면서 지금처럼 매일 찾아가도 되겠지만 하루 종일 돌봐드리려면 아무래도 같이 사는 게 나을 거 같은데."

엄마가 이것저것 이유를 갖다 댄다.

미오는 눈앞의 돼지고기만 보며 묵묵히 젓가락을 움직였다. 된장국이 담긴 그릇을 들고 마셨다.

아니나 다를까, 짜다.

"미오야, 듣고 있니?"

엄마가 더 이상 못 기다리겠다는 듯 재촉한다.

미오는 된장국을 꿀꺽 삼킨 후, 도전적인 눈빛으로 대꾸했다.

"근데 그거 벌써 정해진 거잖아."

엄마는 억지로 미오한테 웃어 보인다. 파운데이션이 다 떠 있고, 치아에는 립스틱이 묻어 있다. 화장도 꼭 급하게 하니, 이런 불상사가 생긴다.

"그렇긴 한데 네 의견도 들어보려고 했지. 네가 싫다면 다른 방법을 고려해보려고 한 거야. 요즘은 재일교포를 위한 요양원도 아주 좋다던데.

끼니때마다 김치도 나온대. 재일교포 1세는 치매가 오면 일본어를 깡그리 잊어버리고 한국말만 쓰는 사람도 많은가 봐. 그래서 한국어를 쓰는 간병인도 있대. 그런 분위기를 보면 믿을 만한 곳인 것 같고. 그러니까 미오 네가 싫다면 그런 시설에 맡기는 것도 괜찮을 것 같거든. 그게 말이지, 미오야, 할아버지 일은 가족 전원이 찬성을 하지 않으면 이것저것 어렵단다."

역시나. 엄마도 실은 할배를 모실 생각이 없는 것이다.

어떻게든 미오에게 책임을 전가하고 싶은 것이다. 부모를 모시지 않는 죄책감을 조금이나마 덜고 싶은 마음에.

아빠와 엄마에게도 할배는 성가신 존재였다.

"그러니까 엄마랑 아빠는 내가 반대한다는 핑계로 할배를 안 모시겠다는 거지?"

아빠가 눈썹을 위아래로 움직였다. 엄마는 황급히 머리를 저었다.

"아니, 그게 아니라."

미오는 입꼬리를 쓱 올려 미소 지으며 엄마를 보았다.

"뭐 어때? 모셔와. 할배랑 같이 살아도 나는 괜찮아. 정말이야."

엄마는 미오가 거짓말을 했을 때와 똑같은 표정을 지었다. 아빠와 엄마는 서로 슬쩍 눈을 맞추더니 미오를 설득하려 한다.

"진짜니, 미오야? 그렇게 무리하진 마."

엄마는 의심스럽다는 듯 째려보더니 침을 꿀꺽 삼킨다. 미오는 이번에는 아빠를 쳐다보고 말한다.

"아빠가 이렇게 훌륭한 사람인지 몰랐네. 자기 부모도 아닌데 모시고 살겠다니. 정말 존경스러워."

금방 한숨이 터져 나올 것 같은 표정으로 아빠는 미오한테서 시선을 뗐다.

"아빠가 도움을 많이 받았으니까 그 은혜를 갚아야지."

아빠는 천장만 바라보며 말했다.

"그것도 그렇네. 한국 가정은 유교 정신이 투철해서 무엇보다도 어른을 공경해야 한다며."

미오의 말에 아빠가 고개를 숙인다. 엄마도 눈을 내리깔고 아무 말도 하지 않는다.

"어차피 나는 테니스부 연습 때문에 바빠서 매일 늦을 거니까 할배가 있어도 나랑은 아무 상관 없을걸."

"근데 미오야, 할배가 말이지, 옛날이랑은 달라. 치매가 온 것 같아. 그래서."

"잘 먹었습니다."

엄마의 말을 끊고 자리에서 일어났다.

"벌써 다 먹었어? 아직 남았잖아."

엄마가 미오를 올려다본다.

"집에 오는 길에 편의점에서 다마랑 간식 먹고 와서 배가 안 고파."

미오는 테이블 끝에 있던 리모컨을 손에 쥐고 전원을 끈다.

"아악, 누나, 끄지 마."

젓가락을 물고 티브이를 보던 고타가 허둥대며 미오한테서 리모컨을 뺏으려 한다.

"야, 우리집은 밥 먹을 때 티브이 금지야."

미오는 식탁을 뒤로 하고 리모컨을 티브이 위에 놓았다. 거기 두면 식탁 의자에서 일어나지 않는 한 고타의 손이 닿을 염려가 없었다. 식사 중에 자리에서 일어나 티브이 켜는 것을 엄마는 절대 용납하지 않을 것이다.

고타를 보니 입술을 삐죽 내밀고선 볼에 바람을 빵빵하게 채우고 앉아 있다. 아빠도 엄마도 당혹스러운 얼굴이다. 그런 상황을 보자니 통쾌하기 그지없다.

"미오야, 딸기 있는데 안 먹을래?"

엄마는 회유하려는 것일까? 조금 더 식탁에 앉혀둘 심산인가 보다. 거기에 동조할 수는 없었다.

미오는 안 먹겠다며 문을 열고 복도로 나간다.

사람 어깨 폭 정도 되는 좁고 경사진 계단을 올라가 자기 방으로 들어갔다. 다다미 다섯 장짜리 방은 침대, 책상, 책장으로 한 치의 틈도 없었다.

말은 그렇게 했지만 걸리는 구석이 있었다.

어마어마하게 중요한 일을 너무 간단하게 처리해버린 것이 아닐까?

그렇다고 틀린 말을 한 것도 아니다.

할배 일에는 더 이상 관여하고 싶지 않아 책상 위에 앉아 페이지를 넘겼다. 친구 다마한테 빌린 사진집이다. 좋아하는 한국 아이돌 그룹인 소녀시대의 사진이다. 다마도 이 걸그룹의 팬이다.

K-POP도 그렇고 걸그룹도 그렇고, 이런 한국은 마음에 든다.

K-POP과 걸그룹으로 대표되는 한국은 동경의 대상이다. 그런데 할배와 관련된 한국은 좋아하려야 할 수가 없었다.

요컨대 미오에게 온 집안을 표표히 떠다니는 한국과 소녀시대가 체현하는 한국은 엄밀히 다른 의미였다.

미오 안에서 이 두 가지 한국은 절대 결합될 수 없는 존재였다.

사진집을 덮고 한숨을 내쉰다. 아직 배가 고팠다.

돼지고기 생강구이를 남기지 말고 다 먹을 걸 그랬다. 괜히 반쯤 남겼다. 고타만 예뻐하는 부모님을 당황스럽게 만들려고 일부러 고집을 부렸다.

사실 편의점에는 가지 않았다. 오늘은 다마가 학원에 가는 날이라 혼자 집으로 왔고, 그래서 편의점에도 가지 않았다. 다마는 같은 테니스부 부원인데 초등학교 때부터 친하게 지내온 친구였다.

창밖에서 달리는 자동차 소리가 들려온다.

게이힌 전철 급행이 서는 전철역 부근, 미오의 집은 트럭이 빈번하게 오가는 산업도로에 면해 있었다. 국도 '간조 8호선'이 교차하는 사거리도 바로 집 근처였다.

미오의 방은 3층이다. 남쪽 창문을 열면 곧장 베란다가 나온다. 엄마는 거기에 빨래를 널었다. 그래서 빨래를 널고 걷기 위해 매일 엄마는 미오 방을 오갔다. 신경이 쓰이는 일이지만 집이 좁으니 어쩔 수 없다.

해가 다 떨어졌는데 엄마가 빨래를 미처 다 걷지 못했나 보다.

미오는 아까 못되게 군 게 미안해서 엄마 대신 빨래를 걷기로 했다.

창문을 열자 텁텁한 배기가스가 방으로 훅 들어왔다. 베란다로 나가 동네를 내려다본다.

미오가 사는 동네는 아무리 봐도 한적한 주택가로는 보이지 않는 곳이다. 바로 옆에는 중화요릿집이 있고, 그 옆에는 편의점이 있다. 편의점이 집 근처에 있으면 편리하지만, 오밤중에도 등이 밝아 자신이 오타구 상업지역에 산다는 사실을 실감하게 했다.

미오의 집은 세로로 긴 토지를 최대한 활용해 증축한 3층 집이다. 1층에는 점포가 있다.

가게 이름은 '리사이클 숍 오야마.'

원래 토지는 할배 것이었다.

할배는 고물상이었다. 즉, 폐품수집으로 생계를 영위해왔다.

미오의 부모님은 '가나에 아줌마'라고 불리는, 재일교포라면 누구나 알고 있는 매파의 소개로 결혼했다고 한다. 아재의 중매도 가나에 아줌마한테 신세를 지고 있다.

결혼 초기에 아빠는 동네 시장에서 야키니쿠집을 운영했다. 가게 사정은 나아지지 않았다. 그러다 미오가 열 살이 되자 문을 닫았다.

그때 아빠를 도운 사람이 할배였다. 차남인 아빠는 처갓집 가업을 물려받아도 아무 문제가 되지 않았다고 한다. 아빠네 집은 가와사키에서 작은 단추 공장을 운영하고 있었는데 장남이 대를 이었다.

사실 할배는 고물상을 접을 생각이었다. 할배의 아들인 아재가 변호사가 되어 가업을 이을 사람이 없었기 때문이다.

마침 미오 아빠가 하던 야키니쿠집이 망하는 바람에 할배의 뒤를 잇게 되었다. 아빠는 할배의 가게를 증축해 리사이클 숍으로 변경했다. 물론 가게를 내는 비용도 할배 주머니에서 나왔다.

아빠가 시작한 리사이클 숍은 개점 초기에는 손님이 뜸했지만 최근에는 친환경 붐이 일면서 가족 넷이 먹고살 만했다.

미오는 빨래를 걷어 침대 위에 대충 던져 놓았다. 그러고는 목이 말라 책가방에서 스포츠 음료를 꺼내 들이켰다.

혼자 회심의 미소를 짓는다.

이제 할배와 함께 살게 되면 고타 천하도 막을 내릴 것이다. 할배가 조금 치매가 왔다니 그럴 게 분명했다.

춘분의 날, 아재의 예물교환이 있었다. 장소는 다카나와에 있는 도쿄 브랜드 호텔의 프렌치 레스토랑이다. 전 부인과 예물교환과 결혼식을 한 곳에서 또 한다기에 좀 찜찜했지만 콘소메 수프가 꽤 맛있던 것이 떠올랐다. 음식이 맛있어서 같은 장소에서 하게 된 거라고 제멋대로 받아들였다.

오늘은 테니스부 연습도 없는 공휴일이었다. 집에서 혼자 느긋하게

K-POP DVD를 보거나 컴퓨터를 만지며 시간을 보내고 싶었다. 그런데 가족 행사라며 참가를 강요당한 미오는 기분이 썩 좋지 않았다. 입고 싶지 않은 한복도 입어야 했다.

그렇지만 아재를 좋아하기 때문에, 실례가 되지 않기 위해 기분 나쁜 내색은 하지 않으려고 애썼다.

아재는 미오를 영화관에 데려가고 용돈도 넉넉하게 주었다. 초등학교 때는 엄마가 사주지 않는 만화책도 몰래 선물해줬다.

열 살 아래인 남동생 고타가 태어나고 질투심을 노골적으로 드러내지는 않았지만, 가족 관계가 고타 중심으로 돌아가자 마음이 허전했던 미오를 아재는 공주처럼 대해주었다.

그런 일들이 떠오르자 저 마음 착한 아재가 왜 할배를 모시지 않는다는 조건을 순순히 받아들인 것인지 도무지 이해가 가지 않았다.

상대 여성이 단단히 마음에 들었나 보다.

그렇다 쳐도 이런 식으로 물러서지 말고 마음씨도 곱고 할배도 모셔주는 배필이 나타날 때까지 기다리면 좋을 텐데.

미오는 이혼한 외숙모도 좋아했지만 그래도 아재의 결혼은 좀 씁쓸했다. 미오의 예상대로 아재는 결혼한 후에는 미오를 데리고 다니지 않았다.

2년 전에 이혼한 뒤, 아재는 다시 미오를 공주처럼 대접해주기 시작했고 미오가 보내는 문자에도 부지런히 답장을 해준다. 그런 아재가 이렇게 빨리 재혼을 하게 되리라곤 미오는 상상도 하지 못했다.

예물교환에 가고 싶지 않은 이유 중에는 아재를 새색시에게 빼앗기고 싶지 않은 것도 있었다. 반면 아재의 맞선 상대가 어떤 사람인지 몹시 궁금한 까닭에 결국 나오게 되었다.

예물교환은 가나에 아줌마의 진행으로 한다고 했다.

미오는 가나에 아줌마와 함께 있는 자리가 거북했다. 왜냐하면 아줌마는 자기주장이 강한 데다, 끊임없이 자기 자랑을 늘어놓기 때문이다. 그런데 어쩐 일인지 아줌마는 미오를 마음에 들어 했다. 자기 손녀 같다고 하는데 그런 얘기가 좀 억지스러워서 미오는 좋아하지 않았다.

레스토랑 안으로 들어가자 가나에 아줌마가 미오를 보고 다가온다. 휘황찬란한 금색 자수가 놓인 감색 저고리에 빨간 치마를 입고 있다.

보라색으로 물들인 머리도 그렇고 분이 허옇게 뜬 얼굴도 그렇고 번득이는 보석이 착 달라붙은 안경도 그렇고, 한마디로 품위가 없고 현란하기만 했다. 가끔 가마타역 앞 파친코 가게 앞에서 선전을 하는 '친돈야[1]' 같다.

"아이고, 이쁘다. 엄마를 쏙 빼닮았네."

아줌마는 속보이게 미오의 손을 쓰다듬는다. 엄마 한복을 빌려 입고 왔는데 이쁘네, 잘 어울리네 하며 소란스럽다.

"손녀딸도 나쁘지 않고만."

이번에는 흐뭇한 표정을 지으며 양복에 나비넥타이를 맨 고타의 머리를 쓰다듬는다.

"고거 아주 똘똘하게 생겼네. 대를 이을 아들로 어디 하나 빠지는 구석이 없군."

지긋지긋했지만 얼굴에는 드러내지 않고 고맙다고 대답했다.

예물교환이라고 해봤자 양가 가족이 만나 식사를 하고 조촐한 물건을 주고받는 것뿐이다.

미오의 엄마는 연한 녹색 한복을 입고 있었다. 아빠는 회색 양복으로

1　징이나 북을 치며 돌아다니면서 선전·광고하는 사람.

단장했다. 미오의 한복은 좀 오래된 것이지만 화사한 노랑이었다. 아재는 깔끔한 감색 양복으로 멋을 내고 왔다. 식구들 모두 그렇게 차려 입으니 제법 그럴싸해 보였다.

그런데 할배는 혼자만 낡은 양복을 대충 구겨 입고 구부정하게 서 있다. 의자에 앉기 전까지는 발걸음도 위태로워 보였다.

아재가 말하길 새로 산 양복도 있는데 부득이 그 양복을 입고 가겠다고 고집을 피워서 어쩔 수 없었다고 한다. 원래도 고집이 여간 센 게 아닌 할배가 요즘 들어 더 옹고집을 부린다고 한다. 이제는 아재 말도 일절 듣지 않는다고 했다.

지난번 예물교환 때 할배는 말이 많았다. 그런데 오늘 할배는 아까부터 입도 벙긋하지 않는다.

미오는 재작년 설날 이후 오랜만에 할배를 본다. 정월에는 다마와 놀러 간다며 2년 연속으로 할배 집에 신년 인사를 드리러 가지 않았다.

할배 집에서 열리는 제사에도 테니스부 연습이 있다는 등 이런저런 이유를 대고 참석하지 않았다. 사실 제사에서 외손녀는 꼭 필요한 존재가 아니기도 했다. 조금 더 커서 도우면 된다고 부모님도 미오의 부재를 나무라지 않았다.

재작년 정월, 할배는 술에 취해 기분 좋게 콧노래를 흥얼거렸다. 그 노래는 오래전부터 할배가 좋아하던 가요로 미오의 귀에도 익은 멜로디였다.

할배의 콧노래는 어느샌가 가사가 붙은 노래가 되었고, 마침내 큰 소리로 열창을 하기에 이르렀다.

그날 이후 2년밖에 지나지 않았는데 할배가 갑자기 다섯 살, 아니 더, 한 열 살쯤 나이를 먹어버린 것처럼 보였다. 왠지 기운도 없어 보인다.

오늘은 집에 할배 혼자만 두고 올 수도 없고, 집안 어르신이 빠지는 것
도 모양새가 좋지 않다기에 이 자리에 모셔온 것이다. 이런 상태라면 혼
자 집에 두기가 걱정되는 것도 이해할 만했다.

요즘 들어 할배는 건망증이 심해지고 잠만 잔다고 한다. 그래도 몸은
건강하시니까 그렇게 걱정할 필요는 없다고 엄마가 말했다. 그래서 미오
는 할배에게 치매가 왔다는 말을 그리 심각하게 생각해보지 않았다. 그런
데 오랜만에 실제로 본 할배는 미오의 눈에도 나이가 들고 쇠약해 보였
다. 그런 할배의 모습은 미오를 불안하게 만들었다.

전원이 착석하고 곧 가나에 아줌마의 진행으로 예물교환이 시작되었다.

아줌마는 할배와 비슷한 나이인데 음식도 잘 드시고 건강해 보였다.
무릎 통증 때문인지 걸음걸이는 노인네처럼 굼떴지만 치매라는 단어는
어울리지 않는 모습이었다.

가나에 아줌마에게는 고민 같은 게 없어 보인다. 하기야 고민이 많다
면 타인의 혼사를 해결해줄 여력이 남아 있을 리가 없다. 게다가 아줌마
는 재력이 부족해 보이지도 않는다. 중매해주고 받은 돈으로 호의호식하
며 사는 것처럼 보였다.

아줌마를 사이에 두고 양가가 마주보고 앉았다.

아줌마는 신랑 쪽 연장자인 할배를 맨 처음에 소개했다.

할배는 의자에서 일어나 눈을 내리깔고 고개만 한 번 숙였다 들었다.

원래는 집안 어른인 할배가 가족들을 한 명 한 명 소개해야 하는데 할
배는 자신이 소개되자마자 가볍게 인사한 후 곧바로 의자에 앉아 입을 다
물었다.

대신 미오의 아빠가 당당하게 가족을 소개했다.

아재의 약혼자인 유나 씨는 벚꽃잎처럼 은은한 핑크색 한복이 화사하

게 잘 어울렸다. 30대 후반이라는데 실제 연령보다 훨씬 더 젊어 보인다. 무척 지적인 분위기였다. 또 세련된 태도가 자연스럽게 몸에 배어 있었다.

좀 억울하지만 아재가 이것저것 양보하면서도 이 아가씨와 결혼하고 싶어 하는 마음이 이해가 될 정도로 미오의 눈에도 유나 씨는 매력적인 사람으로 비쳤다.

유나 씨는 의사 일가라는 환경에서 자라, 의사라면 진저리가 나서 변호사인 아재가 마음에 들었다고 한다. 나이도 좀 들었고 한 번 이혼한 경험도 있어 아재를 만나기 전까지 좋은 인연이 없었다고 한다.

아재도 이혼 경험이 있고 변호사지만 마흔이 넘었다. 게다가 아재 자신은 그럭저럭 돈을 버는 편이었지만 여자 쪽 집안과 비교하면 결코 유복한 편은 아니었다. 이런 조건임에도 이쪽 집안 며느리로 들어와 준다는 사람에게 치매가 시작된 할배와 같이 살라고 강요할 수 없는 것은 이해가 갔다.

그렇다고 할배가 우리집에 오는 것도…….

하지만 아재를 위해서라면…….

참, 그때 요양원 얘기도 나왔었지.

미오의 머릿속을 같은 이야기가 계속 맴돈다.

가족 소개가 거의 끝나고 식사와 담소의 시간이 시작되었다. 긴장이 좀 풀렸는지 양가 가족들이 대화를 즐기고 있었다.

이윽고 지루해진 고타가 다리를 흔들며 의자에 올라갔다 내려갔다 정신 사납게 굴었다. 그럴 때마다 엄마는 고타의 목 칼라를 잡아당겨 의자에 앉혔다.

미오는 할배 쪽을 보았다.

할배는 일절 대화에 끼지 않으며 묵묵히 식사만 했다. 마치 혼자만 다른 세상에 있는 것처럼 보였다.

유나 씨 아버지가 할배를 걱정하듯 말을 건다.

"취미는 있으신가요?"

비슷한 연배의 신사가 정중하게 묻자 할배는 얼굴을 들고 질문자를
멀뚱멀뚱 쳐다보았다. 나이프와 포크를 든 손을 멈춘 채.

그러나 할배는 아무런 대답도 하지 않았다. 시선도 초점이 맞지 않아
어디를 보고 있는지 알 수 없었다.

"아버지, 취미가 뭐냐고 물으시잖아요."

엄마가 민망하다는 듯 할배의 대답을 재촉했다. 그러나 할배는 입도
벙긋하지 않았다.

"저, 그게 저희 아버지는 딱히 취미가 없으세요. 굳이 취미라고 한다면
노래를 좋아하시고요."

엄마가 침묵을 견디지 못하고 할배 대신 대답했다.

"가라오케요?"

유나 씨의 엄마가 끼어든다. 그 말투에는 어딘가 좀 깔보는 듯한 뉘앙
스가 섞여 있다.

"아니요, 가라오케는 안 가세요."

엄마가 할배를 보며 대답한다.

할배는 자신이 화제에 오른 것을 아는지 모르는지 눈앞의 요리만 보
고 다시 식사에 집중한다.

필레미뇽filet mignon 스테이크를 열심히 자른다. 그런데 나이프와 포크를
다루는 솜씨가 서투르다.

막 힘을 들여 고기를 자르려고 할 때, 할배 손에서 나이프가 미끄러져
떨어졌다.

사방이 물을 끼얹은 듯 조용해졌다.

할배는 떨어진 나이프를 어딘가 수상하다는 눈으로 바라봤다.

웨이터가 금세 새것을 들고 왔다.

새 나이프를 손에 쥔 할배는 어쩌다 유나 씨와 눈이 마주쳤다.

"우리 시네, 오늘도 근사하게 멋을 부렸네."

할배는 쉰 목소리로 한마디 내뱉고는 눈앞의 요리로 시선을 돌려, 고기 절단 작업에 다시 착수했다.

시네는 아재와 이혼한 외숙모 이름이었다.

"아버지."

아재가 당혹스러운 표정을 짓는다. 주변 공기가 꽁꽁 얼어붙는다.

할배 쪽에서 나이프와 접시가 부딪치는 소리가 계속 들려와 미오의 귀를 자극했다.

아, 싫다 싫어. 짜증 나. 정말 싫다, 너무 창피해.

미오는 입으로 꺼내지 못하고 마음속으로만 되뇌었다.

할배 참 보기 흉하다. 부끄러워.

엄마 쪽을 봤더니 당장이라도 눈물이 뚝뚝 떨어질 것 같은 얼굴이었다.

주변을 둘러보니 온 식구들이 불안하고 당혹스러운 표정을 짓고 있었다. 가나에 아줌마는 어이없다는 얼굴로 할배를 보고 있었다.

아재가 이따금 애틋한 얼굴로 힐끔힐끔 유나 씨의 모습을 살피는 것이 가슴 아프게 했다.

유나 씨는 얼굴을 찡그리고 잠깐 불쾌한 표정을 짓더니 금세 웃음을 머금은 가면으로 얼굴을 뒤덮었다. 회사에 다닌다고 하는데 서른도 중반을 넘으면 세상물정에는 도가 트는 모양이다.

"죄, 죄송합니다."

엄마가 머리를 조아린다.

"아버지, 유나 씨예요, 유나 씨. 요즘 건망증이 너무 심하시네."

할배에게 핀잔을 주며 어떻게든 분위기를 바꿔보려 했다.

유나 씨 아버지가 한 손을 저으며 별일 아니라고 쾌활하게 말했다.

"뭐, 저도 요즘은 환자분들 이름을 거의 못 외우는 걸요. 딸아이 이름과 손녀 이름을 바꿔서 말하기도 하고요. 나이를 먹으면 그럴 수도 있죠."

그 말에 꽁꽁 얼어붙은 공기가 조금 녹아 내렸다.

"그, 그래, 그렇지. 그런 거지."

아줌마가 끼어든다.

"나이를 먹으면 건망증이 오더라고. 우리 아저씨도 요즘 자꾸 뭘 잊어버리고 다니셔. 컨디션도 안 좋고 말야. 거기에 비하면 박씨 할아버지는 몸이 건강하시잖아."

"어머, 할아버지가 어디 편찮으세요? 괜찮으세요?"

엄마가 아줌마에게 묻는다.

"괜찮으셨는데 요즘 들어 나이는 못 속이는가 보네."

남편 이야기를 하는 아줌마는 평소와 달리 좀 연약해 보였다. 아줌마는 낮은 목소리로 아재 이름을 부르더니 옆에 앉은 아재 귀에 무언가를 속삭였다.

"네, 네" 하고 고개를 끄덕인 후 아재는 엄마 자리로 왔다.

"누나, 아버지 먼저 보내드리면 어떻겠냐고 하네."

아재는 들키지 않게 소곤소곤 말했는데 엄마 옆에 앉은 미오도 듣고 말았다.

엄마는 잠깐 씁쓸한 표정을 짓더니 아재에게 알았다고 대답하고는 아빠 귀에 대고 속삭인다. 아빠는 조용히 고개를 끄덕인다. 그것을 본 아재는 안심하는 표정으로 자기 자리로 돌아갔다.

그러는 사이에 아줌마는 유나 씨네 가족에게 자기 손자 자랑을 하고 있었다. 공부도 잘하고 운동도 잘하고 얼굴도 잘생겼는데 성격까지 좋다며 낯간지러운 가족 자랑을 늘어놓는 아줌마는 아무리 봐도 꼴불견이었다.

아빠와 엄마가 잠깐 나지막한 목소리로 대화를 나누더니 엄마가 미오를 불렀다.

"미오야, 부탁이 있는데."

엄마가 귓속말을 한다. 안 좋은 예감이 든다.

"뭔데요?"

퉁명스럽게 대답했다. 부탁은 거절하겠다는 뉘앙스를 담았다.

"미오야, 너 오늘은 여기 오기 싫다고 했지?"

"그런데?"

엄마가 무슨 얘기를 하려는지 안 들어도 알 것 같다.

"엄마, 나 괜찮아."

"정말? 우리 미오는 이런 거 좀 따분하지 않니?"

"그렇지도 않은데."

"있잖아, 미오야, 고타도 더 이상 못 버틸 것 같고 할배도 피곤해 보이니까 미오가 할배랑 고타 데리고 먼저 할배 집에 가서 기다려주면 좋겠는데. 엄마가 이따가 데리러 갈게. 아직 예물교환도 남아 있어서 시간이 더 걸릴 것 같아."

아재 쪽에서는 다이아몬드 반지와 새로 지은 한복 두 벌, 그리고 결혼 준비금을 준비했다고 한다.

사돈 쪽은 아재에게 줄 손목시계와 양복 맞춤권, 할배와 엄마, 아빠, 그리고 미오와 고타에게 캐시미어 스웨터를 선물한다고 한다. 그밖에 오리털 이불 세트 등도 마련했다고 한다. 그런 정보는 엄마가 사전에 아줌마로부터 전해 들은 것이다.

신부가 신랑 가족에게 선물을 하고 이불을 들고 오는 것이 한국의 풍습이라고 했다. 지난번 결혼식 때도 비슷한 물건들을 교환했다.

이런 의식이 다 끝나려면 아직 한 시간은 족히 남아 있었다.

"부탁할게."

아재가 준비한 반지를 보고 싶었는데 이제 엄마는 탄원조가 된다.

"근데, 엄마."

할배와 고타와 자신의 조합이라니, 최악의 삼인조가 아닌가. 피할 수 있다면 피하고 싶은 상황이다.

"미오야, 너 지난번에 라켓 바꿔야 한다고 했지. 엄마가 그거 사줄게."

3개월이나 미루고 미루던 라켓 이야기를 꺼내다니 엄마가 여간 곤혹스러운 게 아닌가 보다. 할배가 실수를 더 하기 전에 빨리 모시고 가기만을 바라고 있었다.

라켓도 갖고 싶었고 미오에겐 이런 행사가 즐거운 축에 속하는 것도 아니었다. 풀코스도 거의 끝이 나 있었다. 아쉽지만 디저트는 포기하기로 했다.

지금은 엄마가 하자는 대로 하는 것이 좋을 것 같다. 아재에게도 이 예물교환이 무사히 끝나는 게 중요할 것이기 때문이다.

"알았어."

미오는 마지못해 대답하고 할배 쪽을 보았다. 할배는 입안에 가득한 고기를 우물우물 씹고 있었다.

호텔 현관 앞에서 택시를 탔다.

조수석에 앉은 할배는 아무 말이 없었다. 창밖만 보던 할배는 금세 고른 숨소리를 내며 잠에 빠져 들었다.

한편 고타도 택시를 타자마자 미오의 무릎을 베고 바로 잠들어버렸다.

할배는 약간,이 아니라 사실은, 치매가 심하게, 온 것이 아닐까?

아빠도 엄마도 모르는 것 같지는 않다. 아재도 고민 끝에 어쩔 수 없이 할배를 모시지 않겠다는 결단을 내릴 수밖에 없었는지도 모른다.

할배의 치매가 이렇게 심각한 줄 알았다면 우리집에서 모시는 걸 반대했을 텐데.

할배의 잠든 모습을 뒤에서 바라보았다. 긴 코털이 코 밖으로 삐져나와 있다. 듬성듬성 난 수염이 할배를 더 궁상맞게 보이게 했다. 풍채가 좀 있었던 것 같은데 지금의 할배는 미오와 키도 비슷했다.

불쾌한 일이 생기면 욕지거리를 퍼붓고 반대로 기분이 좋을 때는 노래를 부르던 할배. 미오가 아는 할배는 늘 에너지가 넘쳐났다. 그런데 오늘 본 할배는 전혀 다른 사람이었다.

양손을 꼭 잡고 몸을 구부린 채 잠들어 있는 모습이 고타와 별반 다르지 않은 아이처럼 느껴진다. 단지 고타와 다른 점이 있다면 할배의 손끝이 검게 물들어 있다는 것이었다. 오랜 기간 고물상으로 일해온 사람의 손이다. 그와 비교되게 고타의 손은 통통한 게 잡티 하나 없었다.

30분도 채 지나지 않아 오이마치에 있는 할배의 아파트에 도착했다.

할배는 아재와 둘이서 방 세 개짜리 아파트에 살고 있었다. 이 아파트는 할배가 미오 아빠에게 고철상을 물려준 후 구입한 것이다.

할배가 미오의 집으로 오게 되었으니 앞으로 이 집에서 아재 부부가 신혼살림을 차리게 될 거라고 미오는 막연히 생각했다. 그런데 이혼한 아내와 살던 집에 새신부를 들일 수는 없다며 팔기로 했다고 한다. 아파트를 판 돈으로 새집을 살 예정이라고 한다.

그 덕분에 아파트가 팔리는 대로 할배는 미오 집으로 이사하기로 되어 있다.

할배의 등을 몇 번 두드려 깨우자 할배는 "어어" 하고는 제일 먼저 택시에서 내렸다. 할배가 택시요금을 내주면 엄마한테 받은 택시비는 자기 용돈으로 삼을 참이었다. 그러나 그 꿈은 감쪽같이 깨졌다. 미오가 택시요금을 지불해도 할배는 꿈쩍도 하지 않았다. 할배는 어떤 상황에서도 자기가 돈을 내야 속이 편한 사람이었다. 그런데 이제는 모든 것이 예전과는 달랐다.

피곤했던 고타는 잠이 부족한지 깨우자마자 투정을 부린다. 투덜투덜 주문이 많다.

"할배 집에 가서 티브이나 신나게 보자."

그 말을 듣고 신난 고타는 "와!" 하고 소리쳤다. 이제야 기분이 좋아 보인다.

현관에서 엄마한테 받은 열쇠로 문을 열려고 했는데, 할배가 재까닥 자기 열쇠로 먼저 문을 열었다. 할배의 그런 모습에선 치매가 왔다고는 생각하기 어려웠다.

헷갈릴 때와 정신이 멀쩡할 때가 섞여 있는 것일까.

그러나 할배는 곧장 자기 방으로 들어가 버렸다.

미오와 고타는 거실 옆에 붙어 있는 다다미방에 들어가서 앉았다. 미오가 리모컨으로 티브이를 켠다.

고타는 상 위에 있던 센베이를 집어 들고 바삭바삭 소리를 내며 씹기 시작했다.

텔레비전에서는 두 시간짜리 드라마를 방영하고 있었다. 서스펜스 드라마 같다. 고타는 리모컨으로 채널을 돌리다가 코미디 프로그램에서 멈췄다.

미오는 다리를 쭉 펴고 고타 옆에서 텔레비전을 봤다. 한복을 빨리 벗고 싶었다.

미오는 한복을 입는 일이 썩 반갑지만은 않았다.

'시치고산[2]' 때 한복을 입었다. 동네 아이들은 모두 빨간색, 노란색의 기모노를 입었다.

세 살에 이어 일곱 살 때도 미오는 기모노가 아니라 한복을 입고 사진관에 갔다. 그 한복은 새것도 아니고 엄마가 어릴 때 입었던 것이었다.

당시 미오의 집은 지금보다 경제적으로 어려웠다. 기모노를 사거나 빌릴 여유가 없었을 것이다. 지금에 와서야 미오는 당시 집안 사정을 헤아릴 수 있게 되었다. 사진은 시장 안에 있는 사진관에서 찍었다.

후에 그 사진관이 아무 연락도 없이 한복 입은 미오의 사진을 크게 현상해서 가게 앞에 걸어두는 일이 발생했다. 사진관 측은 귀여워서라고 했다. 미오가 일곱 살 때의 일이다.

미오는 '이미오'가 아니라, '오야마 미오'라는 일본 이름으로 초등학교에 다니고 있었다. 한국인이라는 사실을 일부러 감추고 있었던 건 아니지만 그렇다고 일부러 소문을 내고 살아온 것도 아니었다. 그런데 사진관에 한복 입은 미오 사진이 걸린 탓에 학교에 소문이 자자했다.

미오와 조금 떨어진 곳에서 여봐란 듯이 자기들끼리 수군거리는 반 아이들.

"너는 우리랑 다른 한국인이었다며?"

---

2 3세, 5세, 7세가 되는 어린이들의 성장을 축하하기 위해 신사나 절을 참배하는 행사. 매년 11월 15일에 있다.

다가와서 악의 없이 말한 여자아이도 있었다.

"한국인한테는 냄새가 난다던데?"

미오한테 코를 가져다 대고 킁킁 냄새를 맡아보던 남자아이도 있었다.

"한국인이니까 네가 술래야."

술래잡기할 때 가위바위보를 하기도 전에 미오가 일방적으로 술래가 된 적도 있었다.

미오는 그런 일을 겪을 때마다 긍정도 부정도 하지 않고 고개만 푹 숙였다.

당시 일본은 한국 드라마 인기가 정착해가던 시절이었다. 친구 다마의 엄마는 한 한국 배우의 팬이었다. 이벤트가 있으면 한국에 달려갈 정도로 열심이었다. 사진관 앞에서 미오의 사진을 보고는 기쁜 마음에 미오 집에 전화를 걸어왔다.

다마 엄마는 미오의 엄마도 한국 드라마 팬이라고 넘겨짚은 모양이다. 그래서 미오한테 한복을 입히고 사진을 찍었다고 착각을 한 것이다. 미오 엄마는 다마 엄마 얘기에 적당히 얼버무리고는 전화를 끊었다.

"결국 일본인들이란, 인식 수준이 이 정도인 거겠지."

엄마가 기가 막힌다는 듯 혼잣말을 했다. 미오는 지금도 기억이 난다.

미오는 자기 사진이 사진관에 진열되어 화제가 된 것이 내내 마음에 걸렸다.

다른 사람들과 다르다는 사실은 일곱 살 미오에겐 서글픈 일이었다.

그러나 동시에 그것은 받아들일 수밖에 없는 현실이라고 어린 마음에도 인정할 수밖에 없는 계기가 되었다.

기모노가 아니라 한복인 것.

일본인이 아니라 한국인인 것.

엄마가 사진관을 찾아가 사진을 떼어달라고 부탁한 지 얼마 지나지 않아 자자하던 소문은 사그라들었다. 그 일이 있은 후부터는 미오도 미오 부모도 한국인인 사실을 짐짓 감추고 살아왔다.

그때 찍은 한복 사진이 지금은 할배네 거실에 걸려 있다.

아빠가 야키니쿠집을 하다 보니 재일교포란 사실을 눈치 챈 친구들도 있었던 것으로 보인다. 고학년이 되어 친구와 다퉜을 때 그 친구로부터 "한국인인 주제에"라는 말을 들은 적이 있다. 미오는 일순 가슴속에 찬바람이 불어와 아무런 반론도 하지 못했다.

"얘 한국인 아니야. 미오 엄마가 한국 드라마를 좋아해서 그런 거야."

다마는 대신 그렇게 반론해주었다.

어쩜 이렇게 착할까? 미오에게 다마는 둘도 없는 친구였다.

한복을 입을 때마다 그 사진이 떠올랐다. 그리고 그때처럼 가슴속으로 찬바람이 들어오는 느낌이 든다.

복도 화장실에서 물 내리는 소리가 들려왔다. 이어서 거실문이 열리고 할배가 추리닝 차림으로 들어왔다. 거실 문 바로 옆에는 일곱 살짜리 미오의 한복 사진이 걸려 있다.

벽에 걸린 사진을 쳐다본다. 고타가 미오의 시선을 눈치 채고는 "저거 누구야? 누나야?" 하고 묻는다.

"응, 누나야."

고타는 누나 사진이 걸려 있는 걸 오늘에서야 알았다고 한다.

"아니지. 이건 우리 윤희란다."

할배가 고타에게 대답한다.

"윤희가 누군데요?"

고타가 다시 물었다.

"너도 한 번 본 적 있지? 너희 고모란다. 부산에 살던 고모."

그렇게 말하며 할배가 다가온다.

미오와 고타에게 고모는 없다. 엄마에게도 형제는 아재밖에 없다.

할배는 대체 무슨 소리를 하고 있는 걸까?

의아한 얼굴로 할배를 봤다. 그런데 추리닝 바지 앞부분에 둥근 얼룩이 눈에 띈다. 암모니아 냄새가 코를 스친다. 고타가 밤에 가끔 쉬를 했을 때 이불에서 나는 냄새와 똑같은 냄새다.

"할배 오줌 쌌나 봐."

고타가 미오에게 귓속말을 한다. 미오는 얼굴을 찌푸리고 자기도 모르게 앉은 채 뒤로 물러섰다.

할배는 미오 옆에 앉아 미오의 한복 치마를 만지며 미오 얼굴을 보고 미소 짓는다. 할배의 눈은 백내장 때문에 엷은 막으로 덮여 있었다.

할배가 다가오자 소변 냄새가 코를 찌른다. 아마 실수를 한 것 같다. 그런데 할배는 아예 모르거나 아니면 전혀 신경이 쓰이지 않는 눈치다.

"우리 미요코는 한복이 참 잘 어울리네. 윤희도 정말 잘 어울렸는데. 이쁘다."

온화한 표정으로 할배는 말했다.

지금 할배가 미오를 '미요코'라고 했다.

미요코는 미오 엄마 이름이다. 그러니까 지금 할배는 미오를 미오 엄마라고 착각하고 있는 것이다. 다시 말하면 손녀를 딸이라고 생각하고 있는 것이다.

미오는 등골이 서늘해졌다.

인간이 치매에 걸린다는 것은 이렇게 주변 사람들을 불안하게 만드는 것이었나.

할배의 웃는 얼굴이 참을 수 없을 만큼 무서워 보인다.

미오는 벌떡 일어났다. 그러자 치마를 만지던 할배가 뒤뚱거리다 그대로 넘어진다.

"누나!"

고타가 놀라서 울상이 된다.

할배는 스스로 일어나지도 못한다.

당황한 미오가 할배의 몸을 일으켰다. 상상했던 것 이상으로 가볍다.

"미안해, 할배."

할배는 미오에게 몸을 맡기고 힘없이 웃고 있다. 의연하라고 입버릇처럼 말하던 할배 자신이 이제 의연함과는 거리가 멀었다.

"미요코, 나는 괜찮다. 사내자식이 눈물을 보이면 안 되지. 요시노리, 의연해야지."

할배의 힘없는 목소리를 들으니 마음이 무거워진다.

고타를 요시노리라고 불렀다. 할배는 고타를 아재로 착각하고 있다.

고타는 울음을 멈출 생각이 없어 보인다. 고타도 어찌된 일인지 알 수 없는 이 상황이 마냥 불안한 것이다.

미오도 눈물이 터져 나온다.

"미요코, 왜 울어? 의연해야지."

그렇게 말하고 할배는 미오의 머리를 조금 난폭하게 쓰다듬었다. 할배의 손이 조금 축축했다. 암모니아 냄새가 났다.

더럽고, 불쾌했다.

온몸에 소름이 돋았지만 입술을 깨물고 꾹 참았다.

할배는 눈앞의 센베이에 손을 뻗었다.

"요시노리, 먹거라."

할배가 고타에게 억지로 센베이를 쥐어준다.

고타는 콧물을 흘리며 얌전히 센베이를 받아 입으로 가져간다.

단순한 네 살짜리 아이는 센베이를 먹는 동안 눈물을 멈추고 할배에게 맛있다고 한다. 그 순수함과 아둔함이 그나마 이 상황을 살린 것 같다. 센베이 한 조각에 고타는 할배가 자신을 아재라고 착각한 일도 다 잊은 듯 태평스러운 표정이 된다.

고타는 센베이를 먹으며 티브이를 보고 소리 높여 웃었다. 같이 티브이를 보는 할배도 아까 일은 다 잊은 것 같다. 그런데 미오 혼자만 무거운 마음이 들어 코미디를 보고 있는데도 웃음이 나지 않았다.

할배와 고타가 차례차례로 센베이를 먹는다. 기억은 흐려지고 있지만, 딱딱한 센베이를 우두둑 씹어 삼킬 만큼 할배의 치아는 튼튼했다. 신체와 두뇌의 불균형이 미오를 더욱 혼란하게, 또 불안하게 만들었다.

고타가 센베이를 세 개째 손에 쥐자 그릇 안에 센베이는 마지막 하나가 남는다.

할배가 상 위의 그릇으로 손을 뻗자 고타도 동시에 손을 뻗는다. 둘이서 하나 남은 센베이를 두고 싸우는 꼴이 되었다.

"할배, 너무해. 할배가 더 많이 먹었잖아."

고타가 강하게 주장을 해도 할배는 아무렇지도 않다는 듯 고타 손에 쥔 센베이를 힘껏 잡아당긴다.

고타의 손에서 센베이가 점점 멀어져 간다.

할배는 신난다는 듯 마지막 센베이를 입안에 집어넣었다.

"센베이 더 줘, 더 줘."

고타가 울상이 되어 미오를 쳐다본다. 할배는 모른 척하며 티브이를 보고 있다.

"고타야, 누나가 나중에 초콜릿 줄게."

미오가 고타의 귀에 대고 말하자 고타는 그제야 고개를 끄덕이고 센베이를 포기했다.

할배는 연신 입에서 부스러기를 떨어뜨리며 센베이를 씹는다. 우두둑 깨무는 소리가 할배 입에서 흘러나왔다.

그러는 사이에 코미디 프로그램도 끝나고 뉴스가 나오기 시작한다. 고타가 리모컨으로 채널을 돌려보지만 마음에 드는 프로그램이 없나 보다. 리모컨을 던지며 심심하다고 불평한다.

"우리, 노래할까?"

할배가 말하자 "응" 하고 고타가 두 눈을 반짝인다.

"그럼 네가 좋아하는 노래 먼저 불러봐."

고타가 고개를 끄덕이고는 애니메이션 〈이웃집 토토로〉의 주제가인 〈산보〉라는 노래를 부르기 시작한다. 어린이집에서 배운 노래다. 집에서도 "걷자 걷자" 하고 자주 큰 소리로 그 노래를 불렀다. 할배가 고개를 갸우뚱하며 묻는다.

"언제 배운 노래냐? 처음 듣는데."

노래가 끝나자 할배가 중얼거렸다.

"누나, 누나도 한 곡 불러봐."

고타가 말하자 할배도 "그래, 우리 미요코도 한 곡 뽑아야지" 하고 미오를 바라본다. 미오는 머리를 좌우로 힘껏 흔들었다.

"노래 좋아하잖아. 부끄러워하지 말고. 그래, 아, 그 노래가 있지. 너희 고모가 잘 부르던 그거."

이럴 때는 어떻게 하면 좋을까. 노래도 모르고 자신이 엄마인 미요코가 아니라고 주장해봤자 할배는 믿지 않을 게 분명하다.

"오늘은 노래하고 싶지 않아요."

미오가 단호하게 거부하자 할배는 그럼 됐다며 조금 쓸쓸한 표정이다.

"그럼 아버지가 부르지 뭐, 그 노래."

할배가 입김을 뿜어댔다.

거리의 불빛이 무척 아름답네요. 요코하마
블루 라이트 요코하마

할배가 술에 취해서 항상 흥얼대던 노래를 약간 감상적으로 불러 젖혔다. 그러자 고타가 "할배 최고"라며 박수를 친다. 미오도 형식적인 박수를 쳤다.

할배는 만족스러운 듯 콧구멍을 부풀린 후 살며시 미소 짓는다.

그러고는 졸음이 오는지 하품을 하며 일어나 자기 방으로 들어갔다.

그 후 한 시간쯤 지나 드디어 미오의 부모가 돌아왔다. 미오는 고타와 두 시간짜리 서스펜스 드라마를 보고 있었다.

"근데 아재는?"

미오가 불만스럽게 묻는다.

"요시노리는 저쪽 어르신들과 유나 씨를 데려다주고 온대."

엄마는 자기 손으로 어깨를 두드리며 거실 의자에 앉는다. 엄마는 피곤할 때마다 늘 자기 어깨를 자기 손으로 두드렸다.

"할배는 어디 계시니?"

아빠가 불안한 표정으로 방안을 돌아다닌다.

"피곤하시다면서 아까 방으로 들어가셨어."

미오가 대답하자 아빠는 안심한 얼굴로 의자에 앉았다.

"할배는 어땠어?"

"어땠어가 아니야, 엄마."

그러고는 말을 끊었다. 엄마도 아빠도 미오의 말만 기다리고 있다.

"할배, 치매가 심한 것 같은데."

미오는 할배가 자신과 엄마를 착각한 일과 추리닝 바지에 소변을 묻히고 나온 일을 소상히 전했다.

아빠와 엄마는 서로 얼굴을 마주보며 고개를 끄덕인다.

"그게 그렇단다."

엄마는 시선을 떨구며 자기 무릎을 보고 말했다.

"요시노리도 그러더라. 요즘 갑자기 치매가 심해진 것 같다고. 그런데 미오 네가 할아버지 모시는 거 찬성했잖아. 너 때문에 할배, 시설에 모시려고 한 거 엄마 아빠가 얼마나 반성했는데. 아무리 그래도 우리 부모인데 우리가 모셔야지. 그리고 할배가 우리를 얼마나 많이 도와주셨니."

엄마의 말에 아빠도 계속 고개를 끄덕이며 수긍한다.

"근데 엄마가 그때 치매가 조금 왔다고 했잖아."

"그렇긴 한데 어차피 치매란 게 조금씩은 꼭 진행되는 법이잖니. 우리가 모실 수 있는 한은 모셔야지. 그리고 할배가 어쨌든 몸은 건강하시잖아. 아직 몸에 큰 문제가 있는 것도 아니고. 어떻게든 될 거야."

이제 와서 모시지 않는 쪽으로 바뀌지는 않을 것 같다.

미오는 어깨를 떨군 채 바닥을 바라봤다.

상 주변에 센베이 부스러기가 떨어져 있었다. 할배와 고타 짓이다.

미오는 센베이 부스러기를 줍기 시작한다.

좀 전에 마지막 하나 남은 센베이를 두고 고타와 싸우던 할배 모습이

머리를 스친다. 저렇게 유치한 행동을 하다니 이전의 할배라면 상상하기
힘든 모습이었다.

"엄마, 빨리 집에 가자."

두 시간짜리 드라마가 재미가 없었는지 고타는 일어나서 엄마 쪽으로
갔다. 엄마 무릎 위에 앉아 어리광을 피우는 고타는 아직 무척 아기 같다.

"잠깐만 기다려, 아재가 금방 돌아올 거야."

엄마는 고타의 머리를 쓰다듬는다. 잠깐 동안 엄마는 고타의 머리카락
을 손가락으로 빗겨주었다.

"근데, 역시, 힘들까?"

엄마는 허공에 대고 중얼거렸다.

"할 수 있는 데까지 해보자고 얘기했잖아."

아빠가 아빠답지 않게 긍정적인 발언을 한다. 하필이면 이럴 때 가장
'가장'다운 발언을 하다니.

"그래야죠."

엄마는 큰 한숨을 쉬었다. 옮았는지 미오도 긴 한숨을 하나 내뱉었다.

아재는 6월에 결혼식을 올리기로 했다.

아파트는 의외로 금세 팔렸다. 4월 중순부터 할배와의 동거가 시작되
었다. 아재는 결혼하기 전까지 새로 산 아파트에서 혼자 지낸다고 했다.

할배가 예물교환 날 이후 미오를 엄마로 착각하는 일은 없었다.

그러나 집에 온 첫날, 자기 딸인 미오 엄마에게 자꾸만 한국말로 "미
안합니다"라고 되풀이했다. 남의 집이라고 여긴 탓일까. 내내 집안 여기
저기를 맴돌았다.

할배는 아버지가 시집간 딸네 집에 자꾸 찾아가면 안 된다며 집을 증축

한 이후 한 번도 이곳에 발을 디디지 않았다. 어쩌면 자신이 하던 폐품 가게를 잃은 것이 가슴이 아파서였을지도 모른다고 미오의 아빠는 말했다.

할배는 식구들 이름도 부르지 않았다. 누구에게나 한국말로 "저기요"라고 불렀다. 누가 누구인지 인식하지 못 하는 것 같았다.

무려 80년을 살아왔는데, 언제 다 처분을 했는지 할배의 물건은 깜짝 놀랄 만큼 적었다. 다만 무엇이 들어 있을지 모를, 전에 살던 아파트에서 가져온 가죽으로 된 갈색 가방만큼은 몸에서 떨어지지 않게 꼭 끼고 있다. 가방은 보스턴백으로 무척 오래된 것이었다. 모서리 부분이 너무 닳아서 변색되어 있었다.

할배가 낮잠을 주무실 때 미오가 호기심에 지퍼를 한번 열어보려고 했는데 그 순간, 할배가 눈을 살짝 떴다. 미오는 깜짝 놀라 할배 옆에서 도망쳤다.

고타가 만지려고 했을 때는 고함소리가 터져 나왔다. 이후 가방을 열어 보려는 사람은 아무도 없었다.

사실 할배의 가방에 큰 관심을 가진 사람도 없었다. 할배가 너무나 소중하게 끼고 있기에 호기심에 한번 열어 보려고 했던 것뿐이다. 그 후로는 식구 중 어느 하나 신경 쓰는 사람이 없었고 할배와 가방은 이제 마치 한 세트처럼 보였다. 식구들 모두 그렇게 받아들이고 있었다.

할배가 이사 온 후, 그렇잖아도 좁은 집에 사람이 하나 더 느니 더욱더 비좁게 느껴졌다. 엄마는 늘 신경질이 잔뜩 나 있는 상태였고 집안 분위기가 탁해졌다. 엄마에게 치매가 시작된 할배를 돌보는 일이 버거운 것은 분명했다. 또, 가게도 도와야 하는 상황이었다. 엄마 일이 몇 배로 늘어난 것은 한눈에도 알 수 있었다.

할배가 수도꼭지를 열어 두거나 화장실 물을 내리지 않는 일은 허다

했다. 옷을 여기저기 대충 벗어둬서, 빨래도 급격히 늘었다. 식사 중에 흘리는 양도 점점 많아졌다. 할배는 가끔 요의를 조절하지 못하고 실수하는 일도 잦았다.

할배는 2층 거실에 이불을 깔고 주무셨다. 낮에는 세 시간 정도 낮잠을 주무시기 때문에 엄마는 그때마다 이불을 폈다 갰다 해야 했다.

뿐만 아니라 할배는 때때로 밤중에 일어나서 걸어 다녔다. 미오 방이나 고타와 부모님이 자는 안방을 들여다보는 일은 없었지만, 부엌에서 냉장고를 열고 고타를 주려고 사놓은 사과 주스를 마시거나 미오가 좋아하는 요구르트를 먹기도 했다.

한번은 수납장에서 과자를 있는 대로 다 꺼내와 모조리 먹어버린 적도 있었다. 다음 날 그 사실을 안 미오는 어쩔 수 없다고 생각했지만, 고타는 눈물을 떨구었다. 엄마는 그때마다 고타를 달래줘야만 했다. 그래서 요즘은 아빠가 할배 옆에서 이불을 깔고 잠을 잔다. 눈을 떼면 어디로 가버릴지 모른다는 걱정에 낮에도 할배를 혼자 두지 못했다.

또, 어느 날 할배는 고타와 티브이 채널을 두고 싸우기도 하고, 고타와 함께 신나게 전철 장난감을 가지고 놀기도 했다. 갑자기 한국말로 혼잣말을 하는 일도 있었다.

할배는 욕실에서 목욕을 하면서도, 또 기분이 좋을 때도 늘 큰 소리로 좋아하는 그 노래를 불러 젖혔다. 할배를 목욕시키는 일은 아빠 담당이었는데 때로는 고타도 그 좁은 욕실에 같이 들어갔다. 그때마다 할배는 고타에게 그 노래를 가르쳤다. 미오는 툭하면 들려오는 〈블루 라이트 요코하마〉에 질려버릴 지경이었다.

할배가 온 지 2주쯤 지났다. 테니스부가 끝나고 집에 왔는데 엄마가 짜증 난 목소리로 고타를 타이르고 있었다.

"그러니까 엄마가 그 노래는 어린이집에서 부르지 말라고 했잖아."

"다녀왔습니다."

엄마를 자극하지 않으려고 작은 소리로 말했는데 엄마가 뒤돌아보고는 "미오야, 좀 들어봐, 고타가 말이야" 하고 하소연하기 시작했다.

어린이집 참관 수업에서 선생님이 고타에게 좋아하는 노래를 부르라고 하자 〈블루 라이트 요코하마〉를 불렀다는 것이다. 미오는 문제 될 게 없다고 생각했지만, 다른 아이들은 동요나 어린이집에서 배운 노래, 아니면 아이들용 만화영화나 텔레비전의 어린이 프로그램 주제가를 불렀다고 한다. 엄마는 신경이 바짝 곤두서 있었다. 시대착오적인 노래를 부른 것에 화가 난 모양이다. 엄마의 피로가 한계에 달한 건지도 모른다.

"그랬구나. 엄마도 힘들었겠다."

더 이상 엄마의 신경을 건드리지 않을 것 같은 대답을 골랐다. 엄마는 고타를 쳐다본다.

"다른 노래도 있잖아. 그러니까 그런 거 말야."

또 시작이다.

미오는 발소리를 죽이고 부엌으로 갔다. 가방을 살짝 바닥에 내려놓고 가스레인지 위에 놓은 유리뚜껑이 덮인 냄비 두 개를 슬쩍 엿본다. 한쪽에는 카레, 한쪽에는 두부찌개가 준비되어 있었다.

엄마는 할배용 식사와 가족용 식사 두 가지를 준비하고 있었다. 생각해보면 그것도 쉽지 않은 일일 것이다. 지금 상태에선 어떤 사소한 일이 계기가 되어 엄마가 폭발한다고 해도 당연해 보였다.

다음으로 냉장고를 연다. 김치 냄새가 흘러나온다. 할배가 온 후로는 매 끼니 식탁에 김치가 오르게 되었다. 한때 야키니쿠집을 경영하기도 했지만 재일교포 2세인 부모님이 매끼 김치를 먹어 온 것은 아니었고, 3세인 미오과 고타의 경우에는 김치를 전혀 먹지 않았다. 냄새조차 싫어했다.

엄마는 고타에게 설교를 끝내고, 이번에는 소파에서 텔레비전을 보고 있는 할배를 본다.

"아버지, 옛날 노래 좀 그만 부르세요."

엄마는 강한 어조였다. 이번에는 화살이 할배를 향한다. 엄마가 할배를 대하는 태도가 예전과는 다르게 느껴진다. 전에는 이런 식으로 명령하는 투로 할배를 대한 적이 없었다. 더 존경하는 말투를 썼다.

할배는 안 들리는 척 하는 건지, 아니면 자기에게 하는 말인지도 모르는 건지 엄마에게 등을 돌리고 소파에 앉아 그냥 텔레비전만 보고 있다. 발밑에는 역시나 그 보스턴 가방이 놓여 있다.

텔레비전에서는 한국 드라마를 방영 중이었다. 할배가 좋아하는 사극으로 등장인물 전원이 조선왕조 시대의 옷을 입고 있었다. 현대가 배경인 드라마와는 달리 한국적 분위기가 물씬 나는 드라마였다.

할배와 함께 살게 되면서, 원래는 자신들의 조국이지만 전혀 조국이라는 실감이 나지 않던 한국이란 나라가 조금 가깝게 느껴지기 시작했다.

매일 식탁에 김치와 한국 요리가 올라왔지만 미오가 그것을 먹는 일은 거의 없었다. 그렇지만 할배가 말하는 한국어를 듣게 되었고 오늘처럼 한국 사극 드라마를 보는 기회도 꽤 잦아졌다.

어쩔 수 없이 자신이 한국인임을 재인식하게 되었다. 미오에게는 별로 마주하고 싶지 않은 사실이었다. 그래서 되도록이면 할배와도 엮이지 않으려고 노력했다.

"에휴, 아버지, 모른 척 좀 하지 마세요. 텔레비전도 그만 좀 보시고요. 제발 부탁이에요. 앞으로 당분간 〈블루 라이트 요코하마〉는 이 집에서 절대로 부르지 마세요."

할배는 엄마를 힐끔 보고는 바로 텔레비전으로 시선을 돌렸다. 할배가 엄마의 말을 이해했는지는 알 수 없었다.

"그리고 전화 좀 받지 마세요. 아버지, 자꾸 이러지 마세요."

그렇게 말한 엄마는 냉장고에서 꺼낸 푸딩을 든 채 이번에는 미오를 향했다.

"그리고 너도 K-POP인지 뭔지 엄마는 잘 모르겠지만 맨날 그런 노래만 듣지 말고 제발 공부 좀 해."

불똥이 미오에게 튀었다. 괜한 날벼락이다. 빨리 여길 벗어나야지.

"네, 네."

미오는 푸딩과 스푼을 받아 들고 거실을 나온다.

"네는 한 번만 하라고 했지!"

엄마 목소리가 들려온다.

미오는 자기 방 침대에 앉아 푸딩 뚜껑을 열었다.

할배는 왜 매일 똑같이 〈블루 라이트 요코하마〉만 부를까. 이상하지 않은가. 얼마 전에 엄마한테 물었다가 "좋아하니까 부르겠지"라는 성의 없는 대답만 들었다.

"아악!"

엄마의 외마디 비명이 들려온다. 미오는 깜짝 놀라 계단을 내려갔다.

엄마가 화장실 앞 복도에서 옴짝달싹 못하고 있다. 화장실 문이 열려 있다. 엄마의 옆얼굴은 창백하게 질려 있다.

"엄마, 왜 그래?"

엄마는 미오 쪽을 돌아본다.

"미, 미오야."

엄마 목소리가 떨린다.

화장실 바닥, 변기에서 조금 떨어진 곳에 듬성듬성 대변이 떨어져 있다. 강한 냄새가 코를 찌른다.

미오는 얼른 화장실 문을 닫고 엄마를 봤다. 엄마의 눈이 붉어진다.

"엄마, 이, 이거…… 할배?"

미오가 조심스럽게 묻자 엄마는 눈을 감고 고개를 끄덕인다.

"역시, 무리였는지도 몰라."

괴로운 듯 말한 엄마는 그 자리에 앉아 무릎을 끌어안았다.

가족회의를 거쳐 할배를 한국어가 가능한 요양원에 맡기기로 했다. 요양원에 빈방이 없어서 입소 순번을 기다리게 되었다. 물론 할배 자신은 그런 사실을 모른다.

입소 결정이 난 후 아재가 황금연휴[3] 기간에 할배를 모시고 가족여행을 가자고 제안했다. 아재가 결혼하기 전에, 그리고 할배가 요양원에 들어가기 전에 다 같이 추억을 만들자는 것이었다.

마음 착한 아재는 할배를 요양원에 맡기는 데 대한 죄책감 때문에 여행을 제안한 듯하다. 미오 부모님도 같은 생각으로 아재의 제안을 흔쾌히 받아들였다.

일요일에 아재가 미오 집으로 와서 여행 계획을 짰다. 할배가 낮잠을 자는 사이에 가족회의가 열렸다. 고타가 친구네 집에 놀러간 틈을 타서.

아재의 방문이 반가운 미오도 한 자리 차지했다. 할배가 바로 옆에서 주무셔서 모두 식탁에 앉아 얼굴을 마주하고 낮은 목소리로 조곤조곤 계획을 짰다.

3　쇼와 일왕의 생일인 4월 29일부터 5월 5일 어린이날까지 이어지는 약 일주일간의 휴가철을 말한다.

먼저 목적지를 정해야 했다. 할배를 모시고 여행을 가는 것은 현실적으로 어렵다고 엄마가 말했다. 아빠도 아재도 동감이라며 곰곰이 생각에 잠긴다.

"그래도 아버님이 걸어 다닐 기운이 있으실 때 한번 모시고 가야 해."

미오의 친할아버지는 3년 전에 돌아가셨다. 나이가 드신 후 자주 찾아뵙지 못한 것을 아빠는 후회하는 것 같았다. 그래서 할배한테는 가능한 한 다 해드리고 싶다고 늘 말해왔다.

"그렇다면 근처 요코하마는 어때요? 아버지가 〈블루 라이트 요코하마〉를 좋아하시잖아요."

아재가 제안했다.

"그것도 괜찮네. 근데 〈블루 라이트 요코하마〉 정말 징글징글해. 옛날에 아버지가 그 노래를 하라고 그렇게 재촉하셨는데, 나는 이제 듣기도 싫어."

엄마는 진절머리가 난다는 표정이다. 그리곤 이제야 무언가가 떠올랐다는 듯 "참 그러고 보니" 하며 말을 이어나갔다.

"옛날에 내가 대학생 때, 요시노리 너는 중학생이었어. 벌써 25년이 지났네. 고모가 한국에서 왔을 때 요코하마에 갔는데, 기억 안 나니?"

"안 나, 누나. 만난 거 같기도 한데 희미하게만 기억 나. 나는 요코하마에 같이 안 간 것 같은데. 고모라면 아버지 여동생 말이지?"

"응, 아버지 동생. 우리가 고모를 만난 게 그때 딱 한 번이었을걸. 일본에 오셨을 때 말이야. 한국으로 돌아가셔서 나한테 한복을 보내주셨어. 미오가 시치고산 때 입었던 한복도 고모가 어릴 때 입었던 거야. 고모한테는 아이가 없었거든. 그래서 나한테 물려주신 거야. 일본에 오셨을 때는 지난번 예물교환 때 미오가 입었던 그 노란 저고리를 가지고 오셨지."

미오 사진을 보고 할배가 '윤희'라고 한 것이 떠올랐다.

"엄마, 그 고모할머니 성함이 어떻게 되셔?"

엄마에게 물어보았다.

"윤희라고 하셨어. 부산에 계셨는데 꽤 오래 전에 돌아가셨어. 할배가 임종을 지켜보지 못했다고 후회하셨지."

미오는 고타와 헤어져서 죽는 날까지 서로 만나지 못하는 상황을 상상해본다. 당연히 슬플 것이다. 그러나 형제라는 것이 원래 언젠가는 헤어져야 하는 법 아니던가.

중학생인 미오는 할배에게 감정 이입이 되지 않았다.

"할배가 고모할머니와 오래 못 만났지. 부모님이 일찍 돌아가시고 둘만 남았다고 늘 고모 얘기를 하셨는데. 할배도 혼자 일본에서 사는 게 힘들다 보니 한국에 자주 가지 못했고, 고모할머니도 그때 한국이 군사 정권에다 계엄령까지 있던 시절이라 쉽게 일본에 올 수 있는 상황이 아니었나 봐. 그래서 고모할머니가 일본에 오셨을 때 두 분이 공항에서 서로 얼싸안고 엉엉 우셨었지. 그렇게 간신히 재회했는데 이후에 고모할머니가 건강이 나빠지시고 바로 돌아가셨단다."

엄마가 미오에게 차근차근 설명한 후 등을 돌리고 잠이 든 할배를 바라보았다. 그 자리에 있던 모든 식구가 뼈만 남은 앙상한 어깨가 이불 밖으로 삐져나온 할배의 뒷모습을 바라보고 있었다.

"그래서 아버지가 술에 취하면 늘 〈블루 라이트 요코하마〉를 부르시는 거였구나. 전에 왜 그 노래만 부르시냐고 아버지한테 물어봤거든. 그랬더니 너희 고모가 좋아하는 노래라고 하시더라고. 나는 사실 고모는 별로 기억이 안 나."

아재 말대로 할배는 무슨 일만 있으면 꼭 〈블루 라이트 요코하마〉를 흥얼거렸다.

그 노래를 부를 때마다 여동생을 떠올리고 있었던 걸까. 가슴이 미어지는 것 같았다. 그래서 얼른 할배에게서 시선을 거뒀다.

"고모가 좋아하시던 노래였어? 단순히 아버지가 이시다 아유미의 팬인 줄만 알았는데. 어쩜 좋지? 아버지한테 우리집에서 그 노래 부르시지 말라고 했는데."

아빠가 엄마 어깨를 다정하게 두드린다.

"그래, 요코하마로 가자."

아재가 식구들 이야기를 종합해서 요코하마에 가기로 정했다.

미오는 자기 방으로 돌아가 침대에 누웠다. 천장을 보면서 아까 한 이야기를 떠올린다.

요코하마구나.

식구들과 함께 가면 번거로울 게 분명했다. 하지만 이번에는 빠질 수 없을 것이다. 할배와의 마지막 여행이 될 게 뻔했다.

그나마 할배가 집을 나가 요양원에 간다는 사실에 안도감이 밀려든다.

아까 엄마 얘기를 듣고 나니 할배와 가는 마지막 요코하마 여행에는 꼭 같이 가야겠다 싶다.

할배는 자신이 고생한 일에 대해 지금까지 한 번도 털어놓은 적이 없었다. 할배는 미오가 모르는 고통과 외로움을 짊어지고 걸어왔을 것이다.

어차피 갈 건데 좋은 추억을 만들어야지. 아재가 재혼하면 아재와 놀러 가는 일도 없어질 테니까.

아재가 가고 싶은 곳이 있으면 찾아놓으라기에 인터넷으로 검색해본다.

요코하마 미나토미라이에는 다마하고 같이 가본 적이 있다.

휴대폰을 들고 '요코하마'라고 쳐본다. 미나토미라이도 아카렌가 창고도 할배와 갈 만한 장소로 보이지 않았다.

사실은 퀸즈스퀘어 109에 가고 싶었지만, 그것도 어려울 것이다.

정보 수집을 포기한 미오는 호기심에 〈블루 라이트 요코하마〉를 검색
해봤다.

―1968년 당시 열여덟 살이던 가수 이시다 아유미가 부른 노래로, 밀
리언셀러를 기록한 대히트곡.

검색 결과 안에 '한국 군사정권하의 금지곡'이라는 항목이 눈에 들어
온다.

침대에서 뒹굴던 미오는 몸을 일으켜 책상다리를 하고 앉아 그 기사
를 읽기 시작했다.

황금연휴가 시작되고 요코하마 가족여행 전전날, 테니스부 친구들과
디즈니랜드에 가기로 약속했다. 당연히 다마도 함께 갈 예정이었다. 미오
는 별로 가고 싶은 마음이 들지 않았다.

4월 들어 신학기가 시작되고 반이 바뀐 뒤, 다마와는 사이가 예전만
못하다. 다마의 태도가 좀 어색하고 거리를 두고 싶어 하는 눈치다.

이유가 짐작도 가지 않아 미오는 마음이 무거웠다. 그래서 다마와 별
로 만나고 싶지 않았다.

하필이면 디즈니랜드에 가기 전날 밤, 강한 비가 퍼부어댔다. 아침 일
찍 디즈니 여행은 중지되었다는 문자를 받았다. 미오는 안도의 한숨을 내
쉬었다.

그런데 곧바로 다마로부터 문자가 도착했다.

—시간 있으면 둘이서 시나가와 프린스로 영화 보러 갈래?

그러고 보니 기억이 난다. 다마와 함께 예매해놓은 영화 티켓이 있었다. 소녀시대에 관한 다큐멘터리 영화다.

혼자 가야 하나 했는데 언제 개봉이 된 것일까.

어쩌면 이걸 계기로 다시 둘 사이가 회복될지도 모른다.

—그러자.♡♡♡

뒤에 하트 모양 이모티콘을 추가해 문자를 보냈다. 그런데 다마로부터 온 답장에는 이모티콘이 하나도 없어서 마음에 걸렸다. 그래도 다마가 먼저 가자고 한 거니까 일단 기뻐하기로 했다.

폭우 속에 시나가와역 개찰구에서 다마를 만났다. 다마는 여전히 좀 어색한 태도다. 미오와 눈을 맞추지도 않고, 말도 걸지 않는다. 말을 걸어도 "응, 그래"라거나 "어, 그렇구나" 하며 간신히 대답만 하는 정도였다.

우산을 쓰고 걷는 것을 감안해도 쌀쌀맞은 태도였다.

대체 무슨 일이 다마를 화나게 한 것일까? 그래서 일부러 이렇게 차갑게 구는 걸까? 이런 대접을 받을 만큼 다마를 화나게 한 일이 있었나?

그렇다면 도대체 다마는 왜 같이 보러 가자고 한 걸까? 혼자 보는 게 싫어서 그랬을까?

아무리 고민해봐도 알 수가 없었다.

가시방석에 앉은 기분으로 영화를 봤다. 옆에 앉은 다마가 신경이 쓰여 영화에 집중하지도 못했다.

다마와는 키도 체격도 분위기도 비슷해서 다들 쌍둥이 같다고들 했다. 그리고 미오도 마음이 제일 잘 통하는 친구라고 생각했다. 테니스 더블스의 파트너다. 좋아하는 아이돌도 비슷하다. 아라시 멤버 중에서는 아이바, 소녀시대는 서현, AKB에선 마리코 님.

그랬던 다마가 너무 멀게만 느껴진다. 다마가 무슨 생각인지 전혀 이해할 수 없다.

시가나와 프린스 시네마 출구에서 잠깐 멈춰 섰다. 빗소리는 여전히 강했다.

"배고파."

작은 목소리로 말하고 다마의 얼굴을 본다.

우산을 펴며 다마는 눈도 맞추지 않고 묻는다.

"그럼 맥도날드 어때?"

이대로 집으로 가기엔 쓸쓸해서 그러자고 했다.

시나가와 프린스 호텔 부지 내 맥도날드는 상상 이상으로 혼잡했다. 덜 붐비는 가마타로 가기로 한다.

게힌도후쿠선 전철을 탔다. 전철 안에서 다마가 쌀쌀맞게 대할까 봐 두려웠던 미오는 일부러 말을 걸지 않았다. 다마가 먼저 영화가 재미있었다고 말을 붙여왔다.

덕분에 소녀시대는 데뷔 때가 제일 예뻤다는 얘기를 나눌 수 있었다. 세 역을 지나 가마타에 도착했다. 아주 짧게 느껴졌다.

맥도날드에 들어가서는 대화도 없이 햄버거만 열심히 먹어댔다. 예전엔 주스 한 잔을 시켜놓고 하루 종일 떠들어댔는데, 햄버거를 먹고 나니 더 이상 할 얘기가 없었다. 다마는 아이돌 얘기를 꺼내지도 않았고 먼저 꺼낼 만한 분위기도 아니었다. 미오와 다마 사이에 있는 공기만 밀도가 높고 무겁게 느껴졌다.

그런데도 어쩐 일인지 다마는 바로 자리에서 일어나려고 하지 않았다. 미오도 다마와 이대로 헤어지긴 싫어서 얼음만 남은 주스를 손에 쥐고, 빨대로 쪽쪽 빨면서 시간을 벌고 있었다.

"있잖아."

돌연히 다마가 말을 걸어온다.

"엇" 하고 놀란 얼굴로 다마를 보니 다마는 화가 난 얼굴로 미오를 보고 있었다.

"나는 너를 절친이라고 생각했어."

의미 파악이 안 되어 다시 "엇" 하고 말했다.

"그런데 너, 나한테 거짓말했잖아."

"거짓말? 난 안 했는데."

다마를 똑바로 쳐다보고 말했다. 거짓말한 적은 없었다.

"거짓말했어."

"안 했어."

"거짓말."

"거짓말 아니라니까."

다마는 짜증이 난다는 목소리로 "그러니까" 하며 노려보듯 미오를 쏘아본다. 숨을 죽이고 다마의 시선을 고스란히 받는다.

"그게, 너 실은 한국 사람이라며."

뭐라고 대답하면 좋을지 모르겠다. 침을 꿀꺽 삼키고 바닥을 보았다.

한 박자 쉰 후, 다마는 작은 숨을 들이킨다.

"네 휴대폰으로 문자도 안 보내지고, 통화도 안 된 날이 있었어. 급한 일이어서 너희 집에 전화를 걸었거든. 그랬더니 어떤 남자가 한국어로 전화를 받았어. 처음에는 잘못 건 줄 알았지. 그래서 다시 걸었는데 또 똑같은 남자가 받는 거야. 그랬더니 역시나 한국어로 얘기하길래 바로 끊었어."

분명 할배였을 것이다. 가끔 전화를 받는다고 엄마한테 혼나기도 했다.

미오는 고개를 숙이고 손 안에 든 빈 컵을 꾹 눌러 찌그러뜨린다. 눈물이 북받쳐 오르는 걸 애써 참는다.

"그렇게 중요한 얘기를 나한테 안 해준 게 너무 서운했어. 절친이란 무슨 얘기든 다 할 수 있는 사이 아니야?"

얼굴을 들고 다마를 쳐다봤다. 의도치 않았는데 미오의 눈에서 커다란 눈물방울이 떨어진다.

다마가 "자, 잠깐만" 하며 낭패라는 표정을 짓는다.

"울 것까진 없잖아. 마치 내가 나쁜 사람이 된 것 같잖아."

"미안해. 그렇지만 거짓말을 하려고 한 건 아니야. 그게, 그냥."

점점 눈물이 솟아난다. 미오는 주스 컵을 테이블 위에 두고 양손으로 눈물을 닦았다. 코를 훌쩍이고 "그냥"이라고 다시 말했다.

"말 못 했어."

"왜?"

다마가 맑은 눈으로 미오를 응시한다.

"모르겠어. 그냥 말을 못 했어. 한국인이라는 걸 숨기고 싶었어."

"뭐? 그게 어때서? 한국인인 게 어때서? 그게 나쁜 거야? 감추긴 왜 감춰?"

"너는 모르잖아."

검지를 꺾어 눈머리를 지그시 누르며 대답했다.

다마는 가만히 가방에서 손수건을 꺼내 재깍 미오에게 건넨다. 미오가 고맙다고 말하고 손수건을 받아 눈물을 쓱쓱 닦았다.

"미오야, 알았어. 괜찮아. 같이 노래방이라도 갈래?"

다마가 갑자기 제안했다.

아무 맥락도 없는 제안에 미오는 고개를 갸우뚱했다.

"노래방에 가서 K-POP 부르자."

다마가 오늘 처음으로 미소 지었다.

다마와 미오는 노래방에서 연신 춤을 춰댔다. 한국어 가사와 일본어 가사로 소녀시대를 비롯한 K-POP을 신나게 불렀다. 그리고 신나게 이야기하고 신나게 웃었다.

"근데, 미오, 하나 물어봐도 돼?"

노래가 끝났을 때 다마가 물었다.

미오는 리모컨을 조작하며 그러라고 대답했다.

"전화 받은 사람이 누구야?"

다마는 리모컨을 조작하며 물었다.

"우리 할배. 4월부터 같이 살고 있어. 치매가 와서 요즘은 거의 한국말만 쓰셔."

다마에게는 이제 숨기지 않고 다 말할 수 있을 것이다.

"치매라고?"

다마가 리모컨을 테이블 위에 놓는다.

"응."

미오도 리모컨에서 얼굴을 들었다.

"우리도 할머니가 돌아가실 때까지 같이 살았는데 치매가 온 후론 말도 아니었어. 할머니 때문에 식구들 모두 가시 돋친 듯 날카로워져 가지곤. 지금 생각해보면 스트레스가 쌓여서 그랬던 것 같아."

"너희 할머니 자상하셨잖아. 초등학생 때 너희 집에 갔을 때 핫케이크도 구워주셨는데. 치매를 앓으신 건 몰랐어."

다마의 할머니를 떠올려본다. 키가 몹시 작고 통통하셨다. 눈꼬리를 내리고 온화한 미소를 지으셨다.

미오는 할머니를 모르고 컸다. 외할머니는 미오가 태어나기 전에 돌아가셨고, 친할머니는 일 년에 세 번, 제사 때만 보는 사이였는데 늘 심각한 얼굴을 하고 있어서 다가가기 쉽지 않았다. 그래서 다마가 할머니에게 어리광을 피우는 모습을 보고 부러워했던 것을 기억한다.

"알잖아. 그런 거 별로 말하고 싶지 않잖아. 뭐랄까, 소문이 나는 것도 싫고. 창피하잖아. 숨겨두고 싶었어."

거기까지 말한 다마가 자기 말에 깜짝 놀란 표정을 짓는다.

"나도 너에게 숨기고 있는 게 있었구나. 할머니가 치매였던 거. 너랑 나랑 거기서 거기네."

다마가 "큭큭" 하며 웃는다.

"그건 조금이 아니라 전혀 다른 문제인데."

미오는 다마를 보고 웃어준다.

"너희는 할머니가 돌아가실 때까지 계속 모신 거지? 우리는……."

미오는 할배를 요양원에 보내게 된 경위에 대해 설명했다.

"근데 그게, 정해지니까 또 너무 미안한 마음이 드는 거야. 할배가 너무 불쌍한 것 같고."

아니나 다를까, 이렇게 다마와 속내를 털어놓고 이야기를 하니 얹힌 게 쑥 내려가는 느낌이다. 역시나 우리는 절친이다.

"불쌍하다고 생각하지 마. 어쨌든 할아버지 자신이 정신이 혼미해서 모르시니까. 그렇다면 제대로 돌봐주는 곳에서 지내는 게 당연하고, 그게 더 좋을지도 몰라. 나는 할머니를 참 좋아했는데 치매가 온 후에 이상한 일을 너무 많이 하셔서 사실 좀 밉기도 했어. 할머니를 미워하면 안 되고, 부끄럽다고 생각하면 안 된다는 걸 알고는 있었지만, 그래도 자꾸 피하게만 되고. 그럴 거면 이 기회에 요양원에 보내드리고 가끔 만나는 게 더 좋을 거야. 할아버지를 좋아하는 마음을 계속 간직할 수 있잖아. 그게 가족에게도 할아버지한테도 더 좋을 거 같아."

"그럴까……" 하고 미오는 자신 없는 목소리로 대답했다.

"같이 있는 동안 좋은 추억을 많이 만들어두면 되지. 우리 가족도 그랬으면 좋았을 텐데. 모두 무척 후회하고 있어. 사실 우리, 할머니가 돌아가시고 가족들 모두 다행이라고 생각했거든. 마지막에 좋은 추억을 하나도 못 만들었어."

미오는 잠시 생각한 후 "저기, 다마야" 하고 말했다.

"지금부터 오래된 노래 넣어도 돼? 연습 좀 하려고."

"얼마나 오래된 노랜데?"

"아주 오래된 노래야. 우리가 태어나기도 전에 유행한 노래."

그렇게 말한 미오는 리모컨으로 〈블루 라이트 요코하마〉를 검색했다.

하늘이 도왔는지 요코하마로 가족여행 가는 날, 날씨는 무척이나 화창했다.

할배는 요코하마에 가는 걸 대충 이해한 것 같았다. 항상 꼭 끼고 다니는 갈색 가죽가방도 끌어안고 왔다.

차 두 대를 아빠와 아재가 운전해서 요코하마로 향했다. 할배는 아재 차를 탔다.

외국인 묘지, 항구가 보이는 언덕 공원을 산책한 후, 차이나타운에서 점심을 먹고 야마시타 공원에서 요코하마항을 도는 유람선을 탔다. 여기까지는 엄마가 기억하는 고모와 함께 여행한 코스라고 한다.

할배는 아무 말 없이 가방만 꼭 끌어안고 조용히 따라다녔다. 배 안에서는 무슨 생각을 하는 건지 공허한 눈으로 바다를 보고 있었다.

바다 저편에 있는 조국을, 여동생을 생각하고 있는 것일까. 한국은 태평양이 아니라 동해 저편에 있는데.

여행 내내 떠들며 가장 신나 보인 사람은 고타였다. 명랑한 고타는 '할배와의 마지막 여행'이라는 무거운 분위기를 많이 해소시켜 주었다.

미나토미라이에 도착해 배에서 내렸다.

랜드마크 타워인 69층 전망대에 도착했을 때는 해가 기울어 하늘이 조금씩 어두워지고 있었다. 아래로는 성냥갑을 죽 늘어놓은 것 같은 풍경 사이로 하나 둘씩 밝은 불이 들어오기 시작했다.

미오는 고타의 손을 끌고 창가에서 풍경을 보고 있는 할배 옆으로 갔다. 할배 옆에는 아재와 부모님이 계셨다. 아재가 할배에게 저쪽이 요코스카 방면, 저쪽은 도쿄 방면이라고 설명하는 중이었다.

오늘 할배는 무슨 생각을 하고 있는지 전혀 알 수 없었다. 표정에 아무런 변화가 없고 잘 웃지도 않는다.

할배는 별안간 꼭 끼고 있던 가방 지퍼를 열어젖혔다. 그리고 가방에서 미오의 시치고산 때의 사진을 꺼냈다. 할배 집 거실에 걸려 있던 한복을 입고 있는 바로 그 사진이다.

할배는 애틋한 표정으로 사진을 쓰다듬으며 "윤희야" 하고 간신히 소리를 쥐어짜 이름을 부른다. 그러더니 사진을 창가에 가져다 댄다. 창밖으로 요코하마의 야경이 펼쳐져 있었다.

할배가 소리를 내지 않고 무언가를 중얼대고 있다. 리듬을 맞추듯 얼굴을 위아래로 움직인다.

그렇다. 할배는 노래를 부르고 있는 것이다. 마음속으로.

미오는 고타를 봤다.

"고타야, 〈블루 라이트 요코하마〉 부를 수 있겠어?"

고타는 "응" 하고 웃으며 금세 노래를 시작했다.

다마와 이미 노래방에서 두 번이나 열창한 노래다. 할배가 부르는 걸 진력이 날 정도로 들었기 때문에 미오의 머릿속에는 〈블루 라이트 요코하마〉가 완벽하게 담겨 있었다.

고타와 함께 할배를 위해 이 노래를 부르고 싶었지만 공공장소에서 노래를 하는 것은 자의식 덩어리인 중학생 미오에겐 여간 부끄러운 일이 아니었다. 그래서 고타에게 노래를 부르라고 하고 자신은 마음속으로 조용히 가사를 읊었다.

거리의 불빛이 무척 아름답네요. 요코하마

블루 라이트 요코하마

당신과 둘이서 행복해요

언제나처럼 사랑의 말들을 요코하마

블루 라이트 요코하마

나에게 주세요. 당신으로부터

걸어도 걸어도 작은 배 안에 있는 것처럼

나는 흔들리고 흔들려요. 당신의 품속에서

발소리만 따라오네요. 요코하마

블루 라이트 요코하마

부드러운 입맞춤을 한 번 더

고타의 노랫소리가 커진다. 주변 사람들은 무슨 일이냐는 듯 이쪽을 쳐다본다. 황금연휴인 까닭에 전망대에는 사람들이 많았는데 고타는 그들의 주목을 한몸에 받았다. 당연히 고타와 손을 잡고 있는 미오도 눈에 띄었다. 미오에게는 견딜 수 없는 시선들이었지만 이 짧은 순간을 어떻게든 참으려고 애를 썼다.

부모님도 아재도 처음엔 갑자기 노래를 시작한 고타를 보고 눈을 동그랗게 뜨더니 금세 미소를 띠며 작게 손뼉을 쳤다.

할배는 골똘히 생각하는 얼굴로 지그시 고타의 음성에 귀를 기울였다. 자신은 절대로 노래를 부르지 않겠다는 듯한 얼굴로 턱으로 박자만 세면서.

고타가 노래를 마쳤을 때, 할배는 살짝 미소를 지은 것처럼 보였다.

"엄마 아빠, 왜 〈블루 라이트 요코하마〉인지 알아?"

미오는 요코하마에서 집으로 돌아가는 차 안 뒷좌석에서 운전하는 아빠와 조수석에 앉은 엄마에게 말을 걸었다. 고타는 많이 피곤했던지 미오 옆에서 졸고 있었다.

"그게 무슨 소리야? 고모가 좋아했던 노래 아니었니?"

엄마가 반대로 질문을 한다.

"인터넷에서 봤는데, 한국에서 군사정권 시절 때 일본 노래가 금지되어 있었대. 근데 〈블루 라이트 요코하마〉는 인기가 많았대. 특히 부산은 요코하마 같은 항구도시라 더 인기가 많았는데 금지인데도 해적판을 사서 듣고 노래를 흥얼거리기도 했대요. 고모 할머니도 부산에서 그 노래를 듣고 할배 생각하며 부르셨겠지."

부모님은 조용히 듣고만 있다.

"나도 몰랐는데 요 몇 년 전까지만 해도 일본 음악이 한국에선 금지되어 있었대. 그리고 일본어로 노래를 해도 안 됐대. K-POP 아이돌이 지금 당당하게 일본어 가사로 노래하는 게 진짜 엄청난 일이라던데. 엄마, 나는 지금 세상에 태어나서 정말 다행인 것 같아."

듣고만 있던 아빠가 조금 후에 "그랬구나" 하고 대답했다. 엄마는 오른손으로 눈가를 훔쳤다.

아재는 6월에 결혼했다. 할배는 여름방학이 시작되기 조금 전에 지바에 있는 간병시설을 갖춘 요양원에 입소했다.

할배는 상황을 아는지 모르는지 입소할 때 딱히 저항을 하지 않았다. 거기는 한국어가 통하는 곳으로 한 달에 한 번 외출도 가능했다. 엄마와 아재는 빈번히 할배를 만나러 갔지만 미오는 두 달이 지나도 면회를 가지 않았다.

미오는 공부도 해야 하고 테니스부 때문에 바쁘다는 핑계를 댔지만 사실은 할배를 만나러 가는 게 무서웠다. 치매에 걸린 사람들, 나이 든 사람들 사이에 있는 할배를 보고 싶지 않았다. 동시에 할배를 모시지 않은 자신을 자책하는 기분도 들어서 절로 발걸음이 멀어졌다.

엄마에게 들은 바에 의하면 할배는 젊은 여성 간병인을 마음에 들어 한다고 한다. 그래서 식사하시라고 부르면 "내가 먹고 싶은 것은 당신"이라고 농담을 하기도 한다고 한다.

그리고 이제 한국말만 쓴다고도 했다. 그래도 할배 표정은 밝고 생기가 돌아 엄마도 한결 마음을 놓게 되었다고 한다. 요양원 안에는 노래방도 있어서, 할배의 십팔번인 〈블루 라이트 요코하마〉만 줄창 부른다고 한다. 할배는 일상을 즐기는 것처럼 보인다.

할배의 이야기를 들은 미오는 할배만 떠올리면 어두워지는 마음에 작게나마 빛이 들어오는 기분이 들었다. 의외로 요양원 생활에 금세 적응한 할배를 보니 좀 속은 것 같기도 했지만, 여하튼 할배가 기분 좋게 하루하루를 지내고 있다니 다행이라는 생각이 들었다.

엄마도 어느새 완전히 온화한 상태로 돌아왔다.

미오는 다음 면회 때는 자신도 따라가야겠다고 마음먹는다.

그리고 할배가 외출 허가를 받아 집에 오면 다 같이 노래방에 가자고 엄마에게 제안할 생각이다.

노래방에 갈 때는 한복을 입어볼까.

모처럼 연습했으니 〈블루 라이트 요코하마〉를 한 번쯤 불러봐도 될 것 같다.

한복을 입고 일본어 가사로 된 K-POP을 불러보는 것도 어쩌면 조금 멋있는 일이 될지도 모르겠다.

후카자와 우시오는 여성들의 이야기를 실감나게 쓰는 작가다. 소소한 일상 속 대화들이 소설 속에서 빛을 발하며, '리얼'한 감각을 독자들에게 전달한다. 가나에 아줌마는 머리를 보라색으로 물들인 비쩍 마른 고령의 여성이다. 일본에서 버스를 타면 자주 보는 그런 평범한 할머니다. 그녀의 직업은 재일교포들 간의 중매인데, 재일교포 사회는 무척 좁을 뿐만 아니라 정치적 갈등, 지역 차별 등으로 인해 여간 까다로운 게 아니다. 민단과 조총련의 대립, 남한과 북한의 대립이 일본에서도 불꽃 튀게 전개된다.

어디 그뿐이랴. 양반이네 상놈이네, 게다가 어느 지역 출신인지까지 선에서는 반가워하거나 꺼려하는 조건이 된다. 후카자와 우시오 작가에 따르면 가나에 아줌마처럼 재일교포 중매를 전문으로 하는 사람들이 있다고 한다. 소설 속 가나에 아줌마의 입장은 미묘하다. 그녀의 남편은 서울 출신인데 사회주의에 감응했는지 조총련 말단 직원으로 열정적으로 일해왔다. 그녀는 주로 조총련 관계자들 중매를 서주며, 때로는 민단 계열 동포들 중매도 알선한다. 조총련 관계자와 민단 관계자가 선을 보게 되면 둘 다 퇴짜를 놓을 수 있다. 일본이라는 타국에서도 엄연히 존재하는 남북관계다. 그녀는 어쩌다가 귀국사업을 통해 장남을 북한에 보내게 되었는데, 때문에 더욱 북한과의 관계를 끊을 수가 없다. 가나에 아줌마의 인생은 재일교포의 역사를 고스란히 반영하고 있다. 깐깐하고 돈을 밝히지만 밉상은 또 아닌 가나에 아줌마는 그녀의 굴곡 많은 삶처럼 복잡하고 입체적인 캐릭터다.

한국에선 통틀어 '재일교포'라고 부르지만, 일본에 살면 '재일교포'에 얼마나 많은 카테고리가 존재하는지 알게 된다. 국적도 저마다 다르고 정치적인 입장도 다르다. '재일 한국인'은 자신의 뿌리를 한국에 둔 사람들이다. 그들 중 대다수는 한국 국적을 보유한 사람들일 것이다. 그러나 어디까지나 임의의 단어이기 때문에 그들 중에는 일본 국적을 보유한 사람도 있을 것이다. '재일 조선인' 그들은 과거 조선이란 나라를 자신들의 조국으로 여기는 사람들이다. 남북 분단 전의 조국 말이다. 또 일부는 조선민주주의인민공화국을 조국으로 여기는 이들도 있다. 그래서 '재일 조선인'이라는 단어를 썼을 때 '조선'이 과연 어디를 지칭하는지는 재일교포들마다 다를 것이다.

'재일동포' 또는 '재일교포'는 철저히 한국에 사는 이들 입장에서 지칭하는 단어다. 최근에는 '재일 코리안'이라는 단어도 많이들 사용한다. 남북 모두를 뿌리로 생각한다는 의미다. 또는 과거 조선까지도 그 뿌리로 생각한다는 의미이기도 하다. '재일在日'이라고 쓰고 일본어로 '자이니치'라고 읽는다. '자이니치'는 재일 조선인, 재일 한국인, 재일 코리안 등을 줄인 말이다. 단순히 풀이하면 일본에 존재한다, 즉 일본에 거주한다, 일본에서 살아간다는 의미가 될 것이다. 책에서는 가독성을 위해 '재일교포'로 통일했다.

　우리는 어떻게 살아가야 하는가. 그런 고민들을 한번쯤은 또는 매일하기도 할 것이다. 동포들은 어떻게 살아가야 하는가를 고민하기 이전에 자신의 정체성 때문에 멈춰 서게 된다. 〈국가대표〉에 나오는 고등학생은 국가대표가 될 재능이 있어도 국적 문제로 대표 선수에 발탁되지 못할 위기에 처한다. 그런 그에게 국적은 귀찮고 번거로운 문제다.

　이 소설의 주인공은 재일교포들이다. 그러나 가족과의 미묘한 관계, 사회와의 괴리감, 치매에 걸린 조부모에 대한 불편함과 자책감 등은 보편적으로 우리가 겪는 문제들과 다를 바 없다. 그런 보편성이 가슴을 찡하게 만든다. 작가가 살아오면서 만난 다양한 인생들이 녹아들어 있는 연작집이다.

도쿄에서, 김민정

참고문헌

《결정판 무서울 정도로 잘 맞는 사주추명》 구로카와 가네히로, 신세이출판사

《기사의 심계, 기사도 정신이란 무엇인가》 오타 유키, 가토카와 one 테마 21

《오타 유키 '기사도'》 오타 유키, 쇼가쿠칸

《금지된 노래-조선반도 음악백년사》 전월선, 주코신서 라쿠레

누벨솔레이1

가나에 아줌마

1판 1쇄 찍은 날 | 2019년 6월 20일
1판 1쇄 펴낸 날 | 2019년 6월 27일

지은이   후카자와 우시오
옮긴이   김민정
펴낸이   김병수
책임편집   김현정
디자인   정계수
펴낸곳   아르띠잔
출판등록   2013년 7월 15일 제396-2013-000120호
주소   (우편번호 10311) 경기도 고양시 일산동구 무궁화로 255 와이하우스 106동 205호
전화   031-912-8384
팩스   031-913-8384
facebook   www.facebook.com/ArtizanBooks
E-mail   ArtizanBooks@daum.net

ISBN 979-11-963738-3-2 (04830)
     979-11-963738-2-5 (세트)

이 도서의 국립중앙도서관 출판시도서목록(CIP)은 서지정보유통지원시스템
홈페이지(http://seoji.nl.go.kr)와 국가자료공동목록시스템(http://www.nl.go.kr/kolisnet)에서
이용하실 수 있습니다. (CIP제어번호: CIP 2019023578)